中公文庫

ブルーロータス

巡査長 真行寺弘道

榎 本 憲 男

中央公論新社

目次

登場人物

真行寺弘道……警視庁刑事部捜査第一課　巡査長

警視庁・北海道警

水野玲子……警視庁刑事部捜査第一課　課長　警視
橋爪……警視庁刑事部捜査第一課　巡査長
田口……渋谷署　巡査長
門脇……赤羽署　捜査本部　警部補
小田切……赤羽署　捜査本部　巡査部長
倉本……室蘭署　交通課

大学

嶋村隆明……宗教学　教授
時任……宗教学　助教
森園みのる……附属高校三年生　ひとり音楽ユニット 愛欲人民カレー
白石サラン……音楽サークル ビターデイズ　森園の恋人
佐久間……音楽サークル ビターデイズ　ベース担当

岡井……音楽サークル ビターデイズ　ドラム担当
佐藤……音楽サークル ビターデイズ　ギター担当
巽リョート……音楽サークル ビターデイズ　OB　ミュージシャン ボブ・ハートの孫

インド・ブルーロータス運輸研究所

ベンカテッシュ……インド人旅行者
アリバラサン……在日インド人　インド料理 マドラス　店主
エッティラージ……在日インド人　ブルーロータス運輸研究所　所長
両角啓典……ブルーロータス運輸研究所　副所長

その他

黒木……ハッカー
浜崎……首都新聞　記者

ブルーロータス

巡査長　真行寺弘道

X　すわだるま

うつ伏せに倒れて動かなくなった男の腹の下に靴の先を入れ、蹴飛《けと》ばすように持ち上げると、その身体《からだ》はごろんと回転して仰向けになった。

厨房《ちゅうぼう》に入り、コンロにかけた鍋《なべ》の中を覗《のぞ》き込《こ》む。もう充分に煮立っていた。把手《とって》を摑《つか》み、中身を半開きの男の口の中にそろりそろりと注ぎ込むと、熱油《にえあぶら》は瞬く間に口内を満たし、溢《あふ》れ、口の周りをあっという間に赤くただれさせた。

次は耳だ。背中と床の間にもう一度靴を突っ込んで、今度は横向きに寝かせた。鍋を傾けると、油の糸は湯気を立て、黒い穴に吸い込まれていく。それは、奥まで到達し、そこから先の行き場を失うと、巻き貝のような耳殻《じかく》を満たし、痛めつけ、外へと溢れ出た。それでも油は注がれ続けた。

友よ、お前の新しい神のために
俺《おれ》は俺の務めを果たそう
すわだるま……すわだるま……。

1　星の中　または鈍足なサラブレッドの美しい毛並み

瞳《ひとみ》に映っていたのは星だった。

視線をはるか遠くへ解き放すと、日ごろ手元にばかり焦点を当てている水晶体が緩み、こちよい。無限大に引き伸ばされた視線のさらにその先に、おびただしい数の星が煌《きら》めき、星々が彼を誘《いざな》った。

ふと、音が消えた。地上《ここ》にあるはずの彼の魂は、すうっと吸い寄せられて、気がつくと満天の星の中にあった。自分の魂であるような、それでいて、もはや自分のものでなく、すべてに溶け合っているような、不思議な心持ちとなって、ただそこにあった。

そうして、灯《あか》りがついた。

プラネタリウムが作り出した漆黒《しっこく》の宇宙から明るい都会に出て、仕事をさぼっていた真《しん》行寺《ぎょうじ》がスマホの電源を入れると、留守電が入っていた。確認して、渋谷《しぶや》駅のほうへ坂道を下りながら、もう一度それを耳に当てた。

「本庁の真行寺です」

「あ、お電話いただいてすみません。いまどちらにいらっしゃいますか?」と渋谷署の田口《たぐち》巡査長は言った。

この質問にどう答えるか一瞬迷ったが、

「おたくの署のすぐ近くにいるよ」と正直に返した。

「本当ですか。それはよかった。もしお時間があれば署に寄っていただけませんか」

「例の事件《ヤマ》か」

「ええ、そうです」

「あれからまた何か？」

「被疑者の学生が供述を変えたいと」

「なんだ、そんなことなら、そちらで進めてくれればいいよ」

「ですが、被疑者のほうがぜひ真行寺さんにと」

「俺に？　なぜだ？」

「さあ。先輩だからじゃないですか」

「年齢《とし》も近いんだし、お前が聞いてやればいいじゃないか。先輩って言われても困るな」

「でも実際そうなのですから」

行くよ、ととりあえず言って切った。自分で引き当ててしまったような事件なのだからしかたがない。


渋谷署に顔を出すと、田口のデスクの隣に並べられたパイプ椅子《いす》に、まだ幼さが残る顔立ちの青年と母親らしき中年女性が座っていた。

田口は、目の前のディスプレイから顔を上げ、あぁ早かったですねと言って、こちらが現場に居合わせた警視庁の真行寺巡査長です、と母親に紹介した。刑事さんちがうんですよ本当は……などと始めようとするので、はい、本人からじっくり聞きますので、と言って学生を連れて、取調室に向かった。背中で、ちゃんと刑事さんに話すのよ、と母親の声がした。

「君はえーっと」

事務机を挟んで向かい合うと真行寺は言った。

「佐久間《さくま》」と同席した田口が答えた。「佐久間文夫《ふみお》。十九です」

「で、担当はなんだったっけ?」

「担当?」学生は警戒するように聞き返した。「どういう意味ですか」

「確か君はベースだったよな」

「ああ」とようやく合点がいった大学一年生は気の抜けた声を出した。「そうです」

「何弾いてるんだ」

「何って……」

「ギブソンとかフェンダーとかさ」

「フェンダーです。フェンダーのプレシジョン」

「ジャパンか?」

「USAです」

「いいの持ってるな」

「中古で掘り出し物があったので。――先輩の担当はなんだったんですか」

被疑者から先輩と言われるのは妙な気分だが、それで向こうの固い舌が滑らかになるならいいだろうと思い、

「ギターになるのかなぁ一応は」と応じた。

「何弾いてたんですか」

「テレキャスだ。――ただしジャパンのな」

隣に座ってる田口は、さっぱりわかりません、という表情で座っている。真行寺だって、取調室でこんな話をするとは思いもよらなかった。

昨日、出先で小用《こよう》をすませた真行寺は、本庁に戻る途中、渋谷にある母校の前を通りかかり、ちょうど昼時《ひるどき》だったので、学生に交じって地下の学食でカツカレーを食った。トレイを流しに戻した後、懐かしさもあって、そのビルを三階まで上り、ある音楽サークルの部室のドアをノックした。返事はなかったが遠慮なくノブを回して押した。すると、開《ひら》いた扉の向こうから視界に飛び込んできたのは、突っ立っている学生三人と、その足元で倒れている小柄な少年という、どうにも物騒な絵面《えづら》だった。三人の表情と物腰から、驚きと動揺が伝わった。このふたつはまずいところを見られたという心理に起因するものだ、と刑事の習性によってただちに解釈された。真行寺は視線を落とした。床に転がっている少年は附属高校の制服を着ている。ということは高校生か。その頭からは血が流れ、流れた血が床を汚し、真行寺の足元にまで這《は》ってきていた。

背後で物音がした。振り返ると、ドア口に人影があった。そして、

「終わったか」と声がした。

声の主には見覚えがあった。先方も真行寺の視線を受け止め、

「どなたですか」と言った。

言葉の表面《おもてづら》は丁寧だったが、その調子はつっけんどんだった。

「関係者以外は立入り禁止ですよ」

「そうですか。すぐに消えれば問題ないかと思ったもので」と真行寺は言った。

「じゃあ、そうしてください」

「だけど、ヘンなもの見ちゃったからなあ」

真行寺は独り言のように言った。

「身内のことなんでほっといてくれ。余計なお世話なんだよ」

相手の言葉遣いが急にぞんざいになった。

「幼児虐待、ドメスティックバイオレンス、身内のことだからと言ってほっておくな、余計なお世話を焼け、そういうことに最近はなってるんでね。——おい大丈夫か」

倒れている少年は動かなかった。

「どこがそんなこと決めてるんだ。出て行かないんなら、警察呼ぶよ」

真行寺は男に向き直って、ゆっくり首を振った。

「出て行かないよ」

相手は驚いた顔をしてまじまじとこちらを見た。

「出て行かない」と真行寺は繰り返した。

「あんた、なんか勘違いしてるよな」

「勘違い、なにを」

「身の程をわきまえろっての」

「身の程か、身の程ってなんだ」

真行寺は、久しぶりに聞くその日本語を口の中で転がして吟味した。身の程、分際、身分……。

「おい、引きずり出そう」と男は学生三人に命令するように言った。

突然、真行寺が叫んだ。

「そこまでだ！」

その声は、コンクリートの堅い壁に反射して、男たちの胸を圧し、足をすくませた。

「おとなしくするなら、事情を聴いてやる。これ以上反抗的な態度を取ると、公務執行妨害で逮捕するぞ」

取り巻いていた顔に驚きが露《あら》わになった。真行寺はまず学生達のそれぞれに鋭い視線を浴びせかけ、

「学内で手錠かけられパトカーに乗せられてみろ、間違いなく退学処分だ」と言い放った。

次にその視線を男に振り向けた。

「あんたも一緒だ。明日からワイドショーの餌食《えじき》になるぞ。わかったか、巽《たつみ》リョートさん」

相手が黙ったままだったので、真行寺はポケットからスマホを取り出した。そして、一一〇番通報した。

巽リョートは芸能人《タレント》である。ミュージシャンを自称しているが、発表される曲はどれも一分以上は聴くに堪えないシロモノだ。さらに、この大学のOBであるのが、やはりOBの真行寺には気にくわない。おまけに、所属していたサークルまで同じで、いまも部室に出入りして、先輩風を吹かせているのもまた不愉快である。

ただし、毛並みはよかった。めっぽうよかった。リョートの父親もまたミュージシャンであった。ただ、これはまぁどうでもいい。ところがもう一代遡《さかのぼ》ると、その血脈はアメリカロック界のレジェンドにたどり着く。というのは、巽リョートの祖父は偉大なフォークロックミュージシャン、ボブ・ハートなのである。もちろん偉大なのは祖父であって、その血を引いているからリョートもまた偉大ということにはならない。しかし、何といってもボブ・ハートである。

レコードというものが高価で、小遣いも少なかった高校時代、友人たちと分担してアルバムを購入しては、比較的まともなオーディオ装置を持っている同級生の家にスナック菓子とコーラ持参で集合し、持ち寄ったレコードをカセットテープにダビングしあったあの頃《ころ》、ボブ・ハートの購入担当は真行寺だった。ジャンケンで負けてボブをあてがわれたわけではなく、真行寺が志願した結果だった。

当然、真行寺のレコード棚には、公式アルバムはすべて揃《そろ》っており、特に、二枚目の『俺は俺だ、文句があるか（原題 I Yam What I Yam & Dats What I Yam）』は特別なアルバムなので、高校時代に購入して盤がすり切れるほど聴いた一枚に加えて、中古屋で状態がいいものを見つけて連れて帰った予備の二枚を合わせ、計三枚が挿《さ》し込《こ》まれている。もちろんデジタルでも、発売直後のものとリマスター版のCDが計二枚買い足されてある。真行寺はそれほどまでのボブの信奉者だった。

しかし、ボブと再婚相手ユーコとの間にできた巽拓郎《たくろう》は、さほど親の才能を受け継がなかったらしく、同じEMCレコードでデビューし、さらに父親の肝煎《きもい》りで大物ミュージシャンらが参加したレコーディングをニューヨークで行ったものの、たいして売れもせず、かんばしい評価も得られなかった。拓郎の弱点は曲作り、特に詞がよくなかった。〈ロック界のディラン・トマス〉の異名をとった父の才能とはほど遠い、紋切り型の文句を連ねた陳腐な歌詞に耐えられず、真行寺はA面の途中で針をあげた。

ボーカルはレコーディング技術で、サウンド面はスタッフを補強すればそれなりにグレードアップを図れるものの、詞のテコ入れとなるとこれは難しい。拓郎はミュージシャンとしてのキャリアに見切りをつけ、三十代後半でプロデューサーを名乗るようになり、その後、EMCレコード日本支社の幹部となった。そして息子のリョートにいたっては、テレビのバラエティ番組で見かける芸能人というのが実態である。ひな壇の上のほうから身を乗りだし、叫ぶようにツッコミを入れたり、ボブ・ハートの孫であることで自虐的な笑いを取るのを目にするたびに、真行寺は「間違っている」と思う。

「さて」と真行寺は目の前の佐久間に向き直った。「供述を変えたいんだって?」

「ええ」

真行寺はうなずいて「聞こうか」と言ったが、目の前の学生は伏し目がちに沈黙した。

「なんだ、話したいことがあるんだろう」

佐久間は、ええ、と小さくつぶやいただけで、やはり言い出せずにいる。

「本当はやるつもりじゃなかったんだろ」と水を向けてみた。「そう言いに来たんじゃないのか」

佐久間ははっとしたように顔を上げた。やっぱりな、と思った。

「しかし、なんで巽さんは、なんだっけその高校生?　えっと」

「森園《もりぞの》です。森園みのる」

「そう、なんで、そこまで森園にムカついてたんだ」

「実は、森園ってのは、インディーズ界隈では結構有名なやつなんですよ」

「ふーん、高校生でか」

「ひとりユニットをやっているんですが、けっこう人気があるんです」

ひとりユニットというのは、バンド名らしきものがついてはいるが、そこに含まれるのはただひとりのアーティストだけで、大抵そいつがほとんどの楽器を奏《や》るか、もしくはプレイヤーを呼んでレコーディングやライブを行うような、そういう音楽活動の呼称だと理解しているのだが、古いロックファンの真行寺にはなかなか馴染《なじ》めないスタイルではあった。

「なんて名のユニットなんだ」と真行寺は訊《き》いた。

「愛欲人民カレーです」

「またふざけた名前だな」

「ふざけたやつなんですよ」

〝愛欲人民カレー〟をスマホで検索すると確かに結構な数のヒットがあった。

「でも人気があるんだろ」

「ええ、楽器はろくにできないんですが、曲を書くのがうまくて、なにより和音と音色と効果音のセンスが独特で、ライブでもあいつが出ると客が結構入るし、ちょっとビックリなんですが、レコーディングに助《すけ》っ人《と》として来てくれないかっていうプロからの話もあるそうです。海外ミュージシャンにまであいつのファンがいるんですよ。前座で出演しないかとまで言われてるらしいんです」

森園をレコーディングに誘っているという日本人はかなり有名だった。前座をやるかと打診したイギリス人も、ちょっとロックミュージックを聴き込んでいるリスナーなら名前くらいは知っている知名度だった。そいつはスゴいな、と真行寺は感心した。

「レコード会社からも契約しないかと声がかかったりしてるんで、調子こいてるんですよ」

「だけど、それでボコられたんじゃかなわないぜ」

「はい。リョートさんだって、それだけだと怒ったりはしないんですよ」

「じゃあ、巽さんは森園のどこがそんなに気に入らないんだ」

「色々あるんですよ。たとえば、あいつは中古レコ屋でバイトしてるんですが、勝手に〝クズ〟のコーナーを作って、そこにリョートさんのアルバムを並べてたんです。値札も、五円とか、あんまりな数字に書き換えて」

真行寺はおもわず笑って、ほかには？　と尋ねた。

「ほかですか。……リョートさんを怒らせたのは、やっぱりお父さんとお祖母《ばあ》さんの件ですかね」

真行寺はがぜん興味を持った。

「あんなものフォークでもロックでもなくて、ただの歌謡曲だって」

真行寺は手にしたボールペンをカチカチとノックしながら、笑いを堪《こら》えた。

「おまけにユーコさんのことまで、ボブを駄目にした腐ったババアだって言ったんで、それがリョートさんの耳に入って、これは聞き捨てならんってことになったんですよ」

なるほど、と真行寺はうなずいた。

真行寺もまた巽ユーコが嫌いである。このことについて彼は、ロックスターの妻にしては器量のよくないユーコがボブにあれこれ指図することに、不当な偏見から不快を感じているのではないか、と自分を疑ったことがあった。

　ともあれ、巽リョートにしてみれば、自分が頼るべきよすがは、ボブ・ハートから流れる並外れた血脈のよさにあることは疑いようがなかった。業界で飯を食ってれば、そのことには否応なく気づくだろう。そこにきて、お前の親父がやってるのはロックじゃないだの、祖母さんはボブを駄目にした疫病神だのと吐き捨てられたら、頭に血が上るのは当然かもしれない。

「それで、巽は自分は手を出さずに、お前らにボコらせたってわけか」

　真行寺が確認すると、佐久間は黙っている。

「ここははっきりさせておきたい。巽リョートは、お前らに森園をボコれって言ったのか、どうなんだ」

「殴れとは……言われてません」

「じゃあ、なんて言われたんだ」

「この俺に対してどう始末をつけるつもりなんだって、まあそんなことを」

　真行寺はため息をついた。

「お前ら、音楽やってんだろ」

「ええ」

「リョートなんて、適当におだてて、心の中じゃ馬鹿《ばか》にしてりゃあいいじゃないか。なんであんなのにデカいツラさせてるんだ」

　隣の田口が咳払《せきばら》いをした。真行寺も私情が入りすぎた、と自覚した。

確かに、ボブ・ハートの名前はデカい。なにせロックの本場は英米で、ボブは黄金期にその頂点に君臨していたいわば〝神〟である。しかし、と真行寺は思った。こんな考え方、イギリスとアメリカを頂点としてロックという大衆音楽を思い描くことそのものが、ロック精神《スピリット》に反するのだ、と。そもそも、ボブ・ハートはそんな構造やそこに巣食う不平等に対して、「くそくらえ！」と歌ったんじゃなかったのか。

それは、五十三歳という年齢には似合わない青臭い感傷だった。日頃は、警察組織のヒエラルキーの底辺で、「キャリアにはキャリアの務めが、ノンキャリにはノンキャリの務めが」と分をわきまえているつもりの彼だったが（わきまえていないとやっていけない）、本件の内幕が見えてくるにつれ、相当な不愉快を感じ始めていた。

「しかし、巽リョートが黒幕だったとしても、あの学生からの証言だけだと弱いですね」

佐久間を帰したあとの取調室で、田口が言った。

「たしかに」と真行寺はうなずいた。「えーっと、そもそもこの暴力事件が発生したいきさつって何だったっけ」と真行寺はもう一度調書を読み返した。

昨日の昼休み、巽と三人の学生たちは部室に森園を呼んだ。森園が勝手に録音機材や楽器やアンプ類を持ち出していて（それらのほとんどが巽リョートが寄贈したものだった）、いくら催促しても返さないから説教しなければと思って呼びつけたらしい。機材の持ち出しは事実で、表向きは筋が通っていた。さて、部室に剣呑《けんのん》な雰囲気が漂いだした頃、リョートがトイレに立った。この不在の間《かん》に、後輩たちが森園を痛めつけ、用を済ませて戻ったリョートが部室のドアを開けて、「よせよせ」と鷹揚《おうよう》に止めるという芝居を打つつもりだったが、その役を真行寺に取られてしまったわけである。

「とりあえずボコられた森園ってやつに会ってみるか」と真行寺は言った。

森園の自宅に電話を入れると、本人が出た。今日は学校を休んだとのことだった。怪我《けが》の具合を訊くと、まあまあです、とはっきりしない答えが返ってきた。あ、でもちょっと痛いかなどうだろう、などと独り言のように言っている。話を聞きにそちらに行きたいのだが、具合はどうだと尋ねると、これから外出するので赤羽《あかばね》の某所まで来て欲しいと言った。寝込むほどの怪我ではないらしい。

田口に捜査車両の空きを調べてもらい、使ってくださいと言われたので乗って行くことにした。教えてもらった住所をカーナビに打ち込み、走り出した。明治通りを北上し、王子《おうじ》駅の手前で本郷《ほんごう》赤羽線に乗り換えて、ナビに指示された路地で停めると、そこは乾物屋の倉庫だった。

倉庫の広い間口は、二枚の大きなスライド式の鉄扉《てっぴ》で塞《ふさ》がれていて、その片方に小さな潜《くぐ》り戸《ど》が切られていた。中からドラムの音が漏れてきている。

潜り戸のノブを回して扉を引くと、音が大きくなった。薄く開けた隙間《すきま》から、真行寺は身体を潜らせた。

中には段ボールが所狭しと積み上げられていた。ドラムセットはそのわずかな空きスペースに組まれ、包帯を巻いた頭にヘッドフォンを被《かぶ》った小柄な少年が、バスドラとスネアのシンプルなリズムを叩《たた》いていた。

ドラムセットの頭上には二本のマイクが垂れ下がり、マイクから伸びたコードはいったん地面に流れ落ちた後、床に置かれたオーディオインターフェイスにつながり、そこから再び出ると、少し離れたところの長テーブルに向かい、その上のノートパソコンに接続されていた。近づいて覗くと、ディスプレイには、森園が叩いているリズムが波形となって左から右へと描《か》き込まれている。このノートパソコンをはさむようにその前方に、小さなモニタースピーカーが左右に並んでいた。録音しているらしい。真行寺は椅子を引いて、これらの前に座った。

キック、キック、スネア、の単調なドラムフレーズを聞きながら、真行寺はこの簡易スタジオを観察した。ギタースタンドには、エレキ（ストラトキャスター）とアコースティック（マーチンD28）の二本が収まっていた。その横にフェンダーのツインリバーブ。16chのアナログミキサー、コンデンサーマイクが入っていると思われるジュラルミンケース、PROPHET《プロフェット》 5というヴィンテージ・シンセサイザー、DJ用のターンテーブル、８０８《やおや》と呼ばれる古いドラムマシン、最新機種のサンプラー、などが並べられていた。これらをみんな森園が部室から持ち出したんだとしたら、いいかげん早く返せと叱《しか》られてもしかたがない。その他にも、学習教材用のタンバリン、おもちゃのラッパ、なぜか素焼きの大きな壺《つぼ》までもがあった。

ふいにドラムの音がやんだ。ヘッドフォンを外し森園がセットから出てきた。真行寺はディスプレイ上の録音停止ボタンを指で押して止めてやった。

「あ、すいません」と森園は、長テーブルにやって来て、パイプ椅子に座るとノートパソコンに向かい、さっき真行寺が触れた停止ボタンの横にある再生ボタンを指先でタッチした。するとと、今しがた叩いたビートがスピーカーから溢れてきた。

「うわ、最悪」

そうつぶやくとすぐに止めてしまった。

「真行寺です」

こっちに注意を向けようと、名乗った。

森園は、はあと言って長テーブルの上に置いてあったペットボトルを摑むと、ボトルの底を天井に向け、残っていたコーラを一気に飲み干した。

「怪我の具合はどうだ？　あれだけスティック振れるならそんなに心配しなくていいのかな」と真行寺は言った。

「でもまだ痛みます」

「そうか、じゃあ今日でなくてもいいから、近いうちにじっくり話を聞かせてくれないか」

森園はまた、はあと言った。

「ああいう目に遭ったいきさつを君の口からも聞いておきたいんだ」

「それは僕が悪口を言ったからですよ」

「自覚があるんだな」

「あります」

「その悪口ってのは例えば――」

「先輩が大学で入ったあのサークルにマイクを借りに行ったんです」

「ビターデイズだな」

森園はうなずいた。

「行ったらそこに、どっかで見たことのあるオッサンがいて、これがリョートだったんです」

リョートなんて馬鹿にしてやればいいんだ、と暴言を吐いた真行寺だったが、高校生がいきなり呼び捨てにしたのには恐れ入った。

「『この人はボブ・ハートの孫に当たるんだよ』と先輩に言われて、ボブ・ハートって誰《だれ》だよって応えちゃったのが険悪になったきっかけです。あーでも、これはまだ悪口じゃないな」

真行寺は耳を疑った。

「ボブ・ハートを知らないのか」

「だから聴いてみたんです」

「何を」

「あの有名な二枚目《セカンド》。『俺は俺だ、文句があるか』」

これでぐっとこなければ、アウトである。

「音がアナログっぽくてゴリッとしてるのはいいなと思いました」

当たり前だ。アナログ録音なんだから。

「で、どうだった？」

「――ほかには？」

「詞がいいっていうけど、なんか俺にはピンとこなかったなあ。英語あまりできないから歌詞カード見ながら聴いたんですけど」

これも世代の差ってやつか、と納得しようとしたが、森園はさらにこんなことを言って、真行寺を驚かせた。

「俺は俺だ、文句があるか、なんて言うのもシラケませんか。そんな当たり前のこと言われても」

「でもな森園君――」

真行寺は口をはさんだ。捜査に関係ないとわかっていながらも、ファンとしては弁護を買って出ないわけにはいかない。

「君も社会に出たらわかると思うけど、人はつまらん人間関係やしがらみのなかで、たとえば会社の中の僕とか、町内会の私とか、配偶者にとっての俺とか、そういう役割を演じてると、自分ってものをどんどんすり減らしてしまうんだよ。だからこそ、俺は俺だっていうメッセージは単純だけど大切なんだ。当たり前って言えば当たり前さ。馬鹿のように聞こえるかもしれない。だけど、当たり前で馬鹿みたいでも大切なものってのはあるんだよ」

そう言って真行寺は、生真面目《きまじめ》に語った自分に驚いた。「君も社会に出たらわかる」なんて常套句《じょうとうく》は絶対口にすまいと思っていたフレーズだ。

森園のほうは少し神妙になって、ボブ・ハート好きなんですか、と訊いてきた。まあな、と真行寺はうなずいた。森園は、そうなんですか。やっぱりファンはちがうな、初めてまともな反論聞いた気がする、と感心したあとで、「でも」とつなげた。

「やっぱり思うんですよ。〝俺は俺だ〟なんて言ったって、なんにも始まらないんじゃねって」

「だから、そこが出発点なんだ。〝俺は俺だ〟から始まるんだよ。『まずは主体性から出発しなければならない』」

「〝俺は俺だ〟が主体性になるんですか」

「そう言われると自信がないんだが、当たらずとも遠からずだろ。サルトルってやつが言ったらしい。少し前に若い友人が教えてくれた」

「そうなんですか。じゃあ、俺嫌いなんだ」

「嫌い？」

「ええ、嫌いなんだと思うんですよ。〝俺は俺だ〟とか、〝私以外私じゃないの〟とか、結局、自分が誰なのかは棚上げにしたままなんです。俺は言ってやりたいんですよ。俺は俺だ、私以外私じゃないの、オーケーわかった、じゃあお前は誰だ、って」

ガキだと思い、ちょっと諭《さと》してやろうとした相手が、なにやら不可解な理屈をこねてきたので、真行寺は面食らった。そして、ここは本来の職務に立ち戻ったほうがいいと判断し、多少むっとしながらも、

「それでリョートとは？」と先を促した。

「ええ、で、その孫のリョートのCDも部室に転がってた。ついでにこれもいっとくかと思ったのが運の尽き。やばいぐらいダサくて、げー。吐きそうになったんですよ」

だろうな、と真行寺も思った。森園は、あれはダッサかったあ、と感慨深げに振り返り、

「CDのタイトルがまた笑えるんですよ。『俺として俺はゆく』」

確かにお笑いだ。「ほかでもないこの俺」を大切にしているように見せかけて、祖父の威光を笠《かさ》に着ようとしているのがミエミエなんだから。

「ね、やばいでしょ。だから、サインペンで最初の〝俺〟を二重線で消して、〝孫〟に書き換えました。で、『孫として俺はゆく』を部室に置いといたんです」

「だけどそのCDは借りものだろ、タイトル書き換えるなんてひどいじゃないか」

「まあ、そうなんですけど。気を遣って誰もなにも言わないんで、このくらいやったほうがいいんですよ」

「どういいんだ」

「やっぱりクズはクズって言わなきゃ駄目でしょ」

なるほど、と真行寺は言った。――心の中で。

「でも絶対それは言うなって言われたんです、佐久間や岡井《おかい》や佐藤《さとう》に」

　真行寺は手帳を開いて、

「その三人は君をボコった連中だな」

「ええ」

「三人は附属高でも一緒だったんだろ」

「そうです。佐久間らは『ザ・さんにん』ってアホな名前のバンド組んでたんですけど、なかなか巧《うま》かったんで、よく手伝ってもらいました」

「呼び捨てなのか、三人は君の先輩に当たるわけだろ」

「いや、同級生なんですよ、俺一年ダブってるんです」

「なぜ」

「ずーっと部屋にこもって曲作ってたら、出席日数足りなくなっちゃって」

　呆《あき》れたやつだ。

「親は怒らないのか」

「怒るというか泣いてます。音楽で食っていけるなら、さっさと退学してくれって」

「世の中そんなに甘くないからな」

「そうみたいですね」

「で、話は戻るが、三人は巽リョートの悪口を言うなって言ったんだな」

「はい」

「なんでそこまでビビってるんだ」

「孫はね、どーんと寄贈してくれるんですよ、機材とか楽器とか」

「なるほど。そりゃまぁ怒らせないほうがお得だな」

「あと、孫だって聞くと、なんかこう萎縮《いしゅく》しちゃうみたいなんですよね、なんでなんですかね」

「ボブ・ハートの、だからな」

「でも、あいつらそんなにボブ・ハート好きなわけでもないんですよ。だったらどうでもいいじゃん、孫なんてもっとどうでもいいじゃんってことに、なんでならないんですかね」

正しい意見だと思っている真行寺は、答えに窮した。

「で、そう忠告されたのに、君は聞く耳持たずに、悪態つきまくってたんだな」

「いや、マジで忠告されてたので、おとなしくしてましたよ。でも、ムカつきはしたんで、バイト先のレコ屋で〝クズ〟のコーナー作って『孫として俺は行く』を入れたり」

「『俺として俺は行く』だな」真行寺はいちおう訂正した。

「『孫として俺は行く』のほうがよくないですか」

「いいかもしれないが、ここは事実関係のほうが大事だ」

「じゃあまあ、それでいいです」

「でもなんでそれがバレたんだ。たまたまリョートが店に来ちゃったとか？」

「いや、俺が Twitter に写メ上げたりしたからです」

ちょっと待て。スマホを取り出し、教えてもらったアカウントをチェックすると、父親の拓郎さらに祖母のユーコにまで言いたい放題である。

「全然おとなしくしてないじゃないか」

真行寺は呆れた。

「で、呼び出されたのは誰から?」

「いや、まず俺が電話したんですよ、レコーディングしたいんで、ちょっと弾いてくれないかって」

「誰に」

「佐藤だったかな、その時電話に出てくれたのがたまたま佐藤だったんで」

「佐藤ってのは」

「ギターです。でも、ほかのメンバーにも手伝ってもらいたかったから、佐久間や岡井にも声かけてくれって伝言した。そしたら、佐久間から電話があって、機材を借りっ放しなのが問題になってるぞ、とりあえず一度詫《わ》び入れに来いって言われたんで出かけたら、そこに孫がいたわけです」

謀られたな。

「なんて言われたんだ」

「多少才能があっても、きちんとしなければやっていけないぞとか、あのレコード会社の専務はよく知っているんだとか、まあそんなことです」

なにを偉そうに、と真行寺は思った。

「で、説教が一段落してリョートがトイレに立ったんだな」

この離席を合図に三人に殴られて、森園は大怪我することになったってわけだ。

「いや、そうじゃなくて」と森園が言った。「リョートが説教してる時に、俺があくびしたんですよ」

「あくび」真行寺は驚いた。

「徹夜だったんすよ」

そういう問題じゃないだろう、と真行寺は思った。

「そしたら孫じゃなくて、隣にいた岡井がすんげえ剣幕で怒って、ドラムスティックのケツで思いっきりひっぱたきやがった。これを見て孫が席を立ったんですよ」

「そのあとボコボコにされたってわけか」

「いや、孫が出てってから佐久間が俺に言ったんです。ああいう風に余裕かましてるけど、リョートさんはカンカンだ。マジでやばいから、これから一発殴る。お前は十発ぐらい殴られたふりをしろって」

「オーケーしたのか」

「本当は嫌だったんだけど、佐久間がマジだったから。あいつには世話になってるし、機材を借りっぱなしなのも事実だから、一発だけなら延滞料金代わりにまあいいかなと思って」

「馬鹿。妙な倒れ方をして、急所を打ったりすれば、大ごとになるんだぞ」

このあと二、三質問し、返ってきた答えを渋谷署で聞いた佐久間の話と合わせると、ことの次第が見えてきた。

佐久間は森園を殴った。その思い切り振った拳《こぶし》は顎《あご》に入ってしまった。脳が揺れ、腰は砕け、森園は、部室の隅に林立するマイクスタンドの中へ頭から突っ込んだ。慌てた三人は、スタンドを払いのけて森園を引きずり出した。しかし、床に腹ばいに伸びたまま動かない。やがて、その頭部から血が流れ出し、床を汚し始めた。

学生三人は心配しつつも、この状態を見せればリョートも満足するだろうと思って、突っ立っていた。すると、ドアを開けて入ってきたのは見知らぬおっさんで、おまけにそいつは刑事だった、というわけだ。

ともかく、学生と森園はリョート相手にひと芝居打つつもりだったらしい。だとしたら、なぜ佐久間は渋谷署でそう証言しなかったのか。できなかったんだろう。なぜだ。リョートを怖れているから、そうとしか考えられなかった。

だが、そもそも、リョートの何が佐久間たちをそう萎縮させるのだろう。真行寺には思いつかなかった。――毛並み以外には。

「君としてはこれを刑事事件にしたいのかな」と真行寺は森園に尋ねた。

「刑事事件にするとどうなるんですか」

「調書を取って、検察に送ることになる」

「誰を」

「佐久間をはじめとして、現場にいた三人。もっとも殴ったのは佐久間だけだってことになると、あとの二人については放免される可能性もあるけどな」

「佐久間をいじめてもしょうがないんですよ」

言いたいことはわかる。

「けど、巽リョートの送検は難儀だぞ」

「そうなんですか」

巽リョートは暴行の現場にはいなかった。これは現場にいた真行寺が確認している。だから、巽リョートを捜査対象にすることは難しい。目撃者の役を刑事に取られてしまったことで、かえってリョートに都合のいい展開になったとも言える。

突然、「カレー食いに行きませんか」という森園の声が聞こえた。

「嫌いですかカレー」

その藪《やぶ》から棒な提案に少々面食らったが、

「嫌いじゃないけどな」と真行寺は言った。

「この近くにうまい店があるんです。ご馳走《ちそう》してくださいよ」

借りた機材を返さなかったり、年長者にひどい悪態をついたり、聞き取りに来た刑事に飯を奢《おご》れとねだったり、こいつはかなり図々しい性格らしい。

「彼女がバイトしているのでよく食いに行ってるんですが、うまいんですよ」

愛欲人民カレーなんて一人バンド名をつけているくらいだから、カレーについてはその舌を信用してやっていいだろう。オーケーした。

ロックバンドのステッカーがベタベタ貼《は》られたノートパソコンをワッペンだらけの肩掛け鞄《かばん》にしまい、森園は駅方面へ歩き出した。車を残したまま、真行寺は後についた。五分ほど歩くと「インド料理 マドラス」という看板が見えた。ところが、黄色い扉には closed の札《ふだ》がかかっていた。嵌《は》めこまれたガラスから店内を見ると、薄暗い中、椅子が脚を上にしてテーブルに載せられている。

「あれ、おかしいな、昨日も休みだったんですよ」

森園は唇をとがらせた。

余所《よそ》でほかのものでもと真行寺は誘ったが、もう頭の中がカレー一色に染まっているし、マドラスのじゃないと食う気がしないから今日はもう帰る、と森園は言った。そして、頭が痛むから家まで乗せてってくれ、とまたもや遠慮のないリクエストを寄こした。かまわないよ、と真行寺は答えた。それで、車を取りにまた乾物屋の倉庫の前まで戻った。

乗り込むと森園は、カーオーディオはないんですか、と訊いてきた。あるわけないだろそんなもの、警察車両だぞ。そう言うと、森園はバッグの中からBOSEの携帯用スピーカーを取りだし、ダッシュボードに置いて、Bluetooth でスマホにつなぐと、ZZ《ジージー》トップを鳴らし、

「刑事《でか》の車にはぴったりでしょう」などと言った。

車を出すと、真行寺は住所を訊いた。森園は荒川《あらかわ》を越えたところにあるマンモス団地の名

前を言った。団地暮らしというのは意外だった。真行寺があの大学に通っていた頃は、附属から上がってきた連中は皆それなりの子息や令嬢ばかりだった。佐久間に付き添って渋谷署までやってきたあの母親だって、ずいぶんといい身なりをしていた。こう見えてこいつも食うに困らない家の子だろうと思っていたのだが、森園は車窓から川面を見下ろして、

「俺んちは母子家庭ですよ」とつまらなそうに言った。

そうか、授業料高いから親は大変だろうと言うと、離婚した父親が払う養育費と慰謝料でなんとか、とつぶやいた。

「とにかく、金持ちだらけのあの高校じゃあ俺は最下層ですよ」

だったら、ダブらないですんなり進級してやれよ、と真行寺は言いたかった。

「おまけに音楽なんかやってるのは、最近じゃ全然イケてないってことになってるし、スクールカーストの底辺って感じですか」

「佐久間は君のこと褒めてたぞ。なかなかの才能だって」

もっとも嫌みまじりだったけどな、というのは省略した。

「そんなことないですよ、もう俺なんかサイテーですよ。まともに弾ける楽器もないし、金ないし」

なんなんだコイツは。ぐじぐじ文句ばかり言って。確かに一発殴ってやりたくなるキャラではある。

川を渡ると間もなく団地が見えてきた。くの字に折れながら線路沿いに巨大な外壁を連ね

るその形貌《けいぼう》からは、壮観を超えてどこか禍々《まがまが》しい気配が漂っていた。

「もうこのへんは中国人ばかりです」車が敷地に入ると森園が言った。「だから、団地の中には中華料理屋が多いんです。――あ、この辺で停めてください」

「傷が治ったらまた。それと佐久間らのことについても考えておいてくれ」

森園が降りる時、真行寺は声をかけた。

「孫はなんともならないんですか」

ドアを閉める前に森園は訊いた。

「さっき言った通りだ」

そう答えて真行寺は車を出した。


橋を渡り、夕暮れの荒川沿いを流していると、土手の脇《わき》にパトカーと救急車が停まっていた。なにごとかと思って車を降り、土手に上って河原を見下ろすと、制服私服が入り交じり、捜査員たちが動いているのが遠くに見えた。十数名の大所帯である。草が生い茂る斜面を下りて行き、サイクリングロードに立っている背の高い若手を捕まえ、バッヂを見せた。

「本庁の真行寺です。ちょうど通りかかったもので」

基本的には、相手がベテランだろうが若かろうが、彼は敬語を使う。巡査長という最下層の真行寺にとって、そのほうが間違いがないからだ。

「赤羽署の小田切《おだぎり》です。変死体が発見されました。この向こうの河川敷のさらに奥で」

若い刑事が指さした先は、茫々《ぼうぼう》とした草藪である。

「発見者は？」

「野球をやってた中学生です。頭を越えていったボールを追いかけて、見つけちゃったようです」

「それはかわいそうに。——被害者の特徴は」

「外国人旅行者です」

「中国人ですか？」

「おそらくインド。もしくはネパールかパキスタンかバングラデシュあたり。財布にはインドの紙幣がいくらかありました」

「日本円は」

「二万円ほどがそのまま」

「じゃあ、金目当てではないわけですか。所持品は？」

「ホテルの鍵がポケットに。すぐ近くの大和《だいわ》ネットホテル赤羽です」

「殺され方は？」

「これから検死ですが、おそらく撲殺かと」

「凶器は？」

「見当たりません、今のところは」

「絞殺ではないんですか？」

「いえ、殴られてます」

素手で人間を殴り殺すというのは考えにくいんだけどな、と思っていると、

「周辺を捜索中です。持ち帰った可能性もありますので」と注釈がついた。

「ちょっと拝んできます。手袋貸してもらっていいですか」

真行寺は河岸のほとりに向かって歩き出した。捜査員たちに身分を名乗り、遺体の脇にしゃがみ込んで手を合わせてから、シートをめくった。外国人の面相から年齢を割り出すのは自信がなかったが、四十代半ばくらいだろうと見積もった。

「これはなんでしょう」

被害者の耳を指さして真行寺が訊いた。耳穴からその周辺にかけてただれたような痕《あと》がある。

「火傷《やけど》です」と鑑識係員が答えた。

「死因は撲殺では?」

「ええ撲殺です、恐らくは」

「でも、この火傷も古いものではなさそうですね」

「ええ、ごく最近のものです」

「ホテルの鍵に部屋番号がついてますか?」と真行寺が訊いた。

鑑識係員が証拠品保存用のビニール袋をつまみ上げ、キーホルダーに彫られた数字を、

「八〇四《ハチマルヨン》」と読み上げた。

よっこらしょと腰を上げ、土手に向かって歩き出した。サイクリングロードにはまだ小田切が立っていた。手袋を返し、大和ネットホテル赤羽の住所を教えてもらった。

八〇四号室の前には黄色いテープが張られ、開《あ》いている扉から中を覗くと、鑑識係員三名が、指紋を採取するために刷毛《はけ》を動かしているのが見えた。室内はかなり狭いので、入らないほうがいいだろうと思い、目が合った中のひとりに手招きして廊下まで来てもらった。怪訝《けげん》な顔をして近づいてきた制服警官にバッヂを見せて、

「なにか出ましたか」と訊いた。

こちらが刑事だとわかると警戒を解いて、

「机の抽斗《ひきだし》にパスポートが入ってました」と警官は答えた。

「どこの」

「インドです」

「なるほど。ほかに見つかったものはありましたか？」

「机の上に、旅行代理店の従業員の名刺が」

「その名刺にある会社名と個人名、それから電話番号のメモをください」

そう言い置いて、返事を待たずに、エレベーターホールに行き、▼ボタンを押した。

フロントのデスクカウンターに着くと、バッヂを提示して、八〇四号室の宿泊データを見せて欲しいと言った。旅館業法に従っていれば、パスポートの提示を宿泊客に求め、コピー

を取っているはずだ。取っていた。これで名前がわかる。

しかし、そこに並んだ文字は、まったく読めなかった。まるで古代の象形文字のようだ。インドの公用語って何語だっけ？　ヒンディー語か、サンスクリット語ってのもインドの言葉だった気がする。タミル語もそうだったような、シンハラ語ってのも聞いたことあるぞ。わからない。しかたがないので、ローマ字表記を見た。しかし、これも文字の並びが複雑すぎて読めなかった。真行寺は笑ってしまった。

「そちらのコンピュータに打ち込んだ宿泊者名はこのVから始まるローマ字表記ので合っていますか」とフロントマンに訊いた。「合っています」という返事があった。

とりあえず、パスポートのコピーをコピーしてもらい、さらにそれをスマホで撮って、もう一度エレベーターに乗った。

八〇四号室に行き制服警官に名刺のメモをもらった。

ジャパン・トラベラー・デスク。略称JTDの池袋《いけぶくろ》支店インバウンド担当星野美香子《ほしのみかこ》。

スマホを取りだしすぐにかけた。星野美香子はあいにく外出中だった。折り返し電話が欲しいとことづけて切った。制服警官に、赤羽署刑事課からはまだ来てないかと訊いたら、いましがたふたり来て中に入ったというので、呼んでくれと頼んだ。すると、奥から来て「どうも」と長軀《ちょうく》を屈《かが》めたのは、川原で手袋を借りた小田切だった。

「パスポートを入国管理局とインド大使館に照合するだろうけど、お手数だが、その結果を教えてもらえますかね」

そう言って名刺を渡した。

「あ、本庁の刑事部捜査第一課ですか。真行寺弘道《ひろみち》……巡査長？」

手にした名刺を読み上げる声が階級のところで跳ね上がり、疑問形になった。いい年齢《とし》して、なぜ巡査長？　という含みのあるこの手の反応には慣れているから、

「ミスプリじゃないんですよ、長の前に〝部〟が抜けているわけでもなく、つまり巡査部長じゃなくて、シンプルに巡査長です」と添えた。

ここで相手はどう応じていいのかまごつくので、

「どうかよろしくお願いします」

と言い残し、さっさと退散する。これはもうほとんど儀式化している一連の流れである。

桜田門《さくらだもん》に戻ると、水野玲子《みずのれいこ》課長の席の前に立ち、荒川の変死体について報告した。水野はデスクに向かって積み上げられた書類にどんどん印鑑を押しながら聞いていた。一通り真行寺が話し終わると、印をつきながら、自分の脇に置いてある椅子に視線を送った。真行寺は腰を下ろした。

「それで赤羽署から連絡があったわけか」と水野は言った。「本当に真行寺弘道って刑事がいるかどうか、連絡があったそうよ」

「はあ」

「警視庁刑事部捜査第一課の巡査長なんてあり得ないので、バッヂと名刺が偽造じゃないか

って疑われたんじゃないかな」

　あり得ないと言われたら、ここにいる俺はどうなるんだと真行寺は苦笑した。

「電話を取った橋爪《はしづめ》君がホンモノですって請け合ったら、相手がなぜだって訊いてきた。その年齢《とし》で巡査長、それで本庁刑事部にいる理由を訊きたかったみたいだけど、橋爪君はわかりませんって答えるしかなかった。まったくもう、昇任試験を受けないから面倒な手間が増える」

「大した手間じゃないでしょう。それだけですか？」

「荒川河川敷の変死体について真行寺巡査長から、その後の捜査結果を報告するように命じられたんだけど、これは桜田門からの命令だと受け取っていいか、本庁は了解しているのかって確認された」

「面倒くさいなあ。首突っ込むなってことですか」

「当然そういうニュアンスは含まれてる」

　真行寺はげんなりしつつ、「それで」と訊いた。

「判断がつかなかった橋爪君はいったん電話を切って私に報告してきた」

「主任と係長すっとばしてですか」

「すっとばさないほうがよかった？」

　いや、と真行寺は首を振った。

　主任の坂本《さかもと》や係長の田宮《たみや》の耳に入ったら、プラプラ出歩いて所轄の事件《ヤマ》に勝手に首突っ込んでいったい何やってんだ、ってことになるに決まっている。

「で、課長はなんと」

「何か考えがあってのことにちがいないから報告してくださいって電話しといた。で、なにか気になるの？」

水野は印を押す手を休めずに訊いた。

「殺されかたがどこか妙なんですよ。死因は撲殺ですが、片耳と口にひどい火傷の痕がある。財布に金が残っているところを見ると、金目当てでもない」

「それは、検死の報告を待ってから考えるべきだな。赤羽かあ」

「あの辺はインド人が多いんですか」

「インド人が多いのは葛西《かさい》じゃなかったかな」

「どうして」

「最初の頃、日本に移住した人の中にすごく面倒見のいい人物がいて、日本で暮らし始めたインド人がその人の周りに集まってきて、徐々に共同体ができあがったって話は聞いたことがある」

「ふーん。インド人ってのはそうやってまとまって暮らすのが好きなのか。でも、葛西と赤羽はかなり離れてますね。じゃあ、葛西という旧勢力に対して、赤羽勢が新興して、両者の確執が激化してって説はどう思いますか？」

「被害者は観光客なんでしょ」

そうでした、と真行寺は首をすくめた。どお、まだ気になるこの事件？　と水野が訊いた。そうですねえ、と真行寺は考えた。なぜ自分はこの事件が妙に気になるのだろうか。わからない。そして、その気になり方がまた居心地が悪い。それも気になったが、その理由もまたわからなかった。

「まあ、気になるって言えば気になるんですが、気にしないほうがいいかもって気もして」

　水野は印鑑を持った手を止めて、真行寺を見た。

「どういう意味？」

「『触らぬ神に祟《たた》りなし』って言うでしょう。下手《へた》に手を突っ込んで、ヤバいと思った時には、もうベタベタ触っちゃってるってことになりはしないかと」

「署の事件に臨場した本庁の刑事がなに言ってんの。それに、祟りがあろうがなかろうが、事件となったら着手するのが警官です。だいたい〝触らぬ神〟ってなに」

「いや、たとえば、警視総監とか」

「はあ？」

「総監の息子が犯人だったらどうします？」

「本気で言ってるの？」

「いや、ちがう。すみません、ちがいました。総監は神じゃないものな」

　真行寺は頭をかき、水野はため息をついた。すると、

「……総監は〝神〟よ」

と彼女の口から意外な一言がこぼれた。

「なに言ってんですか」

「よく、若い子がアイドルなんかを〝私にとって神〟とか言うじゃない」

「クリーム時代のエリック・クラプトンは〝ギターの神様〟と言われてました」

真行寺は自分の趣味に引き込んで理解した。水野は「あっそ」と受け流した。

「とにかく、どっちも世俗社会で卓越した存在を神と呼んでるわけよね」

「世俗社会？」

「宗教じゃないってこと」

「宗教じゃないってこと、それが世俗ですか」

「そう。その世俗で神と呼ばれる人たちがいる」

「矛盾してませんか、神は宗教で登場するキャラでしょう」

「宗教から離れたところにも〝宗教っぽいもの〟ってあると思わない？」

「それが、ギターの神様ですか」

「たとえば、それ。でも、真行寺さんは総監は神じゃないって言った。つまり、真行寺さんがイメージした〝神〟ってのは〝宗教っぽいもの〟ではなくまんま宗教だってこと？」

「どうかなあ。それより総監に対しては単純に俺が愛を感じてないからだと思いますが」

「愛か」

「若い子がアイドルに熱狂するのは愛があるからでしょう。俺もクラプトンの握手会なら一時間くらい平気で並びます。ジェリー・ガルシアなら二時間並んでもいい。でも、総監との飲み会だったら辞退するでしょうね」

水野は笑ってくれなかった。そして、

「だったら、あなたは異端だ」と不吉なことを口走った。「警察にいながら、警察機構が持っている〝宗教っぽいもの〟の外にいるアブナイやつってことになるから」

そうかもしれない、と真行寺は思った。

ようやく水野は薄く笑って「いまに処刑されますよ」とさらに不気味な予言を告げてタンブラーに手を伸ばし、一口飲んだ。そして、細い指先で頬《ほお》に触れてなにか考えていた。真行寺はその横に座って、黒いタンブラーに浮かぶ赤い薔薇《バラ》の模様を見ていた。不吉な予感はさらに増した。やがて、「とにかく」という水野の声が聞こえた。

「もう首突っ込んじゃったんだから、〝触らぬ神〟がいるかどうか確認して。――以上」

水野はまた押印の作業に戻った。

了解です、と言って真行寺は腰を上げた。


有楽町《ゆうらくちょう》から東京駅へ出て、乗り込んだ中央線の通勤特快があんまり混んでいたので嫌になって新宿《しんじゅく》で降りた。そして閉店間際のディスクユニオンに飛び込んで、何枚か買い、また混雑した列車の人となって東京の西の端へと運ばれて行った。

終点の高尾《たかお》で降りた。駅前の有料駐輪場からクロスバイクを引っ張り出して、サドルに尻《しり》を乗せた。ゆっくりとペダルを踏みながら、上り一辺倒の細い坂をだらだらと登って、赤いレンガの家の前についた時には、もう秋だというのに結構な汗をかいていた。

特殊な斜めピンを加えた複雑な仕組みの鍵《かぎ》をみっつ次から次へと鍵穴に突っ込んだ。こいつはピッキング技術なんかじゃ絶対に開けられない優れものである。カチャリカチャリと解錠し、ドアを開けた。靴を脱いで上がると、皺《しわ》だらけの上着とズボンをハンガーに掛け、下着は洗濯機の籠《かご》にほうり込んで、浴室に入ってシャワーを浴び、軽いスウェットの上下に着替えてから、アンプのスイッチを入れた。

いま、ソファーに腰を下ろした真行寺の目の前には、大きなスピーカーが二組ある。ひとつは真行寺が購入したアメリカ製品、そして、木工用のベニヤ板を貼り合わせて組み上げたもうひとつは、前の住人が作ってここに置いていったものだ。

その黒木《くろき》と名乗る青年と知り合ったのは秋葉原《あきはばら》で、オーディオ用の真空管を扱う店先だった。一緒に昼飯を食った後《あと》、誘われるままにここに来て、このスピーカーで色々と聴かせてもらった。見事な音に感服した。その素直な音ゆえに、その若者を信頼するようになった。職業を尋ねるとハッカーだと言った。実際、コンピュータとネットワーク通信に関する知識と技術は驚嘆すべきものがあったので、とある事件の解決に向け、真行寺は彼に協力を求めた。真行寺は黒木の助力によってじりじりと真相に迫っていった。

しかし、出てきた真相はあまりにもデカすぎた。真行寺は中途半端な形で捜査の手を引っ込めるしかなくなり、黒木のほうはまた海外へと旅立っていった。

ところが、黒木というのは実はとんでもない偽名だったことがあとで判明した。本名はいまもわからない。メンツをつぶされた警察は必死になって彼の行方を追っている。真行寺も、約ひと月、警察内部からの厳しい追及に苦しんだ。

にもかかわらず真行寺は、その腕を見込まれ世界のどこかで仕事をしているこのハッカーと、いまも奇妙な方法で連絡を取り合っている。

その事件の後、真行寺は、ローンを完済したばかりの八王子の一戸建てを売り払い、ここに引っ越してきた。理由のひとつは、八王子よりもさらに東京の西の果てにあり、もとはピザ屋だったこの家の周りには人家がないので、大音量でオーディオを楽しむことができるからだ。

もうひとつは、黒木とここに籠《こ》もり、計画を練り、実行したことで、この家が真行寺にとってアジトのような意味を持ってしまったことが原因している。もちろんアジトを持つなどというのは警察官にとっては不必要だし、危険なことである。しかし、自分でもはっきりと意識していなかったが、彼の中には、なにかに抵抗しようとする暗い情念がずっとくすぶっているのだった。

手元のスマートフォンを操作して、クロスビー、スティルス、ナッシュ&ヤングの『デジャ・ヴ』を選び、プレイボタンを押した。黒木作のスピーカーから一曲目の「キャリー・オン」が流れてきた。

台所に立ち、銀色の鈍い光を放つ業務用冷蔵庫のドアを開けた。独り暮らしには持て余すほどにこいつの図体がデカいのは、ピザ屋時代の名残《なごり》というわけだ。駅前のスーパーで冷凍食品を中心にたんまり買い込んで（その時はバスに乗って）、帰ってきてどんどんここにほうり込んでも余裕がある。豚肉とキャベツがあったので、この日はインスタントの素《もと》で回鍋肉《ホイコーロー》をつくり、冷凍炒飯《チャーハン》の残りを炒め、ダイニングテーブルで、「僕達の家」を聞きながらひとりで食べた。

茶碗《ちゃわん》と皿と箸《はし》とコップを流しに運んで、フライパンと一緒にさっさと洗い物をすませたところで、『デジャ・ヴ』が終わった。

さて、とスピーカーの正面に置かれたソファーに座った真行寺は、缶ビールのタブを引いてひとくち飲むと、「インドねえ」と考えた。インドの弦楽器と言えば、シタール。ビートルズのジョージ・ハリスンが入れあげて、ラヴィ・シャンカールに弟子入りしようとしたが、よしなさいと言われて諦《あきら》めたとか、そんな話があったな。確か「ノルウェーの森」に使われていたぞ。右のスピーカーからアコースティックギターのストロークの後に、左から聞こえてくる、どこかひび割れたような弦の音がシタールだったはずだ。よし聴いてみよう、と真行寺は立ちあがってレコード棚に向かった。

「ノルウェーの森」「ウィズイン・ユー・ウィズアウト・ユー」「ジ・インナー・ライト」「ラヴ・ユー・トゥ」「トゥモロー・ネバー・ノウズ」と盤を取っ替え引っ替えして、巧いんだか下手なんだかよくわからないジョージ・ハリスンのシタールの音色に耳を傾けた後でまた、「インドねえ」とつぶやいてビールを飲んだ。

突然、スマホが鳴った。

——真行寺巡査長かな。

相手はそれだけ言った。階級でこちらを特定しているのだから先方もおそらく警官だ。

「さようです」

——赤羽署の門脇《かどわき》警部補です。

向こうは自分の階級も名乗った。これは互いの上下関係を確認するためだろう。

——今日、荒川河川敷の件で小田切に色々と注文つけてくれたそうだが。

注文をつける？　真行寺は同じ言葉を繰り返した。

——あいつも一応巡査部長なんで、巡査長のあんたが顎で使うような真似《まね》はどうかと思うね。

「顎でなんか使ってませんよ。捜査状況についてわかったことがあったら教えてくださいとお願いしたまでです」

——そうかい。こっちはできれば頼まれたくはなかったんだが、上からそうしろと言われたからこうして電話しているわけだよ。

ありがとうございます、と真行寺は言った。

——インド大使館と入国審査局に問い合わせて分かったことを伝える。メモしろ。

はい、と言って真行寺はペンを取らずにスマホの録音ボタンを押した。

——被害者の名前は、ベンカテッシュ・スブラマニヤム。

そのあと、スペルが読み上げられた。

――タミル・ナードゥ州のチェンナイ出身だ。

地名を言われても、インドのどこだか見当がつかない。黙っていると門脇が、

――南のほうだ。東岸にある港町。暑いだろうな。入国は五日前。

「インドでの職業は？」

――板さんだよ。

「え？」

――板前。

料理人か。

――今日わかったのはそんなところだ。じゃあこれで。

「ちょっと待ってください」と真行寺は言った。「被害者は右耳の周辺に火傷の痕がありました、それについて何かあらたに情報が入りましたか」

――ああ、アレね。

言葉が途切れて、沈黙が残った。

――実はあまり教えたくないんだよな。

「というのは」

――そこは俺も妙に気になるところなんでね。本庁の刑事に喋《しゃべ》って売上かっさらわれるようなことになったら、目も当てられない。わかるだろ。

「わかります」と真行寺は言った。「じゃあ、こちらも気づいたことがあればお伝えします

ので、それが功《こう》を奏《そう》した場合、門脇さんの功績にされるのはどうでしょう」

ふん、と鼻であしらう声が聞こえた。

——だったら、あんたの手柄はどうなるんだ。

「私の場合、手柄を立ててもこの先どうにもなりませんから」

——その年齢《とし》で巡査長だからな。

「ええ」

——だがその手には乗らないよ。

「え」

——噂《うわさ》には聞いてるよ。あんたがただのボンクラじゃないってことは。

真行寺は曖昧《あいまい》な笑いでこれに応じた。

——とはいえ、シカトするってわけにもいかない。なにせこっちは署で、あんたは巡査長だが桜田門に机があるんだからな。

そうだ。ならどうする？　真行寺は腹の中で問い返した。

——油だよ。

「油」

——油が検出された。

「どんな」

——ガソリンとかじゃなく、ごく普通の、台所で揚げ物を作る時に使うようなシロモノらしい。

「焼き殺そうとしたんですかね」

油であれば、灯油やガソリンじゃなくてもそれは可能だろう。しかし、見たところそんなに大量に使われた形跡はなかった。

——いや、油は耳の穴めがけて注ぎ込まれてるんだよな。鼓膜を破り耳小骨《じしょうこつ》を溶かして、耳管を焼いている。

「そいつが死因なんですか」

——ちがう。検視官が言うには、おそらく顔面殴打による脳挫傷《のうざしょう》及び頭蓋内出血《ずがいないしゅっけつ》ってことらしい。

「殴り殺した後に耳の中に油を注いでるわけですか」

相手は肯定も否定もしなかった。

「それとも寝ている時、耳から油を入れて、驚いて目を覚ましたところをめちゃくちゃに殴りつけて殺したのか」

まだ沈黙している。真行寺は矛先《ほこさき》を変えた。

「ところで、凶器は使われてますか」

ここで相手はようやく一言、「わからん」と言った。

「じゃあ発表は〝鈍器のようなもの〟でいくわけですか」

——そうだ。

わかりました、と真行寺が言うといきなり切れた。かけ直そうかと思ったが、別にこれ以上訊きたいこともなかった。ソファーに寝そべり、いましがた聞いたことを整理しようと、ノートパソコンを腹に載せ、Google マップでまずは被害者が住んでいたチェンナイという町を探した。

インド洋に向かって突き出す逆三角形のインド亜大陸の右辺の下方、つまり南東の海岸に面してその都市はあった。次に Google でチェンナイを検索し、Wikipedia のページを読んだ。田舎《いなか》ではなく都会のようだ。インドってのはヒンディー語が公用語だと思っていたが、ここじゃタミル語を使うのか、人口は四六八万人とかなり多い、と左から右へと流れていた真行寺の視線は突然ある語の上で釘《くぎ》付けになった。

〝一九九六年にマドラス（Madras）から正式に改名された〟

マドラス。インド料理屋の看板と黄色い扉が、真行寺の脳裏に浮かび上がった。殺された男が住んでいた街の名前が、今日入ろうとしたインド料理屋の名前と同じ。そして被害者は料理人。耳に料理用の油。偶然以上の意味はあるのだろうか？

あくる朝、中央線で高尾から新宿に出て、丸《まる》ノ内《うち》線に乗り換え、警視庁本部ちかくの霞《かすみ》ケ関《せき》に車両が停まっても、真行寺の尻はシートから持ち上がらなかった。そのまま東京、御《お》茶《ちゃ》ノ水《みず》、茗荷谷《みょうがだに》と乗り過ごして終点の池袋駅でようやく彼は立ちあがった。とんだ大回りをした後で埼京《さいきょう》線に乗り換え、赤羽で降りた。

closed の札が今日も黄色いドアにかかっていた。真行寺は妙な胸騒ぎを覚えた。一昨日《おとつい》も閉まっていたと森園は言っていた。その日からこの札がかかっているとして都合三日店を閉めていることになる。テナントならば、家賃の支払いを考えると、一日でも一時間でも長く店を開けていたいはずだ。三連休は不自然な気がする。

真行寺は踵《きびす》を返し、店の前を離れた。

店主が病気にでもなったのだろうか。あるいはインドへ里帰りか。それとも、もしかして……。いや、早計だ、などと、妄想と沈思を交錯させながら、真行寺は赤羽の路地を歩いていた。彼は想像力を大胆に発展させがちな刑事だった。こういうタイプが気をつけなければならないのは、思い込みで捜査をとんでもない方向に走らせ、下手をすると冤罪《えんざい》をこしらえてしまうことである。そのことは、彼も自覚していた。

スマホが鳴った。女の声だった。ジャパン・トラベラー・デスク池袋支店 インバウンド担当の星野でございますと言われた時も、彼はまだ随想と冷徹が互い違いに寄せ返す中にあって、この声の主が、被害者が持っていた名刺の人物だと気が付くまでに一瞬間《ま》があった。

お電話ありがとうございます、と真行寺はまず言った。

「ベンカテッシュさんが星野さんの名刺を持っていたので電話させていただいたのですが、彼のことを覚えていますか」

はい、と星野は言った。ベンキーさんですよね。

そいつはたぶんベンカテッシュの短縮形だろうと思い、そうだと真行寺は言った。そして、なるべく残酷なイメージを喚起させないよう言葉を選んで、ベンカテッシュが日本滞在中に変死したことを簡単に伝えた。

事故ですか、と星野は訊いた。そのあたりも含めて捜査中です、と真行寺は返事した。

「カウンターでどういう話をベンカテッシュさんとしたのか、覚えている限りを教えて欲しいんです。まず、ベンカテッシュさんはどういう用件でそちらを訪問したんでしょうか」

——北海道に行きたいと仰《おっしゃ》っていました。

「北海道？」

——ええ、北海道でインド人に人気のあるスポットを知りたがっていました。

「北海道ってのはインド人に人気のある観光地なんですか」

——どうでしょう。中国のお客様には大変人気ですけど。

「インド人に関してはよく知らない、と」

——はい、あまり聞いたことがありません。

「それで」

——一応、ニセコをご紹介したんですけれど、あまり気に入らなかったようです。

「その理由についてはなにか言っていましたか」

——いえ、特には。

「北海道行きの目的については？　これをしたい、あれを試してみたい、などという話は出なかったんですか」

——そこをはっきり仰らないのでこちらも推薦のしようがなくて。ワインの醸造所を紹介したら、お酒は飲まないんだって言われてしまったり。

「で、どうしたんです」

——また自分でも調べてみると言って帰られました。

真行寺は礼を述べ、気が付いたことがあればどんな些細《ささい》なことでもいいから電話をください、と言って切った。

ポケットにスマホをしまうと、目の前に乾物屋の倉庫があった。昨日と同じようにぶ厚い扉に嵌め込まれた潜り戸を開けると、シタールの音が聞こえてきた。

ところが中に入ると、弾き手の姿はなく、楽器さえ見えなかった。真行寺は、長テーブルに向かって椅子を引き、森園の横に座った。シタールの音は彼の目の前にあるノートパソコンが出しているようだった。

それは同じ旋律を繰り返していた。どこかで調達したシタールのつま弾きをPCに取り込んで切り取り、その頭と尻をつないで、くるくると輪が回るような状態で放出しているのだ。その程度のことがわかるほどには、真行寺は音楽制作に通じていた。

森園がノートパソコンのキーに触れると、ドラムが現れ、シタールの下でこれを支えた。しかし、聴いているとどうも具合がよくない。

「ズレてるな」と真行寺は笑った。「シタールのループとドラムのタイムが合ってないぞ」

「ドラムが駄目なんですよ」

「これって、ここで君が叩いたやつだよな」

「そうです」

「ドンカマに合わせられないのなら」

と真行寺は言った。ドンカマというのはメトロノームの役割をするクリック音で、このカチ、カチ、という電子音のガイドに合わせて叩くとリズムはズレないはずなのだ。

「ドラムマシンで打ち込んじゃったほうがいいんじゃないか」

森園は顔をしかめ、

「打ち込みは嫌なんですよ」と抵抗した。

「へえ。なんでだ?」

「なんか嫌ですよ」

そうか、と真行寺は笑った。同意見だったからだ。

たとえドンカマを聞きながら叩いたとしても、人間が叩いたリズムはそこから微妙にズレる。そのズレをグルーヴ感と呼びたくなるような心地よさにしあげることはドラマーならできるし、やらなければならない。ドラムとベースでバンドのサウンドは決まる。これが真行寺の持論だった。ギターはヘタでも味で勝負できる。だけど、ドラムとベースはうまいやつでなくちゃいけない。特にドラムは。

森園は、パソコンに手を伸ばして音を止めると露骨に落ち込んだ表情でうなだれ、これがまた真行寺を笑わせた。自分が作ったものが自分をめちゃくちゃに傷つけることがある。真行寺も身に覚えがあった。遠い昔の話ではあるが。

「刑事さんがなんでそんなこと知ってるんですか、ドンカマとか、打ち込みとか」

「サブカル刑事《でか》って言われててね。もちろんこれはうちの職場では蔑称《わるぐち》だ。なんで悪口かは説明しないぞ、そっちも興味ないだろうし。で、今日ここに来たのは頼みがあるからなんだ」

「なんですか」

「ガールフレンドがあのカレー屋でバイトしてるって言ってただろう。話を聞きたいんだよ」

「ああ、サランなら今から来ますよ」

そう森園が言い、真行寺は待つことにした。

この間、「ちょっといいかな」とスマホをアンプにつなぎ、今朝取り込んだ「ノルウェーの森」を再生した。スピーカーからはシタールの音が流れてきたが、『マジカル・ミステリー・ツアー』とはちがい、それは右のスピーカーからだった。ボーカルは英語ではなかった。おそらくインドの言葉だろうが、ヒンディー語なのかタミル語なのかウルドゥー語なのか、さっぱりわからない。

「なんですか、これ」

「カレーパンクだよ」

「え」

「デビュー当時、こいつら冷やかされてそう呼ばれてた。コーナーショップってイギリスのバンドだ。リーダーがインド人だからこんな音になってるんだろうよ。君がやろうとしてるのもコレだろ、なにせユニット名が愛欲人民カレーなんだから」

いや、俺がやりたいのはこういうのじゃない、と森園は否定したが、興味は惹《ひ》かれたらしく、他にも聴かせろとリクエストしてきた。スマホを渡してやると、手当たり次第に聴きだした。曲の途中で次に移ることもあったが、じっと聴いていることもあった。

「悪くないんですけど」とスマホを返して森園は言った。「どっかハウスっぽかったりヒップホップっぽかったりしてるじゃないですか。俺はもっとロックなのがいい」

なかなか感心な若者だ。コンピュータ上のドラムマップに記号を並べてこしらえたリズムより太鼓の皮に撥《ばち》を打ち込むドラミングを好む真行寺は、この感想を歓迎した。一方で、じゃあ森園はいったいどんな音を目指してるんだろう、ひょっとして自分のやりたいことをイ ンド系英国人に先にやられて、悔しくて負け惜しみを言ってるだけなのでは、とも訝《いぶか》った。

カチャリ。ノブが回る音がして、開いた扉の隙間からショートヘアの若い女が顔を出した。見慣れない男を見つけて、その表情が硬くなるのがわかった。真行寺ですと名乗り、身分を明かした。白石《しらいし》サランですと女も名乗って、森園が、サランに用があるんだってさ、と言った。

「なんでしょう」

卵形のきれいな輪郭をショートヘアが際立たせていた。こういう美女がチビで小肥《こぶと》りの森園の彼女であると言われると、いぜん世界は謎《なぞ》に包まれている気がして愉快である。

「そこのマドラスでアルバイトしてるって聞いたんだけど」

「はい」

「この刑事さんのおごりであとで食べに行くよ。このあいだ食べ損ねたからさ」

森園は調子のいい嘴《くちばし》を入れてきた。

「あいにく〝休み〟の札が掛かっていたよ」と真行寺は言った。

本当ですか、と首を傾《かし》げながら、白石サランはトートバッグから一枚のCDを取りだして、

「店長から。多分これだろうって」と森園に手渡した。

薄いプラスチックケースに入れられたそのCDは、なんの文字も絵柄もついていない白盤だった。なぜか気になって、

「それは？」と真行寺が訊いた。

「お店でかけてたのを森園君が気に入ってしつこくねだるんで、私が店長に言って、借りてきてあげたんです」

そう言ってから白石は「ちゃんと返してよ」と森園に念を押し、今度は真行寺のほうを向いて、

「マドラス、今日も閉まってましたか」と訊いた。

「今日もというのは？」

「一昨日《おとつい》バイトに来た時も閉まってたんです。それで店長に電話したんだけど、電源切って

るみたいで。伝言残しても返事はないし」

それは昨日森園から聞いたとおりの内容だった。

「それでどうしたの、君は」

「その日はお店の鍵を忘れてきたので、そのまま帰りました」

「鍵？　鍵を持ってるの」

「ええ。店長は遅刻が多いので、店の前で待たされることが何度かあって。それで私が怒ったら、合鍵を作ってくれたんです」

「それで、今日はその鍵を持っているの」

「持っています」

「一緒に行ってくれないか。中を見たいんだ」

「店長が遅刻しただけで、もうオープンしているかもしれない」と森園が言った。「そしたらご馳走してくれますよね」

そう言ってノートパソコンのキーを叩いて、ビヨーンとシタールの音を出した。いいよ、と真行寺は請け合った。やった、と森園が喜んで、またビヨーンビヨーンとシタールの音を出した。うるさい、と白石が叱るように言った。

「私はどうなるのよ、賄《まかな》い出るんだから何の得もないじゃない」

黄色い扉の前にはあいかわらずclosedの札がかかっていた。

白石はバッグから鍵を取り出し、扉を押して肩先を店内へ入れ、左右を確認した後、そのまま入った。真行寺がこれに続いた。中の淀《よど》んだ空気が外気と混じりあった。薄暗い店内で、椅子は昨日と同じように、脚を天井に向け、座の部分はテーブルに載せられていた。

天井が白く瞬いて、灯りがついた。白石が壁のスイッチを押したのだった。白々しい蛍光灯の光を照り返すデコラのテーブルの白があった。その席だけ椅子が載せられていなかった。そこに茶封筒が載っていた。

手を伸ばそうとした白石を制して、真行寺はポケットから手袋を取り出してはめた。取って見ると封はしていない。変な毒物が仕込まれている様子もなかったので、中を覗いた。紙幣が入っていた。引っ張り出すと一万円札が七枚あった。

「バイト代かな」と白石は言った。

「金額としてはそのくらいなのか」

「ええ」

バイト代を封入しここに残した。それはどういう意味か？　急病や不慮の事故で来られなくなったわけではない。来られないことがわかっていたから、これを残していったのだ。では、なぜ来られないのか。

真行寺はスマホを取り出すと、ディスプレイを白石に見せた。

「この人に見覚えはないかな」

そこにはベンカテッシュの顔があった。

たぶん、と白石はうなずいた。

「先日、店に来て、店長と大喧嘩《おおげんか》した人だと思うけど」

「思うけど？」

「インドの人ってみんな似てるような気もして……。間違えるとまずいんでしょう」

確かにまずい。目撃証言は重要だが、アテにならないことも多々ある。扱いは慎重であるべきだ。

「出よう」と真行寺は言った。

なんでよ、ここで座って話せばいいじゃんという森園の背中を押して、まぶしい戸外へふたりを連れ出したあとで、真行寺は白石に向き直った。

「この人かどうかはともかくとして、その客と店長が喧嘩になったいきさつを聞かせてくれるかな」

白石は首を振って、インドの言葉だったから、と言った。

「なにが原因で喧嘩になったのかまったくわからなかったんです」

そうか、これは困ったぞ、と真行寺は唸《うな》った。

「そのお客さんは日本語はまったく喋らないのかな？」

「ええ、私は英語で接客してました」

サランは帰国子女なんですよ、と森園が注釈した。ロンドンに五年いたので、ブリティッシュロックが好きなんです。やっぱり歌詞はイギリスのロックのほうが洗練されているって言うんだよな。どうなんだろう。——同感だったが、その話題には今は付き合えないので無視した。

「苦情の内容はなんだったと思う」と真行寺は訊いた。「料理に不満でも？」

　白石は首を振った。

「機嫌よく食べて、目が合うとグッドなんて言ってニッコリ笑ってたから」

「でも、異物が入ってたりすれば、急に不機嫌になるということはある」

「あるかもしれないけれど」

「でも、君はそうは思わない」

「ええ」

「どうして」

「そのお客さん、なんだか急に静かになったなと思ったら、この店のコックはインド人かと訊いてきたんです。はいそうですよって答えました。そう答えちゃいけないなんて思わなかったから」

「思わないな」

「僕も思わない」と森園が調子を合わせた。

「そしたら、コックは日本生まれのインド人なのかと訊いてきました。いや、ちがいますよと言ったんです。そしたら、インドのどこの出身なのかって」

「店の名前にマドラスってつけてあるんだからそこに決まってんじゃん」と森園が言った。

「私も一瞬そう思ったんですが、でも、ロンドンにKYOTOって和食レストランがあったんですけど、やっているのは奈良出身の人だったりしたから、わかりませんって。ただ、東京に出て来る前は北海道にいたみたいですよとは言いました」

「北海道。北海道にいたのか」

「ええ、そんなこと言ってました」

「北海道でなにをしてたんだ」

「さあ。とにかくここに来る前は北海道にいたんだとしか」

「わかった。そしたらその客は？」

「その後は、料理には手をつけようとせずに、じっと厨房のほうを睨《にら》むように見ていたんです。お皿を下げていいかどうかを確認しようと、お済みですかと訊いたら、無視して、突然、厨房のほうに向かって話し始めたんです」

何を？　と真行寺は訊こうとして、そうだ、わからないのだった、と思い出し、どんなふうに？　と修正した。

「とにかく、暗くて、低くて、不満げでした」

食事を始めた時とは完全に気分が変わっているようである。

「それから」と真行寺は訊いた。

「席を立って、厨房に向かって怒鳴り出したんです」

「怒鳴った？」

「すごい剣幕《けんまく》で悪態をつくというか」

「それに対して店長はどう対応したんだ？」

「無視してました、最初は」

「それで」

「言い返し始めました」

「なにを」とやはり訊いてしまった。

「だから、わかりません。とにかく向こうは、言いたいだけ言ってお金も払わず出て行っちゃったんです」

「食い逃げじゃないか。通報は？」

「店長に訊いたら、ほうっておけと言われたので」

食い逃げされて通報しないのなら、不法滞在者の可能性がある。

「ちょっとここで待っててくれ」

そう言い残して真行寺は店内に入った。隅でリュックを下ろし、ファスナーを開いた。昨日《きのう》ディスクユニオンで買った品が中に入ったままになっている。ジョー・コッカーの『ライヴ』とビリー・コブハムの『スペクトラム』は別フロアで勘定したので、中のCDを取り出すと空のCD収納袋が二つできた。真行寺は靴を脱いでその袋の中に足を突っ込んだ。すでにいくつか足跡をつけて現状維持の基本を損ねてしまったが、せめてもの処置である。

そうして彼は店の中央でかがみ込んだ。床に血痕《けっこん》があった。真行寺はスマホを取り出し一一〇番した。

当然、やってきたのは機動捜査隊と赤羽署の刑事たちだった。すぐにテープが張り巡らされ、フラッシュが焚《た》かれ始めた。マドラスの前に立って、近くの自販機から買ってきた缶コーヒーを飲んでいると、巡査長と呼ぶ声がして一九〇はありそうな大男が近づいてきた。聞き覚えのある声で、昨夜電話してきた門脇警部補だと気がついた。

真行寺は缶コーヒーを手に持ったまま敬礼した。相手から敬礼は返ってこなかった。

「なにを見つけてくれたんだ」

「まだわかりませんが」

「わからないのに鑑識を呼ぶのかね、あんたは」

「血痕があったので」

「血痕？　それだけで」

「ええ」

「滑ってテーブルの角にぶつけて鼻血を出しただけかもしれないじゃないか」

「そういう可能性もありますが、一応念の為に」

「店主が帰ってきてこんなテープが張られていたら問題になるぞ」

「なるかもしれません」

「鑑識を呼んだ狙《ねら》いはなんだ」

「床の血痕の血が、河川敷の被害者の血の可能性もあるんじゃないかと思いまして」

「どういう根拠で」

「被害者のベンカテッシュはこの店で店主と喧嘩しています」

「誰の情報だ」

「この店のアルバイトの学生から」

「俺が話を聞こう。どこにいる」

「帰しました。血を見て気分が悪くなったと言ったので」

「マジかよ。あんたが大げさに言って、怖がらせたんじゃないのか」

「繊細な神経の子のようで」

「で、あんたはどういう経緯《いきさつ》でこの店が怪しいと踏んだ？」

「偶然です。この店で食べようと思って来たんですが二日続けて休みでした。今日も店の前で残念がっていたら、バイトの子が来たんで、開けてもらって中に入ったんです。その子に聞いたら、今日は営業日の筈《はず》だと。だったら、そのうち店主も来るんじゃないかと思いまして」

「そもそも桜田門の刑事が、なんでこんなところをウロウロしてるんだ」

「渋谷の大学で起きた暴行事件の被害者を訪ねてきたもので」

「ふん。で、現場は完全に維持できているのか」

「すみません。血痕を見つける前に、足跡を残してしまいました」

「まったくもう何やってんだ。それでよく本庁勤めができるな」

「いや、まったく」

「もういい、帰ってくれ。ここはうちが仕切る。帰れ」

「あの、報告だけはお願いします」

「報告？　なんの」

「それはそのうちわかるかと思いますので」

「だからなにが」

「お願いします。では帰ります」

お願いなんかされねーぞ、という声が背中で聞こえた。

我慢我慢、自戒自戒、俺はしがない巡査長。――などとハミングしながら駅に向かって歩いた。

駅前で、焼き肉屋に入って店内を見渡し、連れが来てると思うんですがと言うと、個室に案内された。

「お疲れ様でしたー」

トングで網に肉を載せながら森園が言った。

機嫌がよさそうだな、と言って真行寺は掘《ほ》り炬燵《ごたつ》式の席にかけた。

「まだ客も少ないから個室使わせてくれよって言ったら、バッチリ使わせてくれましたよ」

できたら個室に入って待ってろ、と言ったのは真行寺である。

どうぞ、と言って白石がランチメニューを差し出してきた。なに食べてるんだというと、コースを頼んだと森園が言った。

メニューを見たらデザートまでついて三〇〇〇円。消費税合わせると三人でほぼ一万円じゃないか。中古ＣＤが何枚買えると思ってるんだ。一枚一二五〇円で計算しようとしてやめた。電源タップの新調も来月回しだ。ぜんぜん感心な若者じゃないな、と真行寺は考えを改めた。やって来た店員に、同じものを、と言ってメニューを戻した。

「マドラスの店長はどんな人なの」真行寺は白石に訊いた。

「どんな人？」

「名前から聞こうか」

「テンチョーって呼んでくれればいいって言われて」

「忘れたんだね」

「はい」

げんなりはしたが、不動産屋に問い合わせればわけなく判明すると思い、落胆はしなかった。

「年齢《とし》はどのくらいだろうか」

運ばれてきた肉を網に移して真行寺は訊いた。

「訊いたことはなかったけど、三十代の後半くらいかなと思ってました」

「身長は」

「大きいんです。一八五センチはあったと思います」

「でっけーよな店長、腕もごつくて、プロレスラーみたい。いや、みたいじゃなくてやってたんだよな、格闘技」と森園が割り込んできた。

「本当か」と真行寺は白石に確認した。

白石は森園を指さした。

「それは俺が聞いたの。店長おっきーねー、食い物屋やめて格闘家にでもなればいいのにって俺が言ったらさ、カクトーギ、ヤメテ、レストラン、ヤッテル。イマノホウガ、シアワセ、って言ったんですよ」

「口調は真似なくていい」

「だってこういう言い方なんだもん」

「格闘技から飲食業ってのも、お前の戯言《ざれごと》に調子を合わせただけのことなんじゃないのか」

森園は、ちがいますよー、あの目はマジだった。マジでマジだった。クソマジ。ゲロマジ。カクトーギ、ヤメテ、レストラン、ヤッテル。イマノホウガ、シアワセ、イマノホウガ、シアワセ、イマノホウガ、ホウガホウガホウガなどと繰り返し、ね、ディレイが掛かってるみたいでしょなんてくだらないことを言うので、たまりかねて真行寺は、

「うるさい！」と怒鳴った。

白石も、ホントだよ、しばらく黙ってな、とたしなめた。森園は首をすくめてニヤニヤ笑

っている。

撲殺が疑われていて、検死の所見は「鈍器のようなもの」で殴られたとなっている。しかし、凶器は見つかっていない。これらを考慮すると、「鈍器のようなもの」は握り拳で、すさまじい腕力で殴られて、ということも考えられる。となると〝店長格闘家説〟も聞き流すわけにはいかない。カルビを頬張りながらそう思った。

「ところで」と真行寺はサラダボウルのコールスローを箸ではさんでいる白石に向かって「喧嘩の相手が店を出て行ったあとで、店長は君になにか説明しなかったか。思いついたことがあったら何でも言ってくれ」と言った。

白石はちょっと考えていたが、彼女の口から流暢《りゅうちょう》な英語が一言こぼれた。あまりに流暢なので、真行寺は聞き取れなかった。やっぱり違うな帰国子女は、と森園が言った。サランが言うとマクドナルドも全然ちがって聞こえるんだ。言ってみてよマクドナルドって、とまたもや森園が余計なことを言って、白石が面白くもなさそうに McDonald's とつぶやくと森園はまた喜んだ。

「フォー・レリジャス・リーズンズ」

もう少し聞き取りやすい、日本人っぽい発音で白石は言い直してくれた。for religious reasons ってことか。

「宗教上の理由？」

「はい、店長はそう言いました」

嫌な予感がした。とても嫌な予感がした。

赤羽から埼京線の快速に乗って渋谷で降りた。ゆるやかな坂を登って真行寺は母校に向かった。

ビターデイズの部室のドアをノックして開けると、見覚えのある顔がひとつこちらを向いた。

「ええっと君は」

「岡井です」

「うん。担当は？」

「ドラムです」

「うまいの？」

学生はいやあと曖昧に笑って、

「今日は？」

「別の用があって寄ったんだけど、そういえばと思ってね」

「なにがです」

「巽リョートさんだけど、よくここには顔を出すのかな」

「まあ、ちょくちょく来てくれます」

「来てくれますって、来て欲しいの」

ここでまた岡井は曖昧な笑いを浮かべた。

「今日もこれから――」

「来るのか。来たら真行寺って刑事が話を聞きたがっているって伝えてくれ」

「ああ、わかりました」

「佐久間くんがベースで君がドラムなんだな」

「はあ」

「ふーん」

いつの間にか岡井の前に座っていた真行寺は、隣のギタースタンドからテレキャスターのネックをぐいと摑んで胸に抱き、暗い和音を鳴らした。

「これ、誰が弾いてるの」と真行寺は訊いた。

「俺のです」

「ドラムだろ君は」

「気分転換に弾こうと思って、もらったんですよ」

「もらった？　誰に」

「新歓コンパのビンゴで。この部室に余ってたのを」

「へえ。そりゃラッキーだったな」

「たいしたギターじゃないですけどね」

「でもフェンダーじゃないか」

「ジャパンですから。——弾くんですか」

「ていうか、これ俺が部室に置いていったやつだよ」

「え」

「ほら、ここにロイ・ブキャナンのシールがあるだろ、な。俺が貼ったんだ、もうちょっと巧《うま》くなりたいっておまじないにさ」

「あ、ああ」

「フェンダージャパンで悪かったな。国産で申し訳ございませんでした」

「いや、あの、すみません、まさか」

「まあいい。で、渋谷署から誰か来てるか」

「いや、ひとりずつ事情を聞かれている最中で、俺はこれから行ってきます」

「お前らとしてはあんまり大ごとにしたくないよな。刑事事件となると放校処分だろ」

「それは、もう。いや、そうなりそうなんですか？」

「まあ、森園は頭八針縫ってるからなあ」

「そういうつもりじゃなかったんですよ」

「佐久間も言ってた」

「どうすりゃいいですかね」

「森園に電話したらどうだろう」

「え」

「俺でよかったらドラム叩くよって言ってやれよ」

「叩けばすむんですか?」

「腕次第だな。ところで嶋村《しまむら》って先生まだここで教えてるか」

「あ、宗教学の」

「いるんだな。オーケー」

真行寺は抱えていたギターを岡井に渡して部室を出た。


ドア板の横に掲出されたプレートは〈在室〉だった。その下に「教授 嶋村隆明《たかあき》」という名札がかかっていた。

ノックすると「どうぞ」という声がしたのでノブを回して押した。

「なかなか苦労してるみたいだけど」

入っていくと、教授は奥の机に向かったまま言った。

「急ぎすぎて当てずっぽうを言っちゃいけないな」

真行寺はどきりとした。

「問題点をもっとホールドする力が欲しいね」

確かに、軽率に推論を走らせる癖があると真行寺は自覚していたので、思わず、

「仰る通りです」と返した。

すると、机に向かっていた顔がこちらを向いた。その老教授の顔に、真行寺の在学時には

たしか非常勤講師として教壇に立っていた若い頃の面影が、かすかに認められた。

その顔の上にたちまち戸惑いが現れて、

「これは失礼しました。てっきり助教の時任《ときとう》君かと思ってしまって」

「いえ、突然お邪魔して申し訳ございません。警視庁捜査一課の真行寺弘道と申します」

「警察？」

「はい。ここの卒業生でもありますが」

「そうなんですか」

「まだ教えておられるんですね」

「ええ、来年でここは退官ですが。ま、どうぞ」

教授は、研究室の中央に置かれたテーブルを指した。真行寺は、さまざまな書籍が無造作に積み上げられているテーブルに向かい、椅子を引いて腰を下ろした。

「ということは在学時に私の授業を取られたのですか」と教授が言った。

「はい、一応。ただほとんどなにも覚えてませんが」

そうですかと言いながら教授は、怪訝そうな顔つきになった。授業内容には興味のなかった卒業生が刑事となって出し抜けに研究室に現れたのだから、不審を買われるのはしかたがない。

「でもひとつ、先生が授業で仰っていたことの中でいまでも鮮明に覚えてることがあります」

ほお、と教授は言って続きを待った。

「来日したインド人がとても感心して好む、日本の発明品があるけどなんだかわかるか、と先生は仰いました」

そう言いながら真行寺は、たしか午後一番の授業で、窓際の席に座り、眠気に苛《さいな》まれながら、窓の外に広がるプラタナスの葉叢《はむら》を見ていた時を思い出していた。

「それがカレーパンだと聞いた時、なんだか衝撃ですっかり目が覚めました。それはいまでも覚えています」

教授の顔がほころんだ。

「そんなどうでもいいことで眠気が吹き飛ぶ。そして、それだけをいまでも覚えているというのは、教師にとっては皮肉ですね」

「いや、すみません」

「でもまあ、そんなものなのかも。で、今日はどんなご用件で？」

「実は捜査中の事件で、先生にアドバイスをいただきたいと思いまして。荒川の河川敷でインド人の旅行者の遺体が発見されたのはご存知ですか？」

「いつのことです」

「死亡推定日時はまだ出ておりません。でもまあ、ここ数日以内でしょう。ニュースで流れたのは昨日です」

「そうか、昨日から今朝にかけては机にかじりついておりまして。で、それは事故なんですか、それとも？」

「今のところまだわからないのですが、私は事件じゃないかと見ています」

「殺人ですか」

「私の勘が正しければ」

本来なら、もう少し玉虫色の返答でお茶を濁すところだ。しかし、多忙な相手に時間を取らせるときは、切迫した状況をイメージしてもらうほうがいい。

「殺されたインド人旅行者と在日インド人が激しくやり合ったという目撃証言があり、目撃者がその理由を在日インド人に尋ねたところ、宗教上の理由だと返答したようです」

教授の顔が少しこわばったように思われた。

「それで、もう端的に訊いてしまいたいのですが、インドにおいて最も大きな宗教上の対立はなんですか？」

嶋村教授は少し考えたあとで、

「一般論より、当の在日インド人にその喧嘩の理由をもっと詳しく尋ねたほうがよいのでは」と言った。

「そうしたいところですが、行方をくらましています」

そう断言してよいかどうか微妙なところだが、いったんそう決めつけた。

「つまり、その在日インド人は被疑者になるくらいには怪しいわけです。ところが動機ってやつが皆目わからない。被害者の財布の中に入っている金はそのままだったから、金品《きんぴん》狙いってわけじゃあないらしい。だから余計に〝宗教上の問題〟が気になるんです」

なるほど、と教授は言った。

「ですから、とりあえず一般論を手がかりとして聞かせてもらえないかと思ってここまでやってきたわけです」

そうですか、とだけ言ってやはり教授はすぐには口を開かなかった。

真行寺はじっと待った。「じゃあ」と教授が言った。

「こんなことは僕が喋らなくてもちょっと調べればわかってしまうことだけど」

お願いします、と真行寺は言った。

「ヒンドゥー教とイスラム教の対立です」

まずいなあ、と真行寺は思った。

「えーっと、初歩的な質問で申し訳ないんですが、インドにおけるマジョリティはたしか――」

「ヒンドゥー教です。圧倒的マジョリティです」

「イスラム教と聞いて、それは偏見じゃないかと叱られてしまいそうなんですが、私たちが神経質にならざるを得ないのは」

と言って、その先を言いよどんだ。

「過激派ですか？　ＩＳなんかの」と教授はつないでくれた。

「ええ、そうなんです。インドにもＩＳは入っているんですかね」

「いくつかの活動拠点があります」

真行寺は戦慄《せんりつ》を覚えた。宗教問題がからむ殺しの背後にISがいるとしたら、とてつもなく凶悪な事件に発展する可能性がある。さっさと手を引いて、公安に渡してしまったほうが賢明かもしれない、触らぬ神に祟りなし、水野だってISには触れと言わないだろう、と真行寺は思った。

「インドのイスラム教徒はISのことをどう思ってるんでしょうか」

まあ人それぞれでしょうね、と教授は毒にも薬にもならない返事で真行寺を落胆させたが、卒業生がわざわざやってきてくれたのにこれじゃあ気の毒だから、と前置いて、

「さっき言ったように、インドではヒンドゥー教が圧倒的な多数者なんです。そして、年々ヒンドゥー・ナショナリズムの勢いが増している」

「あの、ヒンドゥー・ナショナリズムってのは、インドはヒンドゥー教の国だ、ヒンドゥー教徒のものなんだと主張する考え方だと理解していいでしょうか」

「うーん、まあ、いいでしょう。そのヒンドゥー・ナショナリズムこそ私の研究テーマであり、刑事さんが学生だった頃からこの歳になるまで、私が教壇に立って話し続けていることなので、喋れと言われればいくらでも喋ります。また、刑事さんが学生だった頃と今とでは、インドの状況もかなり変わってきました」

「といいますのは」

「ヒンドゥー・ナショナリズムを掲げる過激な政党は、ある一定の支持は得ても、それが三

〇％を超えることはなかった。あくまでも、ある程度勢力のある野党にとどまっていたんです。昔は私もそのように説明していました」

「というと、いまは」

「ヒンドゥー・ナショナリズムを党是に掲げるインド人民党が政権を握っています」

「えーっと、そもそもヒンドゥーってのはなんですか」

「もともとはインダス川流域の人って意味のペルシャ語ですが、インド人と理解すればいいでしょう」

「じゃあ、ヒンドゥー教ってのはインド人が信仰する宗教すべてってことになっちゃいませんか？　イスラム教も仏教もキリスト教をも含む」

「そうはならない。イスラム教はイスラム教、キリスト教はキリスト教。ややこしいのは仏教で、ヒンドゥー教と仏教はルーツが同じバラモン教です」

なんなんだよそりゃあ、と真行寺は思った。

「キリスト教やイスラム教はよそからインドに伝来した宗教、インドに古来からずっとある宗教のメインストリームがヒンドゥー教ってことでいいですか」

「それでもいいんですが、もう少し付け加えるならば、ヒンドゥーの文化・宗教の渾然《こんぜん》としたものを指す英語のヒンドゥイズムがまずできて、その日本語訳がヒンドゥー教なんです」

くそ、これはまたややこしいぞ。なぜややこしいのか。曖昧だからだ。その曖昧さがまたいやらしい。いやらしくて腹が立つ。

「私がお訊きしたいのは、端的にヒンドゥー教は宗教なのかということです」

教授は少し置いてから、

「宗教でしょう」と言った。

でしょうってなんだよ。

「では、インドでは政教分離は行われていないのか、とお訊きしたい」

なぜか教授を責めるような口調になって真行寺がそう訊いた時、ドアが開いて、コピーの束を胸に抱えた若い男が入ってきた。嶋村教授は、ああ、そこに置いといてくれればいいよと言い、青年は、真行寺の目の前のテーブルの上に、抱えてきた紙の束をどさりと下ろした。

『宗教による公共圏更新の可能性について』という表題が目に入った。

「読んだよ」と嶋村教授は若い男に言った。「苦労の跡は読み取れたけど」

「はい」と男はハンカチで額の汗を拭《ふ》きながら言った。

「ただ、ちょっと拙速の感は否めないな。もうちょっと粘りが欲しいよ」

この言葉で、さきほど真行寺が入室したときの藪から棒な挨拶《あいさつ》は、実はこの若い研究者に向けられたものだったとわかった。批評された側は、神妙にうなずいている。

「紹介するよ。うちの卒業生でいまは刑事さん、えっと——」

「真行寺です」

若い研究者が頭を軽くさげ、

「時任です」と名乗った時、鐘が鳴った。

さて、授業に行かなければならないのでこれで失礼します、と嶋村教授は出席カードらしき紙片の束を摑んで立ちあがった。これを合図に、真行寺も腰を上げかけたが、

「もういいんですか」と嶋村教授が言った。「私は出てしまいますが、時任はここに残りますので、さきほどの質問は彼にもしてやってください。優秀なので、私より役に立つかもしれません」

そう言い残して出て行った。

テーブルを挟んで若い研究者と向かい合うことになった。真行寺は、事件のあらましとここにやって来た理由、そして教授との会話の要点を話した。

「インドでは政教分離が行われていないのかって話ですか」と時任は質問を確認した。

そう言われて真行寺は、それが本当に自分がしたかった質問なのか、わからなくなってしまった。ヒンドゥー教は宗教である。このことは一応専門家の言質《げんち》を取った。ヒンドゥー教による国づくりを目指す運動がヒンドゥー・ナショナリズムだということも。そして、それを党是に掲げる政党が政権を取ったならば、政教分離が行われていないのは、聞くまでもないことだ。

「いや、私が捜査の都合でより先に訊かなければならないのは」と真行寺は矛先を変えた。

「インド人民党のような政党が政権を握っているインド社会では、ヒンドゥー教以外の宗教を信仰する人たちとの間で問題が起きないのかってことなんですが」

「起きます。現にしょっちゅう起きてます」

「それは相当に激しいものなんですか」

「とても。インドがイギリスから独立する時に深刻な問題に発展しました。そして、イスラム教徒が自分たちの国が欲しいと言って譲らず、ガンディーの説得も空しく、分裂してできたのがパキスタンです」

　こんなことは世間の常識なのかもしれないが、真行寺にとっては、「そうだったのか」と知の地平が開けるような感覚があった。

「このパキスタンとインドは政治的に非常な緊張関係にあります。二国とも核拡散防止条約を批准しておらず、核兵器を保有しています」

　あらたに確認しなければならないことができた。被害者のベンカテッシュがインド国籍なのは赤羽署の調べでわかっている。となると問題は店主のほうだ。

「パキスタン人がインド人のように振る舞って、日本でインド料理店を開いている例はありますか」

　パキスタン人がですか、と時任は確かめた。ええ、と真行寺はうなずいた。

「それはネパールの人がよくやることですよね」

ネパール？　ネパールってどこだっけ？　エベレスト、チョモランマがあるところだよな。ということは、インドの左上がパキスタン、ネパールは右上だ。

「日本でインド料理の看板を掲げている店の多くがネパール料理を出しています」

「えっと、仮にネパール人だとして」

「え、誰がですか」

「その在日インド人の料理店主がです」

「ああ、はい」

「ネパールとインドとの宗教上の問題ってのは」

「まあ、色々ありますが、ネパールも基本的にはヒンドゥー教の国です」

「パキスタンとインドの比ではない？」

「パキスタンと比べればないようなものでしょうね」

真行寺が考え込んでいると、時任がこんなことを言った。

「でも、さっきの質問ですが、パキスタンのイスラム教徒が日本でインド料理店の看板を掲げる例はあると思いますよ。実際、〝ジンナー〟って店が新宿にあるくらいですから」

ジンナー？　ジンナーって名前のインド料理店がなんでパキスタン人経営だってわかるんだ？　真行寺は恥を忍んで訊いた。

「ジンナーは、ムハンマド・アリー・ジンナー、インド・ムスリム連盟の指導者です。つまり、イスラム教徒にも国を寄こせと言ってパキスタン独立に導いた人物です」

「独立の立役者……。じゃあ〝インド料理店 ジンナー〟ってのは――」

「〝日本料理店 金日成《キムイルソン》〟みたいな衝撃がありますね、少なくとも僕は最初見たときにはぎょっとしました」

「でも、そういうふうに説明されないとわからないですよね、少なくとも私のような無教養な人間には」

「一般的にはただのインド料理店のカタカナ名かもしれません」

「インド料理店 マドラスと似たようなものだと」

「マドラス？」

「事件のあったインド料理屋です。ご存知ですか？」

「いや」

「インド料理店 マドラスって聞いて感じるものをなんでもいいから話してくれませんか」

えー、すごい質問だな、と若い研究者は笑って、

「だけど、僕はまだチェンナイに行ったことがないので、よくわかりません」と言った。

そして真行寺は、時任から、インドにおけるイスラム教とヒンドゥー教の対立の具体例を聞いた。対立と言っても、インド国内では、圧倒的大多数のヒンドゥー教徒が少数派のイスラム教徒を迫害する例がほとんどだ。さらに、イスラム教に威圧的な政党が現政権を握っている。

「そんな不穏な状況の中では、敵の敵は味方、たとえＩＳであっても手を組みたくなるのは無理もないのでしょうか」と真行寺は訊いた。

「そうかもしれません」と時任はうなずいた。

まずいなあ、と真行寺は思った。このインド料理屋の事件《ヤマ》が、イスラムとヒンドゥーの対立によるものだとしたら、とても厄介である。やはり早いとこ身を引いて、公安に引き継い

でもらうのが得策だろう。

そんなことを考えていると、すみません私もこれから少し雑務がありますので、と時任が言い出して、真行寺は研究室を追い出される格好になった。それでも時任は、「もう少ししたら手が空くので、私のほうからお電話いたしましょうか」と言ってくれた。「お願いします」と答えて、真行寺は研究室を出た。

渋谷駅に向かって歩いているとスマホが鳴った。

「巽ですが」と声が言った。「岡井君からお電話が欲しいとことづかったので」

まずは連絡をくれた礼をリョートに言った。どこかの喫茶店にでも入って話を聞きたいのですがと持ちかけると、駅近くのホテルのティーラウンジに来てくれれば、と言われた。あまり気乗りしなかった。そこは芸能関係者がよく打ち合わせに使う場所で、コーヒー一杯でCDが買える値段の載った勘定書きを突きつけてくる。了解しました、と真行寺は言った。まだこちらに選択肢《せんたくし》はない。その代わり、知り合いに一本電話を入れた。近くにいるとわかったので、頼まれてくれないかと言ったら、そのくらいならお安いご用ですよ、と請け合ってくれた。

吹き抜けのティーラウンジを見渡すと、リョートは庭園が広々と見渡せる大きな窓の横に置かれた椅子にゆったりと腰掛け、誰かと向かい合っていた。

近づいていき、声をかけると、リョートは「ああ」とだけ言った。そして、向かいの男に

「刑事さん、例の」とうなずいた。相手も「ああ」と心得たような相づちを打った。

嫌な気分だった。ほんの少しだったが。

「じゃあ、まあそういうことで」とリョートは笑った。相手はテーブルの上に置かれたアクリル樹脂の円筒に突っ込まれていた伝票に手を伸ばした。リョートはいやいやここは大丈夫です、と言いながらその手を押し戻した。

「最近は、こういう細かい経費もうるさく言われてるのはこっちもわかってますから」とリョートが解説し、「気を遣っていただいてすみません」と相手が頭を下げて去ろうとした時、真行寺はその男に向かって、

「ご挨拶させていただいてよろしいでしょうか」と言ってもう名刺入れを取りだしていた。

「警視庁刑事部捜査第一課の真行寺でございます」と一方的に名刺を突き出されたので、相手はなぜ刑事の名刺をもらわなきゃならないのか訳がわからないという戸惑いを隠しきれないままに、自分も「ＥＭＣレコードの赤須《あかす》でございます」と一枚抜いて差し出さざるをえなくなった。

「今後ともどうかよろしくお願いします」と真行寺は頭を下げ、さきほどまで男が座っていた椅子に腰掛けた。

相手は、ちょっと首を傾げながらカバンを肩にかけ直し、リョートに目配せした後、軽く手を挙げて去って行った。

「ああ見えて部長です」リョートは言い、「部長ったって、昔とは大違いですけどね。今は

誰もCDなんか買わないからレコード会社も大変です。昔は経費なんて使い放題とまでは言わないけど、それに近い感じだったんですが」と聞きたくもない注釈をくれた。

真行寺はリョートにも名刺を渡した後で、

「買いますよ、私は」と言った。

そして、やって来たウエイトレスからメニューも受け取らず、「コーヒーを」と注文した。

「なにを」とリョートが訊いた。「なにを買うんです」

「CDもレコードも。さきほど、誰もCDなんか買わない、と仰ったので」

「へえ、それは今や貴重な人種だ。どんなのを聴かれるんです」

「ロックです、基本は」

ほお、と相手は意外そうな顔つきで目の前の刑事を見て、たとえば誰を？　とまた訊いた。

真行寺の口から固有名詞がとめどなく溢れ出した。レッド・ツェッペリン、ビートルズ、ニール・ヤング、ボブ・ディラン、クリーム、デヴィッド・ボウイ、フランク・ザッパ、フリー、セックスピストルズ、クラッシュ、トーキング・ヘッズ、ローリング・ストーンズ、イーグルス、ヴァン・モリソン、テレビジョン、ロキシー・ミュージック、ライ・クーダー、リトル・フィート、キング・クリムゾン、オアシス、ブラー、ニルヴァーナと続けていると、もうそのへんで結構です、とリョートが言ったので、ボブ・ハートの名前をつけ加えてお終《しま》いにした。最後に祖父の名前が出たからだろう、リョートは薄く笑って「お気遣いありがとうございます」と妙な礼を言った。その嬉《うれ》しそうな様子がむしょうに気に入らなかった。返事もせず相づちを打つこともなく、運ばれてきたコーヒーに手を伸ばした。

「で、今日はなにか」とリョートは訊いた。「あの部室での一件ですよね」

「ええ」

「まあ、あの三人も反省しているみたいだし、退学処分なんかにならなきゃいいなと思っているんですが」

自分のほうは反省する必要などないと思っているらしい。

「刑事事件として送検すれば、まずは退学になるでしょうね、というか抹籍ですね」と真行寺は冷たく言い返した。

「送検することになりそうですか」

「まあ、殴ったことは事実で、殴られたほうは病院に担ぎ込まれていますし、これに加えて被害者の処罰感情が強いとそういう流れになるのではないかと」

「で、処罰感情は、刑事さんの見立てでは、強いと」

「ですね」と真行寺は答えたあとで、「とくにお前にな」と心の中でつけ加えた。

「それで、ちょっと気になることがありまして」と真行寺は改まった。「私がたまたま部室に入って」

「そこなんですが」とリョートは遮って、「あの時刑事さんはなぜあそこにいたんです？ 通報があって駆けつけたのは渋谷署の警官ですよね。刑事さんの名刺は桜田門になっている。いわゆる本庁でしょう。どうして渋谷署の警官より早く本庁の刑事さんがあそこにいたんですか」

「私は、学生時代、ビターデイズに所属していたんです」

「ほんとうですか」とリョートは驚いた。「それはいつごろのことです？」

リョートはノースウェスト・ギャングスターズという同サークル出身の人気バンドの名前を挙げて、同時期に在籍したかを訊いてきた。その後です、入部したのは、と真行寺は答えた。バンドの人気が徐々に確かなものになったので、音楽活動に専念するためメンバーが中退したあと入れ替わるように、真行寺は入学したのだった。

「じゃあ先輩じゃないですか」とリョートは言った。

真行寺はこれには返事をしなかった。

「で、ちょっと前を通りかかって、学食で昼飯を食ったついでに懐かしくなって部室を覗いたら、森園君がぶっ倒れてたってわけです」

「それはびっくりしたでしょう」

「で、何事かなと思っていたら、あなたが来たんですよ」

「いや、すみません。先輩だと知ってたらあんな態度は取らなかったんですが。失礼しました」

「それはいいとして」と真行寺は言った。「今日お目にかかりたかったのは、ちょっと気になっていることがあって」

「気になっていることと言いますと」

「リョートさんはあの部屋に入ってきた時、『終わったか』と仰られた」

「そうでしたかね」

リョートはガラスの急須から猪口《ちょこ》のような茶杯に茶を注いだ。気取ったものを飲みやがって、と真行寺は思った。

「忘れておいでですか」

「あいにくと」

「困りましたね、私にはそうはっきり聞こえたのですが。それで、『終わったか』というのはなにの終了を意味してそう仰られたのかをお訊きしたくてお会いしたかったのです」

「もし、私がそう言ったんだとしたら」とリョートは茶杯を口に運びながら、「学生達だけで話し合えと言いつけたからだと思います。『終わったか』は『話し合いはもう終わったのか』という意味だったのではないかと。とにかく三人は森園に腹を立てていて、不満が蓄積していたんですよ。しかし、僕の前では遠慮もあるから言いたいことも言えないだろうと思って席を外して、少し時間をつぶしてから戻った。『終わったか』と言ったとしたら、たぶんそういう意味だったのではないでしょうかね」と言った。

真行寺はこれにかまわずに、

「巽さんはどのように思っておられるのですか、森園君を」と正面から斬《き》り込《こ》んだ。

「森園に対して僕がですか？　なんとも思っちゃいませんよ」

「それはどうして？」

「どうしてって向こうはまだアマチュアで僕は一応プロですからね」

「アマチュアにでかい顔されるとプロは頭にくるんじゃないんですか。特にプロの看板を掲げてはいるが、看板にいつわりあるような自称プロはね。まあ、私もしょせんはアマチュアのリスナーですが、これでもかれこれ三十年以上は聴いてきましたからプロの名に値しないようなプロがごまんといることも知っています。森園君の音は聞いたことがないのですが、あちこちで評判になっていると聞きました。評価しているのがそれなりの連中なので、こちらは信頼できるんじゃないかと思っています」

　と弁舌を振るいながら、リョートの表情がどんどん険しくなっていくのを見て、真行寺は愉快を感じた。

「さて、森園君の処罰感情は三人よりもむしろあなたに向いているようです。森園を殴った三人の中には、あなたが陰の主犯であると言いたい者もいるようだ」

「誰ですか。そんなこと言ってるのは」

「まだはっきりとは言ってない」

「では、なんと言っているんですか、そいつは」

「なんとも。そう言いたげだと私には見えるってことです」

「なぜそう見えるんですか」

「私がそう思っているからです」

　巽リョートはその顔に驚きを露わにした。

「あなたは森園に怒《いか》っていた。『孫として俺は行く』なんて高校生に茶化されちゃあ腹も立つだろう。けれど、孫にはちがいないし、『俺として俺は行く』ってのは祖父の名盤『俺は俺だ、文句があるか』の本歌取りだ。つまり、ぜんぜん俺として俺は行ってない、真っ裸のあんた自身じゃなくてボブ・ハートの血筋、サラブレッドの毛並みをウリにしているスケベ心丸出しのいやーなタイトルで、おまけに再生してみれば、もうちょっとどうにかならんのか、こんなのを再生させられたらアンプもスピーカーも可哀想だって音が流れてくる。まあ、これは私の主観が大いに入っているのですが、森園だってそう思っていたようで、あいつのイタズラはそこを見事に衝《つ》いているから私には大いに受け、あなたの逆鱗《げきりん》に触れた。また、森園にはだらしないところがあって、部室から勝手に機材を持ち出して返さないなど、自分勝手な振る舞いも目立った。その機材の多くがあなたが寄贈したものだったので、あなたはこれにかこつけて、佐久間らに森園を呼び出させ、説教し、ここがまたセコいところなんだが、自分で手を汚すのは遠慮して、席を外してトイレに立ったその間に三人に森園を殴らせ、部屋に戻って、心が折れた森園にわかったようなわからないような説教の続きをし、『孫として俺は行く』のイタズラや、バイト先でそのアルバムを〝クズ〟のコーナーに入れたことを心底後悔させよう、もう巽リョートには逆らわないと思い知らせようと目論んだわけだ。ところが、計画が狂った。あんたが部室に戻ると役者がひとり増えていた。おまけにそいつは刑事で、かつてその部室に出入りしていたOBだったってわけだ」

ここまで一気に喋ったあと、

「私はそう思っているのです」と結んだ。

一驚を喫したリョートの表情はたちまち怒りと憎悪で熱せられていった。その熱を冷まそうとするかのように、彼はやたらと茶杯を口に運んだ。ざまあみろと思った。

「それはたんなる憶測にすぎませんね」

「正確に言うと、憶測にすぎないのかどうか、これからじっくり検証していく必要はあるってことです。もちろん間違ったと思えば訂正しますが、確認はする。そのくらいしてやらないと。なにせ若い連中の将来がかかっているのですから」

「しかし、そういう捜査が冤罪につながるのではないんですか」

「ご忠告ありがとうございます、気をつけます。ただ、この事件の刑事責任をあの三人に負わせるほうが冤罪を生む気がするんで」

「なるほど。偏見に満ちた捜査をするということをあなたはいま自分の口で白状した。これはしかるべき筋から警視庁に対して抗議させていただきます」

ある程度の位置にある人間を捜査するとこういう反応に出くわすことはままある。上から下へおっかぶせるようにして捜査から手を引かせるやり口に対しては、ひるまないようにはしているものの、時には手も足も出なくなることがある。

「しかるべき筋とは」真行寺はいちおう訊いた。

「それをあなたに言う必要はないでしょう」

予想通りの答えが返ってきた。よし、と真行寺は思った。

「そうですか、であれば、私もしかるべき筋を使わせてもらいます」

巽リョートは自分が匂わせた〝しかるべき筋〟は明確にしないと言ったので、その手前、その舌の根も乾かぬうちに、「それはいったいどういう筋だ」とは訊けない流れができていた。

「どうぞ。私にはやましいところはなにもない」リョートはひとまず笑って受け流した。

「それはよかった」真行寺も微笑んで、コーヒーを一口飲んだ。

すると、名前を呼ばれた。振り返ると、肩掛けバッグをたすき掛けに提げて、革のハンチングを被った男が、席の脇に立っていた。

「えっと、どちら様でしょうか」と真行寺は言った。

「浜崎《はまざき》ですよ、首都新聞の。いやだなあ、忘れちゃったんですか」

「ああ、そうでしたか」と真行寺は言った。

「その節は色々とお世話になりました」

「えっと、どのことですかね」

「あの件ですよ、某議員の殺しにＡＶ嬢がからんでた事件、発表前にこっそり教えてくれたじゃないですか」

「そうでしたっけ」

「なに言ってるんですか、冷たいなあ」

そう言って浜崎はハンチングの鍔《つば》に手を添えて「じゃあ、なにかあればまたひとつ」と言

って去って行った。その背中を目で追っていた巽リョートはおもむろに真行寺に向き直ると
もう一度、「私にはやましいところはなにもない」と繰り返した。そして、「ただし……」と
付け加えた。

「立場ってものがある。私も、私の周辺《まわり》の人間も」

「ええ」

「ことが長引いて表沙汰《おもてざた》になることは望みません。できれば穏便におさめたい」

マスコミにこの事件が漏れるのを怖れ、態度を軟化させたのがわかった。

「それでは弁護士に相談して示談に持ち込むのが一番でしょう」

「その前にできることがないかどうかを訊いているんです」

さあ、と首をかしげながら真行寺は言った。

「そもそも佐久間や岡井が森園を呼び出したのは、借りた機材を返さなかったからですよね。

これは森園が悪いといえば悪いんです。無断に持ち出しているわけではないにせよ、いつま
でも使って返さないのは問題だ。そして、その機材の寄贈者はリョートさんだ。私はその辺
に妥協点があるような気がするんですが」

しばらくリョートは黙っていたが、やがてうなずいた。

「参考にさせてもらいます」

そうひとこと言い置いて、アクリルの筒から勘定書きをつまみ上げると、立ちあがり、レ
ジカウンターに向かった。その人影がラウンジから消えたのを見届けて、真行寺はスマホを

よ。

取りだした。

「もしもし。さきほどはご協力ありがとうございました」

――あんなのでよかったんですか。もうちょっと露骨に言ったほうが、と心配してたんです

と浜崎は言った。

「いや、ほどよい加減でした」

――あれ、巽リョートですよね。なにがあったんです。

「いまはまだ話す段階じゃないので」

――そうですか、でも解禁するときは私に抜かせてください。

まあ、借りができましたから、とだけ言って、真行寺は電話を切った。そしてゆっくり残りのコーヒーを飲んだ。忌々しいが、こっちはこの路線でおさめてしまおう。いつまでも引きずる事件でもないだろう。真行寺はそう思った。

しかし、なんとなく気に入らなかった。巽リョートがやったことは性質《たち》が悪い。卑劣でセコくて非常に不愉快だ。こんなやつは徹底的に追い込んで曝《さら》しちまいたい、という気もした。もちろん、こんな風に刑事が自分の感情や倫理観で捜査を行うのはまちがいである。法に照らし合わせて、違反者をただ淡々と捕捉《ほそく》するのが自分の責務であることはわかっている。しかし、適当なところで落としどころを見つけるなんてのは、サラブレッドの毛並みに気圧《けお》され屈服した結果で、正しい捜査ではない気もする。

とにかく、毛並み、血筋、生まれ、家柄、そんなものはすべてフィクションで、虚飾だ。真行寺はそういうふうに考えたがる人間であった。と同時に、人間なんてのは遺伝子の乗り物であるという知識も小耳に挟んではいた。無印《むじるし》の自分なんかあるの、と上司の水野玲子に何時《いつ》ぞや言われたことも気になっていた。本当の自分なんてものはどこにもなく、自分とはそもそも生まれや育ちや家柄などの環境に編み上げられた存在なのだ、と。

スマホが鳴った。

——あんたなにを掴んでいるんだ。

暗いダミ声が聞こえてきた。

「というのは」

——マドラスってインド料理屋の前であんたが言ってた『そ、の、う、ち、わ、か、る、』の意味がわかったよ。

「一致しましたか」

——バッチリと。店内に残された血痕の血は、殺されたベンカテッシュのものだった。

「ご報告ありがとうございます」

——となると、被害者と大喧嘩をした店長の身柄を拘束するのが先決だってことになる。

「そこは慎重に動いたほうがいいと思います」

——なぜだ？　待ったなしだろ。

「店長をとっ捕まえて終了ってわけにはいかないかもしれないんです」

——なんだと。おい、知っていることを全部言え。

「イスラム過激派がからんでいる可能性があります」

——こら。滅多なこと言うな。

「そうとわかったら我々は手を引いて公安に引き継がなくちゃならない」

——その可能性があると考える理由は？

「宗教がからんでいるようです」

相手は沈黙した。宗教という言葉が効いたのだな、と思った。一九九五年以降、警察は宗教の二文字に敏感になった。織田信長《おだのぶなが》が比叡山延暦寺《ひえいざんえんりやくじ》を焼き討ちして仏僧を手なずけてからは、宗教は国家体制の下に収まっておとなしくしているものだと信じていた日本人は、オウム真理教事件で宗教の不吉な情念を目の当たりにして戦慄した。まさか宗教法人がそんな大それたことをと思っているうちに、弁護士一家が殺害され、長野県松本《まつもと》市の住宅街と都内の地下鉄構内で、猛毒のサリンが撒《ま》かれる事態に至ったのである。ほとんどの日本人の目にそれは狂気と映った。

——イスラム過激派ってのは穏やかじゃないぞ。乗っ取った旅客機で原発に突っ込むなんてのは勘弁してもらいたい。

9・11のことを言っているのだろう。

——もし、そういう可能性があるのなら、今すぐ公安に渡したほうがいいんじゃねえのか。

「確かに」と真行寺は言った。「この時点では、痴話喧嘩の挙げ句の果ての殺しを公安に持ち込んで馬鹿にされる可能性が高いんですが、それでもそうしたほうがいいのならそうしましょう」

門脇はまた黙って、

――とにかく確認してくれ。確認したらすぐ連絡を寄こせ。

「了解しました」

――こっちにやれることは？

「マドラスが入っているビルのテナント管理の不動産屋を確認してください」

――そのくらいはわけないな。連絡するよ。

電話を切ると、スマホのメールを確認した。通話中にショートメールが届いていた。助教の時任からだった。手が空いたのでこれから会えますが、とあった。真行寺は渋谷署の前でお待ちします、と書いて送信し、リュックを背負って立ちあがった。

署の前で待ち合わせ、中に入った。ビターデイズ事件の件でということにして応接室を借り、時任に話を聞いた。

「それで、今一番心配なのは、店主と客との間で起こった〝宗教上の理由による〟喧嘩の正体なんですが……」と真行寺は言った。

「それが、イスラム教とヒンドゥー教の対立によるものかどうかを確認したいんですよね」

「そうです」

「名前で大体わかります」

「名前でわかるものなんですか？」

時任はうなずいた。

マジか。しかし、日本人と韓国人のちがいは、我々日本人にも見分けがつかないことが多いが、名前の欄に金哲徳なんて書いてあればこれはおそらくコリアンだな、と察しがつく。そんなものなのだろう。

「えっと、被害者の名前はわかっています」

真行寺はそう言って、ベンカテッシュのパスポートを写した写真を見せた。

「名前からしてこの人はヒンドゥー教徒でしょうね」

よし、片方はわかった。となると店主のほうがイスラム教徒の場合、ヒンドゥー&イスラムの宗教対立がほぼ確定されて、とてもヤバいってことになる。

「もし時任さんにインド料理店の店内を見てもらったら、その調度品などで店主がイスラムなのか、ヒンドゥーなのか判断がつきますか？」

「たぶん」

検視官のような頼もしさである。専門家というのは大したもんだと思いながら、真行寺は田口を捕まえて、捜査車両を調達した。そして、首都高に乗って赤羽へと急いだ。

「それにしても、先生も年齢《とし》を取られましたね。俺が学生だったときはまだ非常勤講師だったけど」

　ハンドルを握りながら真行寺が言った。

「いまやインド宗教研究の権威ですよ」と時任が応じた。「嶋村先生の学説をどのように超えて行くかが、僕ら若手研究者の課題として突きつけられているのですから」

「嶋村先生の偉大さを僕みたいな素人に説明するとしたら？」興味本位で真行寺は訊いた。

「そうだなあ、やっぱりリアルなところを知っているってことじゃないですかねえ」

「リアル？　インド宗教学におけるリアルって何ですか？」

「インド社会における宗教の根深さを理論と感覚の両サイドからわかっていて、それが単にローカルな事例のレポートに収まらず、さらに西洋思想なんかとも対比させて、人間にとってどういう意味があるのかにつなげていくところが先生のスゴいところです。さらに、またそれを表現できる豊富な語彙《ごい》があるってことも強いですね」

　よくわからないが立派そうである。

　スマホが鳴った。首都高を降りて環七の路肩に車を停めてから取った。

　マイルストーン21赤羽店、と門脇の声が聞こえた。

——マドラスが入っている雑居ビルを扱う不動産屋だ。

　マイルストーンニジュウイチと真行寺は復唱した。五十を過ぎてからは、復唱して頭にたたき込まないと、数秒後には忘れていることがある。そして、こうして声に出して言えば自分が忘れても、隣の若い時任が覚えておいてくれるのではないかという期待もあった。

「それで借主の名前はわかりましたか?」

それがちょっと拍子抜けなんだが、と門脇は言った。

——日本人なんだよ。

真行寺は頭をフル回転させて、インド人の被疑者、コック、日本人、宗教的対立、というさまざまな要素をかき混ぜながら、殺人に至るストーリーができ上がるのを待った。しかし、それらの要素はばらばらに分離したままで、化学反応を起こして結晶化するに至らなかった。

——インド人のコックを雇って店を経営して、副収入にしてただけじゃないか。んでもって、雇った性悪のコックがつまらんことで客をぶち殺しちまったってところが妥当だろ。

しかし、日本人の雇用主がイスラム過激派と関係してないという保証はないぞ、と思った。

「その借主の日本人には連絡を取ったんですか?」

——契約書を見せてもらったんだが、そこには住所しかない。

「その住所はどこになってます?」

——世田谷《せたがや》区祖師《そし》ヶ谷大蔵《やおおくら》のマンション。

「そこには誰か行かせましたか」

——もちろん。ただ、引っ越している。どこに引っ越したかは追跡中だ。

「家賃の滞納などは」

——きれいに支払っているそうだ。いまその両角啓典《もろずみひろのり》ってやつの名刺を探してもらってる。

勤め人で、来店した時に会社の名刺をもらったらしい。

了解しました、と真行寺が切ろうとすると、しかしだな、と門脇は続けた。

――さっきはイスラム過激派なんておっそろしい名前が出てきたんで俺もビビっちまったんだが、やつらが日本でテロを起こすつもりなら、なんで本格的な実行に移す前に、ヒンドゥー教徒ひとりをぶち殺さなければならないんだよ。かえって面倒を増やすだけだろ。

「ベンカテッシュの素性を洗いましょう」

――被害者の？

「そうです。ベンカテッシュの来日の目的は本当に観光なのかどうか？　インドのＣＩＡに相当するような組織から送られてきた人間だった可能性がないか」

――今度は諜報員かよ。参ったな、うちは署だよ、そういうことは本庁にまかせるよ。

最初は署の事件に首を突っ込まないでくれと言わんばかりだった態度が一変していた。

「わかりました。それはこちらで」と言って電話を切り、車を出した。

「合同情報委員会」と助手席の時任が言った。「インドのＣＩＡ、ＮＳＡっていえばそれです。ジョイント・インテリジェンス・コミティー、ＪＩＣ。しかし、ここは捜査機能がないので、中央捜査局、ＣＢＩを疑ったほうがいいかもしれません」

「あとでメモるので、もう一回教えてください」と真行寺はハンドルを握ったまま言った。

すると、チンとスマホが鳴って、時任が「いまメールしておきました」と言った。

真行寺はさっきするべきだった質問をここですることにした。

「そもそもどうしてヒンドゥー教とイスラム教は対立しているんですか」

「えっと、質問の内容がよくわからないのですが、それはどういう意味ですか？」

「いや、宗教なんて言ってみれば個人の趣味でしょう。他人の趣味にとやかく文句を付けないで、ほっとけば余計な問題は起こらないんじゃないですか」

「インドにおける宗教は個人の趣味の問題だけじゃなく、政治に深くからんでくるのでほっとけないいんですよ」

「じゃあ、インドでは政教分離がされてないってことですよね？　さっき嶋村先生に訊こうとして一度ほったらかしにした質問ですが、時任さんの意見を聞かせてください。そうなんですか」

先生のかわりに僕が答えるなんて、ちょっと恐れ多いな、と時任は及び腰になったが、せっかくなので、と頼むと、

「意見というか事実として、政教分離は完全には行われていません。現在政権をとっているインド人民党ってのは、その素性を辿《たど》っていくと、ガンディーの暗殺にもつながります」

マジかよ、と真行寺は思った。

「で、そのヒンドゥー・ナショナリストは異教徒であるイスラム教徒に対してはどうしろって言ってるんですか」

「改宗です。もともとインドはヒンドゥー教の地だったんだから、ヒンドゥー教に戻れってことです」

「じゃあ、俺なら建前だけでも改宗するね。そんなにいじめられるんなら」

「そういうわけにはいかないのが宗教なんで」

「なんでいかないんですか」

「さっき仰ってた、宗教が個人的な趣味、つまり、私事《わたくしごと》になったのはごくごく最近のことなんですよ」

「じゃあ、昔はどうだったんです」

「これを説明するには、宗教のふたつの機能を理解してもらうのがいいかもしれません」

「ふたつなんですか」

「ええ、ひとつは意味付与の機能。人間の生《せい》に意味を与える機能です。人は宗教を通じて世界を見て、世界の中に存在する自分の意味を確認していたんです。宗教を通じて、人間はこの世界にたった一人でぽつんといるような存在ではない、というふうに考えることができたわけです」

　なるほど、と真行寺は思った。と同時に、『俺は俺だ、文句があるか』じゃないんだよと言われているような気もしたが。

「人間はあれこれ考えます。人間はみな死ぬ。だから、やがて死んでしまうってのはいったいどういうことなんだろうかと考える。けれどもこの答えはありません」

「死んだ人間に、死んだ後どうなってますかと訊いても答えてくれないからね。死人に口なし。死人が口を利いてくれると刑事は商売が楽なんですが」

「そういうことです。死というのは究極の未知なんですよ」

「だったら、それは分からないものとして諦めたほうがいいのではありませんか。人間の限界を超えているものとして、考えても詮無《せんな》いことだと棚上げするしかないじゃないか」

「哲学的な態度としてはありでしょう。しかし宗教は考えきれないことをさらに考えようとするわけです」

「だけど無理なんだろ、人間には」真行寺の口調が徐々に砕けてきた。

「だからほとんどの宗教は人間を超えた知性、つまり神ってものを前提とします。そして、こんな自分でも生きていていいんだ、生きている〝意味〟があるんだ、と断定してくれるものが宗教なんです。これが意味付与の機能です」

「でも、その神ってのは人間の脳味噌《のうみそ》が生みだしたものじゃないのか」

「そうでしょうか。でも、この質問に答えていると大変なので、もう一つの機能を説明してしまいましょう。それは、バラバラの人間を結びつけ、集団を形成する機能です。信じることによる連帯が共同社会を作り、信じることによる道徳体系がこれを支え、信じる者を結合させる」

　はあ、と真行寺は言った。

「でも、エリック・クラプトンを〝ギターの神様〟だと信じるファン倶楽部《クラブ》とどう違うんだ」

「ある意味、似ています」

　てっきり否定されると思って言った真行寺のほうが面食らった。

「ともあれ、集団を形成させるという機能が宗教にはある。となると、信仰というのは単に個人でやっていることではなくて、共同体を形作り共同体で行っているという側面が無視できない。ヒンドゥー教はとりわけこの機能が強いわけです。信じることによって結びついている集団の中で生きている者にとっては、『イチ抜けた』ってのは難しいんですよ」

うーんと真行寺は唸った。

「とにかく俺はね、映画とか見ていても、神様が出てくるととたんにわからなくなるんだよ。映画で収まってくれてればいいんだが、自分が首突っ込んだ事件にまで出てこられるとかなわないな」

「じゃあ、出てこないことを祈りましょう」

ほんと頼むよ、と思いつつ、真行寺はハンドルを切って、雑居ビルの一階に店を構えているマイルストーン21の前に車を着けた。

「契約の際にいただいたお名刺です、さきほど見つかりました」

不動産屋の社員が差し出した名刺を受け取って、真行寺は見た。

両角啓典《もろずみひろのり》　ソフト・キングダム　新規事業開発部　取締役部長
ソフト・キングダムといえば日本人なら誰でも知っている通信会社だ。社長は朴泰明《ぼくやすあき》という業界の風雲児。大企業である。そんな立派な会社の取締役がなんで赤羽にカレー屋なんて出してるんだ。それとも名義貸しだろうか。

「年格好はどのくらいの人でしたか」と真行寺は訊いた。

「お若く見えましたね。四十過ぎくらいでしょうか。名刺に取締役と書かれているので驚きました」

「契約にはインド人を連れてきましたか？」

「いいえ。おひとりで見えました」

名刺にスマホをかざして名刺管理アプリでスキャンさせてもらい、時任を待たせている車に戻った。そして、一本電話をと断って、ソフト・キングダムにかけ、両角を呼び出してくれと頼んだ。二度回線が回された後で、若い女性の声がした。

――あいにく、両角は出張中でございます。

警察だと名乗り、携帯の番号を教えてくれないかと頼んだが、両角のほうから連絡させますと言われたので、自分の番号を渡して、「マドラスの件で話を伺いたい、とお伝えくださ い」とことづけた。

そして、キーを回し、マドラスへ車を動かした。

立哨《りっしょう》している警官に本庁の真行寺ですと名乗り、黄色いテープをまたいで中へ入った。

時任はぐるりと店内を見渡すと、ほどなく、

「イスラム教徒じゃないですね。ヒンドゥー教徒だと思います」と言った。

なぜ、と真行寺は訊いた。時任は店の隅を指さした。コーラやジュースの瓶が収まったガラス張りの冷蔵庫があり、その上に小さな鋳物の像があった。

「神様が置いてありますから」

なるほど。血痕とか髪の毛とかに気を取られてばかりじゃ駄目だなと思いながら、真行寺は近づいた。

鋳物の台座は、これは蓮《はす》のようだ。蓮の上には、胡座《あぐら》をかいて何本もある腕を左右上下に広げているフィギュアが収まっている。その周囲は火の輪のレリーフで囲まれている。胸がわずかに膨らんでいて女神だとわかった。女神というのは豊満な体を持っているものだと思っていたが、こいつは、ずいぶんと痩《や》せている。近づいて見て驚いたのはその表情で、目がつり上がって見開かれ、口はひどく歪《ゆが》んでいて、そこから感受できるのは、慈愛とはほど遠い、苦悩と怒りである。

「おっかないな、これは。神様ってのは菩薩《ぼさつ》のような穏やかな顔つきをしてるもんだと俺なんかは思っちゃうんですが」

「ところがインドの人ってのは、こういう像にも、美とか穏やかさを感じることがあるようです」

「とにかくこれはヒンドゥー教の神様で、この店主はヒンドゥー教徒ってことになるんですよね」

「たぶん」

「たぶんというのは」

「僕はこの神がなんというものかわからないので。蓮に乗っているのでラクシュミーかと思ったんですが、ちがうようです」

意外だった。まず、インドの宗教を研究している学問の徒《と》がわからないということに、さらに、わからないのにヒンドゥー教だと断定したことにも。

「ヒンドゥー教の神々は本当に多岐にわたるので。ただ、イスラム教は偶像崇拝を禁止していますから、イスラム教徒がこういうオブジェを置いているというのは考えられません」

なるほど。

しかし、これで〈イスラム対ヒンドゥー〉の構図をうっちゃっとけるだろうか。そうしたいのはやまやまだが、楽観視できなかった。テロを計画するイスラム原理主義者なら、ヒンドゥー教徒を装って潜伏するくらいのことはやるんじゃないか、と思った。

いや、それとも、そんな偽装は信仰心が許さないのか？　そういえば中学生の頃、社会の授業で、長崎の隠れキリシタンが踏み絵を踏めず、キリスト教徒だと発覚して殺されたと教わった時、「そんなものただの銅板じゃゃん、踏めばいいじゃないか踏めば！」と叫んで、教師から「おい、真行寺、落ち着け」と言われたのを思いだした。

ともかく、ここらで一度整理しよう。殺されたベンカテッシュと店主との口論は「宗教上の問題」が原因だ。そう店主はアルバイトの白石サランに説明したのだ。そして、インドにおける宗教上の最も大きな対立は、イスラム教徒とヒンドゥー教徒のそれだとインド研究の大御所が言った。そして名前から推察するに、ベンカテッシュはヒンドゥー教徒なのだ。名前でそんなにはっきりわかるのかと訊けば、わかるとこれまた若手の専門家が言う。ベンカテッシュ・スブラマニヤムというのは間違いなく実名だ。パスポートに載っていたのだから。偽造パスポートの線もなし。これもインド大使館に確認してある。ということで、被害者はヒンドゥー教徒で片がついた。だとしたら、この店主がイスラム教徒じゃないという確たるものがないと落ち着かない。ひっくり返すと、イスラム教徒であるという証拠が出てくると、これはかなり、ヤバい。

真行寺は、カウンターの天板を跳ね上げて、厨房に入り、ステンレスの冷蔵庫の扉に手を掛けた。

ビニールパックに入っている肉は豚肉に見えた。

「豚肉を食べないのはどっちだったっけ、イスラム教？　それともヒンドゥー教？」

「豚肉ですか」と時任は不思議そうな声を上げた。「豚肉を食べないのはイスラム教ですが」

「そうだ。牛を食べないのがヒンドゥー教だ、思い出した」

「ただ、実際はヒンドゥー教徒も豚は食べないんですよ。ヒンドゥー教徒は基本的には菜食です。牛はもちろん、豚も猪《いのしし》も、羊も山羊《やぎ》も、とにかくヒンドゥーは肉食を嫌うんです。せいぜいニワトリ、地域によって魚介類を食べるくらい」

「なんだって。じゃあ、どうなるんだ、これは」

「牛肉はありませんか。牛肉があれば、ここの主《あるじ》はイスラム教徒だと思うんですが」

「けれど、これはどうみても牛肉じゃないぞ、豚だよ」

「山羊肉ってことはありませんかね。山羊だと食肉のハードルが少し下がります」

山羊か。そう思うと手にした肉は山羊肉に見えてきた。じゃあ、山羊だったらどうなんだ、と真行寺は訊いた。

「どちらとも言えません。どちらの可能性もあります」

脱力感に襲われた。なんとか気を取り直し、すみません、ちょっとおつきあい願えますか、と言って真行寺は時任を促し、店の外へ出た。


倉庫の前に近づくと、ドラムの音が聞こえてきたので、今日も森園が来ているのがわかった。前よりリズムがどっしりして切れ味も格段に増しているのがシャッター越しにも感じられ、さては、と潜り戸を開けて中に入ると、ドラムセットに座って、スティックを振っているのは岡井だった。その近くに佐久間が座ってプレシジョン・ベースを指で弾いている。こちらに背を向け、アンプのつまみをいじっていた佐藤がギターを構え直して、複雑な分散和音を速い連符で弾き始めた。森園はタブレット端末に接続した小さなキーボードから、ノイズのようなコードのような妙な響きをこれに混ぜていた。そのアクセントの入れ方が、こういうのをセンスと呼ぶのだろう、不思議などよめきが渦巻くような神秘的な効果をもたらしていた。

それにしても、と真行寺が感心したのは、森園を除く三人の演奏能力の高さだった。特にリズムセクションを担う岡井・佐久間コンビの技量は非常に高かった。打ち込みは嫌だ、岡井に叩いてもらいたい、と森園が言っていたのもうなずける。この強靭《きょうじん》な律動に支えられてはじめて、森園が添えるランダムで不安定な音響も不可思議な効果をもたらすのである。

ノートパソコンが置かれたテーブルの前には、ヘッドフォンをかぶった白石が座っていた。録音を担当しているようだ。録音開始・停止のボタンをクリックする程度だろうが。

彼女のそばに置かれていたパイプ椅子を時任に勧め、自分もその横に座った。

突如、打楽器のタブラが現れた。けれど奏者はどこにも見えない。あらかじめ仕込まれていたものにちがいなかった。おそらく、白石の前のノートパソコンからメトロノームのように機械的なリズムが岡井のヘッドフォンに送られ、岡井はその律儀なリズムに合わせながら肉体的な拍を打っている。そして今しがた、PCのタイムライン上の途中に置かれたタブラが飛び出してきて、岡井が打つリズムに絡みついたというわけだ。それはいかにも、満を持しての登場という感があった。タブラの乾いた打音《だおん》はドラムの拍の裏に回り込み、時々前に出たかと思うと、後ろに下がって複雑な彩りをリズムに加えつつ、森園があやつる不思議な音響空間の中を縦横無尽に駆けめぐっていた。

さらに、どこからかむしり取ってきたような男の声の断片がばらまかれた。なんて歌っているのかはまったくわからない。けれど、PCに向かっていた白石がクスリと笑ったので、刑事の勘が働いて、これは彼女が渡したCDから引っ張ってきた音声にちがいないと思った。

だとしたらインドの言語だ。真行寺はとなりの時任を見て、わかりますか、と訊いた。

「たぶん、サンスクリット語の『義務を果たせ』だと思うんですが」

義務を果たせ？　つまらない文句なので正直がっかりした。

岡井がフィルインを挟み込み、これを合図に全員がフィニッシュに向かって突進し、そして終わった。真行寺は感動した。ほとんど感動していた。

カチリ、とクリックして白石が録音を止めた。プレイヤーたちは立ちあがった。その顔には満足そうな笑いが浮かんでいた。これで三人とは丸く収まったな、と真行寺は安心した。

佐久間たちの笑いが、真行寺を見つけるとたちまち消えたので、今日は彼女に用があってきたんだ、と言って安心させてやった。

「またサランのファンがひとり！」

森園が叫んだ。

うるさいぞ、お前らちょっと外で缶コーヒーでも飲んで打ち合わせしてろ、と真行寺が言った。

「じゃあ、先に刑事さんに報告。グッドニュースとバッドニュース、どちらを先に聞きますか」

「グッドだけでいい」

「えー、ひどいな。じゃあ、まずグッドから。孫が連絡を寄こしてきました」

やっぱりな、と真行寺は思った。

「俺が借りてる機材、ずっと使っていいそうです」

狙いどおりである。

「ついでだからバッドも聞きましょうよ」と森園が言った。

「いや、いい」

「なんで」

「レコード会社から契約破棄されたって話だろ」

「え、なんでわかるんですか」

「EMCレコードだよな、お前に声かけてたの」

森園は目を丸くしている。あのホテルのティーラウンジで、リョートはこの生意気なアーティストについて、あることないことあの部長に吹き込んだにちがいない。ボブが書いた楽曲の出版権なんかもちらつかせて。そうなるとレコード会社は首を縦に振らざるを得ないだろう。CDを何十万枚も売ってくれるアイドルならいざ知らず、風変わりな才能を持った新人程度なら。

しかし、どうして森園みたいな小僧にリョートはそこまで執着心を持つのか。才能への嫉《しっ》妬《と》？

「今のデモ演奏、アプリからオーディオファイルに吐き出して、俺にくれ」

「なんでですか」

「気に入ったからだよ」と真行寺は正直なところを言った。四人のアンサンブルが生み出したグルーヴに、真行寺はCAN《カン》というドイツのバンドを思い起こした。確かにコイツには才能がある。

「買ってくださいよ」と森園は言った。

「抜け目ないな」

真行寺は財布から千円札を一枚抜いて渡した。

「やったー。あとひとつ、悪い知らせがあるんですけど、それも聞いてくれますか」

見当がつかなかったので、真行寺は、聞こう、と言った。

「この場所、今日まででで撤去しなきゃいけなくなりました」と森園は言った。

それはバッドニュースにちがいない。

「刑事さん、どこか無料《ただ》で貸してくれるスタジオ知りませんか」

答えるのもアホらしいので、早く行けと肩を小突いて追い出した。白石に時任を紹介し、「それで、店長についてもう少し聞きたいことがあってね」と真行寺は言った。「たとえば、絨毯《じゅうたん》を敷いてお祈りしているところを見たことないかな」

イスラム教徒は一日五回メッカに向かって祈るべし。昔、インドネシアにボロブドゥールの仏塔を見にいった時、ガイドからそう教えられた。だから、店舗をヒンドゥー仕様にしていても、絨毯を敷いて西北西に向かって膝《ひざ》をつき、上半身を投げ出して額を床にこすりつけていればイスラム教徒だ。中には、サボるやつだっているだろうが、原理主義者なら祈るはずだ。これが真行寺がひねり出した推理法である。

しかし、白石は首を振った。

「一度も？」

「ええ、見たことありません」

ほかにイスラム教徒であることを示す証拠はなんだろうかと考えた。割礼くらいしか思いつかなかった。若い娘にアリババラサンの性器はどうなっていたと訊くほど品《ひん》がないわけじゃない。

スマホが鳴った。見覚えのない番号だった。もしもし、真行寺様の携帯でしょうか、という男の声にも聞き覚えがなかった。

――両角です。ソフト・キングダムの。会社のほうにお電話いただいていたようなので折り返しました。

来た、と思った。

「ありがとうございます。マドラスの件はご存知でしょうか」

――ええ、会社から報告を受けて驚いています。

「それで、この件についてお話を伺いたいのですが、これからどこかでお会いできませんか」

――そうしなければいけないということはわかっているのですが、私はいま東京を離れて、出向先におりまして。実はここにもつい先ほどインドから戻ってきたばかりなのです。

インドだって。真行寺は緊張を覚えた。

「で、今はどちらに?」

——北海道です。室蘭《むろらん》から内陸部に入ったところにおります。

北海道。殺されたベンカテッシュが行きたがっていたところだ。

北海道とインド。

北海道になにがあるというのだ。

2　北海道のインド

搭乗前に着信音が鳴った。真行寺はスマホを耳に当て、ボーディング・ブリッジを渡った。

「これから飛ぶから用件は手短にな」と真行寺は言った。

——すみません、アンプなんですけれども、二台あるじゃないですか、電源を切る時はどっちからオフるんでしたっけ。

森園はまたすっとぼけた質問をよこしてきた。この忙しいのにつまらん用件でかけてくるんじゃないと言いたかったが、愛機をぞんざいに扱われてはたまらない。

「オンはプリアンプを入れてからパワーアンプ、オフはパワーを切ってからプリを切れ。必ずボリュームのつまみを絞ってやれよ。壊すんじゃないぞ」

——ラックの上にあるのがプリで下がパワーですか？

そうだと言うと、わっかりましたー、と森園はやけに明るい声で返事して、いってらっしゃい、お土産の「白い恋人」期待してまーすとまた調子のいいことを付け加えた。仕事で行くんだ、馬鹿。なんでお前に土産なんか買ってこなきゃいけない、と毒づいて切り、狭い座席に身を投げた。

狭い席が一層狭く感じられるのは大男の隣だからだ。席は離して欲しかったが、この出張費は、赤羽署に設置された捜査本部から出ているので、同署が手配したチケットを門脇がカウンターに出して連席で取ってしまったのである。

「息子か」と門脇が訊いてきた。

「とんでもない」と真行寺は言った。

和解金代わりに、巽リョートの機材を借りっ放しにしておけるようになったのはよかったが、スタジオ代わりにしていた乾物屋の倉庫を追い出されることになり、そいつを保管する場所に困った。知ったことかと言いながらも、真行寺は何をトチ狂ったのか、「遠くていいのなら、次が見つかるまでうちに置いてやってもいいぞ」などと口走ってしまった。口に出したその直後には後悔していたが、もう遅い。すぐに森園はどこからかバンを借りて、その日の深夜に高尾まで運んできた。森園には免許がないので、運転してきたのは白石だった。真行寺も手伝わざるを得なくなり、三人でドラムセットやら、アンプやらを運び込んだ。意外と几帳面な真行寺は、ドラムセットの足を拭いてから運び込ませた。アンプ類やスタンド、床に直接触れていた機材にはすべて雑巾《ぞうきん》を当てさせた。

「そう細い神経じゃ殺しの刑事《でか》は務まらねえぜ」などと昔の日本映画の台詞《せりふ》を真似《まね》して森園が言った。「うるさい。一課ってのは殺人だけじゃないんだ」と言って真行寺は新しい雑巾を渡した。

「わー、まるでホームスタジオみたいだ」

機材を並べ終わり、一変した部屋を見て森園ははしゃいだ。真行寺もそう思った。

「それにこのスピーカー、スゴいじゃないですか。スタジオで見たことありますよ。アンプも高価(たか)そうですね。レコードもCDもいっぱいあるんで、サンプリングさせてもらっていいですか」

「CDならな。レコードは駄目だ。おまえ傷つけそうだから。出した場所にちゃんと戻せよ」

　機材を置いて、ふたりに夜食の長崎ちゃんぽんを食わせていたら、もう午前三時を回っていた。大学生の白石は明日は授業がなく、森園はまだ自宅で養生している身なので登校しなくていいんだと言っている。この時間に追い出して事故を起こされたらと思うと寝覚めが悪いので、泊めてやることにした。しかし、もともとピザ屋だったこの九〇平米の平屋は、広いリビングと高い天井があるが、間取りとしては1LDKで、デカいキッチンとリビングの他は、奥にひろい寝室がひとつあるだけだ。独り暮らしにはそれで充分だが、若い男女のカップルを泊めるとなるとどこに寝床《ねどこ》を作るのが適切だろうか、と悩んだ。

　かまわないと白石が言うので、そんなものなんだろうと思って寝室をふたりに明け渡し、真行寺はソファーで寝た。短い眠りの後で目を覚まし、三本セットの合鍵と「火を使ったらガスの元栓はちゃんと閉めろ」という書き置きを残して、着替えの入ったリュックを背負って羽田《はねだ》に向かったわけである。

「結婚はしてるんだろ」と隣の席の門脇が言った。

「昔は」

「独り身か」

門脇は不思議そうな顔でこちらを見た。このあと、なぜ巡査長のままなんだ、昇任試験を受けない理由はなんだというお決まりの質問が飛んでくるにちがいない。その前に真行寺が口を開き、

「しかし、北海道にインド人村があるんですね。観光スポットじゃないんで、旅行代理店も知らなかったんでしょうか」と別の話題に振り向けた。

「そこは村というか、研究所なんだろ」

「ブルーロータス運輸研究所。ソフト・キングダムら大手企業が出資して作った株式会社ブルーロータス輸送って会社の研究施設ですね」

「ソフト・キングダムってのはあの携帯のソフキンだよな」

「そうです。あとは自動車メーカーのTOYO、同じくインドのTATAN《タタン》モーターズ、北海海運、宅配のいかるが運輸らも出資してます」

「で、マドラスを賃貸契約しているのがソフト・キングダムの両角って若い取締役なんだな」

「そういうことです」

「そういうことってどういうことだよ。さっぱりわかんねーぞ」

それを調べに行くんじゃないかと思ったが、寝不足なので眠りますと言ってシートを倒し、目をつむった。

新千歳《しんちとせ》空港からは電車移動となる。乗車する前に一本吸わせてくれと言って、門脇はボス

トンバッグを提げてガラス張りの喫煙ルームに入っていき、高度成長期の工場の煙突みたいな煙を盛大に吐き出した。真行寺はガラスの壁のこちら側でそれを見ていた。

南千歳から「すずらん」に乗って、鷲別《わしべつ》という地味な駅で降りた。駅の傍《そば》に小さなスーパーマーケットがあると聞いていたので、そこまで歩いて行くと、駐車場にずんぐりとした車が停まっていた。丸みをおびた車体の青黒い横腹に〝ブルーロータス運輸研究所〟の日本語とBlue Lotus Research Institute of Transportという英語の文字が赤く染め抜かれている。

「これに乗れってことか」と門脇が言った。

「みたいですね」

真行寺が先に乗り込んだ。意外と車内は広く、座席もゆったりしている。

「なんだこれは」乗り込んできた門脇が呆れたような声を出した。「ハンドルがないじゃないか」

「というか、運転席そのものがないんですね」

真行寺は足を前に投げ出した。運転席がない分、座席にゆったりした空間が生まれている。乗り込んでみて意外と広いと感じたのはこのせいである。

〈真行寺さんですか〉

声がしたが人影はなかった。天井にはスピーカーが埋め込まれていて、声はそこからしていた。そうです、と答え、隣は赤羽署の門脇警部補です、とつけ加えた。

〈両角です。遠いところをわざわざすみません。このロータスで研究所までお連れしますの

で、シートベルトの着用をお願いします〉

「これで？」と門脇が驚いた声を上げた。

「完全自動運転の車ですよ。つまり無人車です」と真行寺は両角から聞いていた通りを説明し、「この丸い形から蓮の花に譬《たと》えてロータスとつけたんでしょうね」と付け加えた。

〈ご推察の通りです〉

「しかし、まだ法整備が進んでないんじゃないのか」と門脇が聞きただした。

〈実験走行の認可を国土交通省から得ています。――すみません、今おふたかたの顔認証の為にお顔の画像をサンプリングさせていただきました〉

先方がカメラで車内をモニターしていることを真行寺は知った。それでは発進しますとまた声がして、車は静かに動き始めた。エンジン音もほとんど聞こえない。

北海道の小駅とは言え、駅前から延びる四車線の道路はそこそこ交通量があったから、運転手のいない丸箱に閉じ込められて運ばれるのは居心地が悪かった。隣で門脇もひと言「なんだかおっかないな」とこぼしている。

しかし、十分と経たないうちにそのスムーズな走行に信頼を寄せるようになり、やがて左右に雑木が茂る二車線道路に入ると、後続する車の影も見えず、すれちがう車両もほんのときたまになって、真行寺は睡魔に襲われた。

突然、視界が開け、草原が出現した。そこかしこに林が点在する緑の平野に二車線の道が絡まるようにうねり、網の目のようになって広がっている。

〈ここから研究所の敷地に入ります〉

両角の声ではなく、アナウンサーのようなきれいな女の声がそう伝えた。

車はスピードを上げた。すると、ロータスが春の虫のようにあちこちから湧き出してきた。後ろから一台が猛スピードで追い越していった。大型車やバスも走っていた。四つ辻《つじ》を渡るバスの窓には乗客の黒い影だけが見え、すれちがうトラックには窓さえなかった。

草原には人影もあった。道脇《みちわき》を歩いているひとりを追い越すとき、こちらに視線を投げてきたその顔を見た。インド人だった（少なくともインド人のように見えた）。振り返ると、その人は後ろを走っていたロータスに手を挙げてそれに乗り込んだ。四つ辻を横切る自転車に乗っていたのもインド人だった。

「インド人ばかりだ」と門脇が言った。「それにしても、これだけ交通量があるのに信号機がないのがおかしいな」

その指摘はさらに五分ほど走ると如実になった。車が市街地に入ったのだ。すぐにそれが映画のセットのような代物《しろもの》であることがわかった。看板の文字と極彩色の彩りからどうやらインドの繁華街を模しているようだと理解した。ここには信号機はあった。しかし、赤黄緑のどのランプも点灯しておらず、役目を果たしていなかった。ロータスは増え、ビュンビュンとかなりのスピードで行き交っている。信号機が死んだ交差点を、老若男女がタイミングを見計らって横切る。驚いたことに、車道を歩いている者さえちらほらいる。見ていて危なっかしいことこの上ない。その通行人のすべてが黒い肌のインド人である。

「なんなんだ、これは」と門脇は言った。

真行寺は察するところを口にしようとしたが、やはり黙っていた。代わりに両角の声が、〈まもなく到着です。玄関先でお待ちしております〉と告げた。

到着した三階建ての研究所の外観にも驚かされた。壁面にびっしり、踊ったり祈ったり、立て膝をついたり胡座をかいたりしている色とりどりの小さな神様が彫り込まれている。

「驚いたでしょう。僕も最初は驚きました」

出迎えた両角は言った。

「インドのお寺を真似ているらしいんですよ、我々で言えば法隆寺《ほうりゅうじ》の五重塔のレプリカを建ててそこをオフィスにしているようなものですかね」

「ということはやはりヒンドゥー教ですか」

「ええ、もちろん」と言って両角は踵を返した。「ここにいるインド人は全員ヒンドゥー教徒です。さ、こちらへ」

であれば、またややこしいことになりそうだぞ、と思いながら真行寺は両角の背中を追って、ヒンドゥー教寺院を模した建物に向かった。

自動ドアが開いたその向こうは完全に近代的なオフィス空間だった。

「まず最初に申し上げたいのですが、この研究所でこうしてお話を伺うのは、私がここに勤務しているというだけの話で、マドラスの件は私の個人的な問題であり、この研究所とは関係がありません。その辺をどうぞご理解ください」

名刺を交換して腰を下ろすと、両角はまずそう言った。

「ええ、伺ってます」と真行寺は言った。

両角から電話をもらった時、マドラスで食事をし、店長と口論した客が死体となって発見され、客の血痕が店から発見されたと伝えると、両角はすぐに東京に戻りますとうろたえたが、真行寺のほうが、こちらから研究所に伺いますと言って、これを押しとどめた。

「なんで俺たちが出張《でば》らなきゃならねーんだよ、来させろよ」

そう門脇は声を尖《とが》らせたが、被害者が北海道に行きたがっていたと知ると、慌てて真行寺の分も含め〈出張伺い〉を書いて捜査本部に提出した。

「最初に確認させていただきたいのですが」と真行寺は言った。「マドラス店主の名前はアリバラサン」

「はいそうです」

「アリバラサンはヒンドゥー教徒ですか」

「はいそうです」

これで、ヒンドゥー教とイスラム教の対立で、ベンカテッシュ殺しを理解することはできなくなった。

「では最初に、両角さんがあの物件を借りて、アリバラサンにマドラスを出店させた経緯を話していただけますか」と真行寺は言った。

「そうですね」と両角はうなずいた。「どこから話しましょうかね。アリババラサンは以前はここで働いていたんです」

「なるほど。つまり上司と部下の関係だったわけですか」

と言いながら真行寺は両角からもらった名刺をちらと見た。一枚は不動産屋でコピーを取らせてもらったのと同じソフト・キングダムのもの、もう一枚は〈ブルーロータス運輸研究所 副所長〉となっていた。

「ええ。とはいえ、アリババラサンが私の下にいたことはありませんが」

「しかし、とにもかくにも彼はここにいた。職員だったわけですね」

「はい。もっともここにいる人間はすべて研究員なので」

「すべて、ですか?」

「ええ。通りでぼんやりひなたぼっこしている爺《じい》さんや、山羊の世話をしているおばさんまで含めて――」

「研究員と呼んでいる?」

「うちでは職員という言葉は使っていません」

なるほど、と真行寺は言った。いま聞いた内容は、なるほどとうなずけるようなものではなかったが、その辺はあとでツッコめばいいだろうと判断した。門脇はこちらに尋問をまかせ、いかにも上司然とふんぞり返って、インド人の爺さんが運んできたチャイを素焼きのカップから飲んでいる。

「アリバラサンはいつここを辞めたんですか」

「一年ほど前ですね」

「ここで彼は研究をしていたのですか」

「皆と同じように、完全自動運転の実験研究に参加していました」

なるほど。皆と同じように、完全自動運転の実験研究に参加していたわけですね、と真行寺は繰り返した。その内容はさっぱりわからなかったが。

「で、辞めた理由は」

「ほかのことをしたいと言ったからです」

「ほかのことってのが、飲食店経営ですか」

「まあ、そうですね」

「彼は料理ができたのでしょうか」

「できたというか好きなんですよね。ここは研究所の食堂も研究員が持ち回りでやってますから、全員が定期的に厨房に入るんです。彼は当番じゃないときも厨房に入って、新しいレシピを考案したりしてたようです」

持ち回りで食堂の炊事を？　ますますわけがわからないぞ。

「持ち回りでこなすのは料理だけですか？」

「いや、あとは掃除。これもトイレ掃除まで含めて当番制です」

当番制という言葉に真行寺はなにか引っかかるものを感じたが、両角が話を元に戻してしまった。

「ただ、アリバラサンも金を取って出す料理はやったことがなかったので。——ああ、うちは食堂で出す料理はみんな無料なんですよ。そのへんはシリコンバレーを意識してるんでしょうね」

「意識してるってのは誰がです」

「所長です。研究所で出す食事は無料にするというのは所長が決めました。ただしうちは、さっき申し上げたとおり、調理人は置かず、当番制で研究員が作るんですが」

「その当番制も所長が決めたのですか」

「そうです。ということでアリバラサンも当番がくるとチャパティを焼いたり、豆を煮たりしてたわけです。で、ある日、本格的に料理を習いたいと言い出した。それもいいと思って、札幌《さっぽろ》の料理教室に通わせたんです」

「ここから通ったんですか」

「いや、札幌にワンルームマンションを借りて、そこから通ってもらいました」

「それは、研究所の金で」

「はい、一応、調理も研究員の仕事ということになるので、その腕を磨くということで研修費の名目で拠出しました」

それにしても厚遇だな、と思った。

「その札幌のインド料理教室の先生もインドの方なんですか」

「いや、日本人だったそうです。ただ、南インドで料理を習ったので、それはよかったと言ってました。最初は一年通うはずだったんですが、もう覚えたといって半年もしないうちに戻ってきたんです」

「それで、習った料理をここで振る舞いだしたんですか」

「ええ、彼が料理当番の日をみんなが楽しみにするようになって、アリババサンもここにいる人間に料理を手ほどきするようになった。もともとそっちの方面に才能があったのかもしれません」

「そして次に、店を出したいと言い出したわけですか」

「そうです」

「で、あなたがアリババサンのためにあそこの物件を借りた」

「そういうことです」

「月々の家賃は」

「それは彼のほうから」

「開店前の準備資金は」

「彼が自分で出しました」

なぜそんな金を持っているんだと訊きたかったが、料理人をめざすインド人が貧乏だと決めつけるのもよくない気がして、逡巡《しゅんじゅん》していると、

「彼は自分の母親をここで亡くしたんです。母親もまた研究員として登録されていたので、

労災として扱い、その補償金を息子のアリバラサンに渡しました。それがとりあえずの資金になったと思います。思いますというか、きっとそうです」

ここで門脇が手帳を開いてペンを動かした。アリバラサンがこの研究所で母親を亡くしたことが気になるらしい。

「では、物件などの選択は」

「アリバラサンです。彼が東京で見つけてきたものを私が借りたんです」

「なぜ両角さんが借りたのですか」

「我が国では外国人が不動産を借りるのは色々と大変なんですよ」

「それにしても、気前がよすぎやしませんか。彼は研修費で料理学校に通い、習得した技術で今度は大げさに言えば起業するというわけだ。これに苦言を呈するどころか、名義貸しまでしているのはどうしてです」

「おかしいですか」

「たとえばソフト・キングダムでもアリバラサンのやり方は通用しますかね」

「それは……難しいかな」

「では、なぜそこまでしてやったのです」

両角とアリバラサンの間に雇用関係を超えた人と人の絆《きずな》があるならば、これは理解できる。俺はお前のことが好きだ。だから、たとえここを去っても俺は個人的に出来る限りのことはしてやる、と両角が思っていれば。しかし、両角の口ぶりからはそのような情意は感じ取れなかった。

「それは頼まれたからです、そうしてやってくれと」

「誰に」

「所長に」

「じゃあ、所長がなってやればいいじゃないですか」

「無理です。所長もまたインド人なので」

なるほど、と真行寺は言った。

「所長とアリバラサンの関係は？」

「同じタミル・ナードゥ州のチェンナイ出身です。ここにいる連中はみんなそうですが」

研究員と呼んでいたのが、急に「連中」という雑駁《ざっぱく》な呼び方になったのが気になった。

「アリバラサンはこの研究所ではどのようなポジションだったんですか」

「一般研究員です」

「所長、そしてあなたが副所長、そしてヒラの研究員、この間にはどのような職位があるんですか」

「なにもありません。所長と一般研究員の間にいるのは副所長の私だけです」

「両角さん以外にこの研究所に事務方の職員は」

「いません。ソフト・キングダムの庶務にサポートしてもらっています。しかし、これもブロックチェーンの技術による自動化に向けて改革中です」

「防火管理者は」

「私です」

「所長はどうしてそこまで研究員の面倒を見たのでしょうか」

「面倒見のいい人だからでしょう」

質問をそのまま回答とするような返事だった。

「所長が研究員のその後の面倒を見るのは不思議ではないと思いますよ、同じインド人だし、さらに同郷なので」

「アリバラサンはインドでは何をしてたんですか」

「いや、知りません」

「どのような経緯でここの研究員になったのですか」

「所長がインドで募集して、連れてきたと理解しています」

理解していいるという言葉遣いが気になった。実態はそうでないとしても、われわれはこのように理解しているのだから、それ以上は訊くな、と言いたげだ。

「所長はどんな人です」

「どんな人？　一言で言えば天才ですかね」

天才という大げさな言葉に、アリバラサンを語るときの素っ気なさとはちがって、そこには熱意がこもっていた。

「そもそも」とそれまで黙っていた門脇が口をはさんだ。「インドの自動車会社のＴＡＴＡ

N以外はソフト・キングダムさんはじめとして日本企業が投資して作った研究所でしょう、ここは。その所長になぜインド人を据えるんです」

「簡単です。ここはエッティフージ所長の為に作った研究所だからです」

ほお、と門脇が大げさに口をすぼめた。「それほどに優秀だってことですか」

「ですから天才です」

どの程度の天才なのだろう。若い頃、天才と呼ばれた東大法学部卒のキャリア官僚を何人も見てきた真行寺は訝った。

「所長が学生の頃に、この研究所の企画書をうちの朴に出して、それを読んだ朴が投資を決定したんです」

「日本の自動車会社の技術は世界最高じゃないんですか？　なぜわざわざインド人に投資するんです」と門脇は言った。

「ですから、天才だからです」

「その天才ぶりってのをもう少しわかりやすく教えてもらってもいいですか」

門脇は食い下がった。日本企業の投資によって日本の土地に建てられた施設が、インド人の才能で運営されていることへの不満がかすかに表れていた。

「インド工科大学からカーネギーメロン大学に進んでましてね」

そう言われてもピンとこないなと思っていると、門脇が、

「そこは東大と比べてどうなんですか」とまたわかりやすい質問をしてくれた。

「東大なら私も出ていますよ」と両角は言い、「もっとも法学部ですが」と付け足した。

ほう、と門脇が感心したような息を漏らした。

「所長はインド工科大学時代に世界数学コンクールで優勝しています。その後、アメリカのカーネギーメロン大学で情報工学を学んで、修士修了の折に、企画書を読んでくれないかとTwitterで朴に話しかけたんです」

「それを読んで、朴社長は感動されたわけですね」と真行寺が確認した。

「ええ」

「しかし、どうして携帯の会社が自動車産業に参入するんです」と訊いたのは門脇である。

「自動運転技術が導入されると、自動車メーカーが今まで培《つちか》ってきた技術はあまり役に立たなくなります。むしろ、全体の交通量や流動する動体、位置情報などがより重要になってくる。つまり情報産業化してくるわけです」

これは聞いたことがあった。自動車産業が、高給を宣伝して、ＩＴ技術者を必死でリクルートしようとしていることも。それにしても、またしても情報かと真行寺は思った。あいつはいつも言っていた。「すべては情報なんだ」と。

「ところで、アリバラサンから何か連絡は？」

「いえ、何も」

「最後に連絡を取ったのは？」

「約一年前、開店の前日ですね。開店祝いの花を贈ったので礼の電話をもらいました」

「それ以来一度も?」

「ええ。ノーニュース・イズ・グッドニュースだったんですがね。——すみません、このくらいでいいでしょうか、この後予定が詰まっておりまして」

そう言って両角が腰を上げようとしたとき、真行寺が言った。

「所長にお目にかかりたいのですが」

両角は真行寺を見て、一拍置いたあと、

「なぜ」と訊いた。

「アリババラサンとの関係のことなど所長の口からお伺いしたいのですが」

おい俺は英語できないぞ、と横で門脇がつぶやいた。そこは両角さんにお願いしてなどとやっていると、

「あいにくといまは、インドにおります」と両角が言った。

戻りを訊いたら、確か祭りの日にはこちらにいたいと言っていましたから五日後ですねという返事が返ってきた。祭りがあるのか、何の祭りだろうと思っていると、おい、そろそろおいとましよう、と門脇が肘《ひじ》で小突いた。両角が、ではロータスを回しましょう、と腰を上げた時、

「両角さんは東大の法科を出てすぐにソフト・キングダムに入社ですか」

「いえ、ここは五年前からです」

「ここの副所長になったのは」

「それもその頃です。設立時に就任しています」

真行寺は机に並べた二枚の名刺に再びちらと目をやった。

「つまり、ソフト・キングダム入社とほぼ同時にこのブルーロータスに出向になったわけですね」

「そうです」

「その前は国土交通省？」

両角は一瞬ぎょっとした顔つきになって、そうですが、と答えた。

「自動車局？」

「はい」

「なるほど。ところで、所長はインドのどこに出張されてますか」と真行寺がまた訊いた。

「それはなぜ」

「いや、インドに帰ったついでにチェンナイに里帰りなどされているのかなと思いまして」

質問の意図がわからないという顔つきで、門脇がこちらを見た。

「所長の家族はみんなこの研究所にいます。と言っても、母親と妹さんだけですけれどね」

「なるほど」と真行寺はうなずいた。

両角はいぶかしげな眼差《まなざ》しを真行寺に向けて、

「警察の人ってのは不思議な質問をするんですね」と言った。

「いや、こいつだけですよ」門脇が妙な釈明をした。

両角は真行寺に浴びせていた視線を断ち切ると、くるりと背中を見せて出て行った。

「おい、なんだいまの訳のわからない聴取は?」

すみませんと真行寺は言った。

「なんか感づいているのならちゃんと言えよ」

わかりましたと調子を合わせた。門脇が、ちくしょう一本吸いてえなあ、と言った。こんな密室で吸われちゃかなわない。真行寺はただ黙っていた。

「アリバラサンはここにいるんじゃないのか?」と門脇が言った。「もしくはこれからここに舞い戻るか。ほかに行くあてもなさそうじゃないか。JRや空港の防犯カメラを人海戦術で調べりゃ見つかるんじゃないのかね。ここを出たら道警に寄ってこうぜ」

そうですね、と真行寺は言ったが、心は別の方向に向かっていた。

「しかし、ここに戻ってくるとして、こんな広いところに隠れられたら、なかなか見つけられないぞ。一斉捜査に切り替えないと。そうなると道警との調整が必要になってくるな。本庁の上のほうにお前から上げてくれよ」

「タイミングを見て」

一斉捜査でこういう企業にガサを入れて、なにも出なかったらそれもまた問題になる。

両角が戻ってきて言った。ロータスの用意ができました。署長になった気分だな。門脇の頬が緩んだ。

「俺はこの辺を少しぶらぶらします」

乗り込む寸前に真行寺が言った。

「何かあるのか？」

「いや、まあ、何となく、見ておきたいと思ったものですから。道警のほう、よろしくお願いします。じゃあ後ほど宿で会いましょう」

そう言って送り出した。

真行寺はその場に突っ立って、スマートフォンを取り出すとGmailのアプリを開き、meandbobbymacgeetakao@gmail.comのアカウントで一本メールを書いた。そしてそれを送信せずに保存した。スマホをポケットにしまうと、門脇の乗ったロータスと入れ替わるように、また一台がやって来て、中から四人降りてきた。このうちふたりはスーツではなく、技術屋が着るような作業着姿である。胸に〝北海造船〟という縫い取りが読めた。北海造船はこの研究所に投資をしている北海海運の関連会社だろう。四人は今しがた真行寺が出てきた建物に入っていった。両角が、予定が詰まっておりまして、と聴取を打ち切る理由にしたのは、彼らとのミーティングの件なのだろう。

ふいに、足元のアスファルトに、四隅に回転翼を持つ正方形の小さな黒い影が現れた。見上げると頭上でドローンがホバリングしていた。そいつはいったん高度を上げて、高いところからまた真行寺を見下ろした。

真行寺は歩き出した。ドローンもゆっくりついてきた。やがて、街が見えた。そこは実寸大の模型みたいな街だった。インドのテーマパークのような街だった。

真行寺は歩いた。時々、歩行者が車道に出たりもする。それでも、ロータスなどは、たいして減速もせずに、ひょいとかわして走り去っていく。その動きはお見事と言いたくなるほどだ。これらの動きを頭上のドローンから撮影すれば、カーリングのストーンさながらに音もなく滑るように行き交うロータスが、接触事故を起こしそうになりながらも、巧みに互いを避《よ》けるのが見られるだろう。

ためしに真行寺は、通りを横切る途中、道の真ん中で立ちどまってみた。すると、猛スピードで迫って来たロータスは、真行寺の手前でなめらかに減速して停止すると、こちらが動き出すのを待った。真行寺が再び足を動かして通りを渡り終えると、また静かに発進した。なるほど、たとえ歩行者が勝手気ままな動きをしても安全を確保するように仕込まれているらしい。

それにしても、通行人の素行はすこぶる悪い。インド人の路上での振る舞いというのはこんなものなのだろうか。道路の横断はあまりにも大胆だし、平気で車道の真ん中近くを歩いている者もいる。歩行者優先が徹底されているというよりも、傍若無人がやたらと目立つ。

ただ、この広い敷地を持つ研究所の交通の便はすこぶるよさそうだ。ロータスはタクシーのように好きな場所で止められるようだし、大きなバスもひっきりなしにやって来る。人は車体の中程にしつらえられたドアからどやどやと乗り込み、前方のドアからぞろぞろと降りて、映画のセットのような建物の陰に消えていく。

標本保存されたかのように見える街の中に、真行寺は開業中のカフェを見つけた。若い連中がノートパソコンのディスプレイを見つめながら話し合っていた。空いている席に腰を下ろしてコーヒーを注文した。若い娘が運んでくれたコーヒーを一口飲んでうわと声を上げた。砂糖がすでに入っていた。しかもかなりの量である。若者がこちらを見た。これじゃあ風味が台無しじゃないか、シュガー・イン・マイ・コーヒーだよと大げさに言うと、連中は親指を立てて喜んだ。

どこから来たんだと訊かれた。東京。何をしにここへ？　モロズミに会うためだ。モロズミ？　アソシエイト・ディレクターのモロズミだ。ああ、ととたんに全員が納得した表情になった。

仕事は？　と今度はこちらから訊いた。教師と生徒だという。みんな同じ年格好に見える中、一人が手を挙げて俺がティーチャーだと言った。

生徒のほうに訊いた。どこに通って勉強している？　ここだ。ここ？　この研究所で勉強しているのか？　そうだ。彼に教わっているんだと隣の男を指した。何を？　ＩＴ。役立ちそうか？　もちろん、これからはこれしかないよと笑った。そんなことはない、という反論があった。その青年は医者になるんだと言った。休みを取って帰ってきているが、いまは北大の医学部で学んでいるのだそうだ。この研究所には医者がいないので、ここに診療所を構えたいんだと言った。そうか、頑張れよ。金を払おうとしたら、レジがない。研究所での支払いはみんな電子クーポンでおこなうんだと言われた。困ったなと思っていると、医学生がここは払ってあげるよと言ってくれたので、無銭飲食せずにすんだ。

礼を言ってまた外に出て、こんどはわざと広い車道の真ん中を歩いたら、後ろから来たロータスは華麗に脇をすり抜けて行った。今度は横になって寝転んでみたら、手前で大型バスが停まり、スピーカーでなにか言われた。一言もわからないが警告に決まっている。のろのろと立ち上がり、歩道に上がるとまたバスは動き出した。車内の黒い顔がガラス越しに皆こちらを見ていた。

スマホが鳴った。

——真行寺さん、まだ研究所におられるんですか。

両角の声が聞こえた。

「門脇から連絡がありましたか」

——いいえ、乗車のデータがなかったものですから。

「と言いますと」

——ここの車はすべて、乗客の乗り降りを記録するんです。来られたときに車内で撮影した画像データと先ほどいただいた名刺の情報を合わせて登録したので、真行寺さんが乗っていないとロータスが伝えてきたんです。

真行寺は監視体制の強烈さにギョッとして、すみません少しぶらぶらしたくて、と謝ってそそくさと切った。スマホをポケットにしまうときに見上げると、あいかわらずドローンがこちらを見下ろしていた。

ビルの角を曲がり、しばらく行くと、通りに面して家具工房が店を構えていた。四つの木製の支柱に載せた長方形の木枠に、職人ふたりが粗くて太い麻の紐《ひも》を張り巡らし、その枠に面をこしらえようとしていた。完成すれば、粗い麻の座を持った長椅子になるだろう。荷物置きのようにも見える。指さして、それはなんだと英語で訊いた。職人はチャールパイという言葉を繰り返した。手を動かしている連中は英語を解さないようだった。チャールパイね、とつぶやきながらさらに進んだ。

突然、視界が開けて、広場に出た。十数名くらいが集まって、櫓《やぐら》を組み、大きなＰＡ用のスピーカーを声を合わせて積み上げていた。

これは祭りの準備なのか？　と若いのをひとり捕まえて訊いた。青年は顔を縦に振った。なんの祭りだ？　ダンスフェスティバルだ。いつ？　五日後。フェスティバルに来られるか、来られるのなら来て踊ってくれ、俺がＤＪをやるんだ。そうだな来たいな。うん来るよ。所長にも会えるだろうから。真行寺は適当に調子を合わせた。

地面に尻をつけて、祭りの準備の相談をするインド人たちをぼんやり眺めていた。所長は祭りの日には帰るそうだ。無理してでも祭りのために戻るのだろうか。きっとそうにちがいないと勝手に決めた。宗教の機能のひとつは人々を結びつけ共同体を作り上げることだと時任が言っていた。ここはインド人の村である。村長としては帰ってこないわけにはいかんだろう。頭上ではドローンがいぜんとしてホバリングしている。やがて、連中が移動し始めた。ＤＪがにやっと笑って、行くぞという顔をした。真行寺もドローンを連れてあとを付いていった。

連中が連れ立って入って行ったのは大食堂だった。一言もわからない言葉が渦のようにホールにとどろき、強烈な香辛料の匂いが立ちこめていた。みな銀色のトレイに載せた飯に向かって、手やスプーンを動かしている。動くアルミのスプーンに天井から落ちてくるLEDの光がときどき跳ねて、異人たちの饗宴に出くわした気分である。確か食堂は無料だと聞いていたので、一緒に来た連中の真似をして、銀色のトレイのくぼみをカレーやらスープやらヨーグルトやらで満たし、紙のように薄いパンとライスを盛り付けて、どこで食おうかと席を探した。

誰かが手を振っていた。さっきカフェで言葉を交わした中のひとりが白い歯を覗かせていた。そして振っていた手を今度は下に向けて、自分の隣の席を指さした。この招待を受けることにした。

トレイをテーブルに置いてシンギョウジだと名乗り、握手の手を差し出そうとしたが、向こうの手はカレーにまみれていた。相手はニヤッと笑ってロヒだと名乗った。

ここで暮らしているのか、と真行寺は訊いた。相手はカレーをつまみながらうなずいた。エンジョイしているか？　パラダイスだ。リップサービスなのかも知れない。ITを学んだらインドに帰ってスタートアップするのか？　相手は肩をすくめた。インドに帰りたいか？　首を振った。ここは寒くないか。寒い。でも、日本がいい？　イエス。

「アリバラサンを知っているか」

「アリバラサン？」

「ここにいただろう？　料理がうまいやつだ」

「ああ、知っている」

「仲はよかったか」

「ここにいる連中はみんな仲がいいよ」

そんなわけないだろう、と真行寺は思った。

「最近アリバラサンに会ったか？」

「いや。でも、どうして？」

「俺はアリバラサンが東京に出したダイナーでよく食べているんだ」真行寺は嘘《うそ》を言った。

「彼は名料理人だな」

ロヒはうなずいた。

「アリバラサンは素晴らしい人だ」

真行寺はイエスとうなずいてから、カレーをすくった。

「アリバラサンは勇気がある」とロヒはまた言った。

イエス、と真行寺は応じた。

「友達を大事にする」

「君はアリバラサンの友人か」

「もちろんだ」

「アリバラサンはどんなやつだ」

「タフガイだ」

「彼はマーシャルアーツ《格闘技》をやっていたのか」

「やっていた。とても強かった」

「君もチェンナイから？」

「そうだ」

「独りで日本に？」

「いや、母と兄とで暮らしている」

「ふたりともこの研究所で働いているのか」

「そうだ。あんたは東京から来たんだよな」

「ああ。東京へ行ったことはあるか？」

「いや、ない」

「行きたいか」

「行きたい」

「東京に来たら、俺んちに泊まってくれ」

「本当か」

「本当だ、もっとも東京の中でも俺の家があるのは田舎だが」

「サンキュー」

「で、今晩は俺を君んちに泊めてくれないか」

ロヒは一瞬驚いたような顔をしたが、やがて口元を緩めてニヤーと笑うと、いいよと言った。これからどうする予定なんだ。勉強するって？　図書館に行くのか？　家に帰る？　もし、よければ君んちの床ですこし横にならせてくれないか？　実は昨日あまり寝ていないんだ。いいのか？　本当か。オーケー。じゃあ遠慮なく。

キャンセルするためホテルに電話を入れた。ロヒに付いていくと、大通りからひと辻奥に引っ込んだところに並ぶ平屋の前で立ち止まり、ここだよと指さして振り返った。

中に入ってすぐは、板張りの広いリビングで、絨毯が敷いてあった。靴のままあがってくれと言われたのでそうした。

なにか飲むか、とロヒは言ってくれたが、ノーサンキューと断ってリュックを下ろしコートを脱いで絨毯の上に置いた。そしてその横に腰を下ろし、胡座をかいた。寝るのならチャールパイを使ってくれと言って、ロヒはリビングの隅に置かれた荷物置きから分厚い本をどかしてくれた。

「これがチャールパイか」と真行寺は訊いた。

そうだ、と麻の網の上にシーツを広げながらロヒが言った。どうやらチャールパイというのは簡易ベッドのことらしい。

じゃあ、僕は自分の部屋で勉強するからと言ってロヒが引っ込むと、家から人の気配が消えた。チャールパイの上に腰を下ろし、真行寺は部屋を眺めた。ほかの家具は日本製で揃えられてあった。壁には極彩色の神様のポスター。あっ、と思った。そこに描かれているのは、あの怒りと苦渋に顔を歪ませた蓮の上の女神だった。その形相は、鮮やかな色を使った絵画となったことで、激烈な印象をさらに強めていた。アリバラサンがこの研究所にいたことを示す証拠のような気がして、真行寺はスマホを向けてこれを撮った。そして、ながながとチャールパイの上で四肢を伸ばし、目をつむった。

アリバラサンのあの店とロヒのこの家には同じ神が祭られている。ふたりがともにヒンドゥー教徒なら自然なことかもしれない。気になるのは、時任がマドラスであの女神のフィギュアを見て、「わからない」と首を傾げたことだった。「ラクシュミーかと思ったがちがう」とも言った。あとで聞いたら、ラクシュミーというのは日本では吉祥天《きっしょうてん》と呼ぶのだそうだ。それなら俺も知ってるぞ、と真行寺は思った。しかしあちらはグラマーな美の女神で、こちらはペチャパイのブスだ。共通点は蓮の上に座っているというだけじゃないか。ひょっとしたら一般的なものではないのかもしれない。だとしたら、その特殊性ってなんだろう。それとも時任が研究者としてはまだ駆け出しで、勉強が足りないだけなのか？　そもそもアリバラサンはなぜここを出て東京に行く必要があったのだろう。料理ならここでもできるのに。金なのか？　それとも北海道は寒すぎるのか。ただ東京を見てみたかっただけなのかも知れない。ロヒも東京には行ってみたいと言っていた。けれどインドには帰りたくないんだそうだ。アリバラサンはどうだったのだろうか？　なぜロヒは自分の祖国を嫌うのだろう。郷愁に誘われて帰りたくなることはないのか。それとも日本人の俺に対するリップサービスなのか。あれこれ考えているうちにほどなく意識が混濁し、真行寺は眠りに落ちた。深くはなかったが、ヨーグルトのようなとろみのある白い眠りを眠った。森園がオーディオ装置をでたらめにいじって音が鳴らないと嘆いている夢を見た。隣で白石が笑いながらなぐさめている。ふたりは仲のいい姉と弟のように見えた。すると、白濁した粘り気がすーっと溶けて頭から抜け出したかと思うと、突然目の前に知らない年配女性の丸くて黒い顔があった。ロヒの母親とおぼしき女性は真行寺の肩を揺すって彼の鼻先にバイブするスマホを突き出している。日本語で礼を言って受け取り、チャールパイに座って耳に当てた。

――おい、お前何やってんだ。

門脇の声は怒気を含んでいた。

「ああ、いま何時ですか」

二重サッシの向こうはすでに日が落ちて真っ暗だ。

――馬鹿野郎。お連れ様はキャンセルした、当日キャンセルなんで返金はできませんって言われたぞ。いったいこりゃどういうことだ。

「ああ、そうなんです。今日はこっちに泊まりますので」

――なんだって？　そこはどこなんだ。

「人んちに厄介になるのは得意なんですよ」

――人んち？

「ええ、学生の時、バックパッカーで旅行して経験ずみです。その時はインドじゃなくてインドネシアでしたけど」

――え、ひょっとして従業員の家にでもいるのか。

「研究員ですね、従業員じゃなくて。――室蘭署でなにか摑めましたか」

――とにかく、空港と駅の防犯カメラの件は相談してみた。

「明日、午後に室蘭署で待ち合わせしましょう。一時でいいですか？」

――まてよ、本庁のほうとは掛け合ってくれたんだろうな。

「それはもう一日様子を見ましょうよ」

――もう一日？

「相当な数の捜査員をぶっこんで空振りしたくないんですよ」

――アリババサンがここに舞い戻ってこないとでも？

いや、と真行寺は言ってから考えた。そして、

「ここだけを重点的に張って、気がついたら国外へ逃げられてたってことになるとまずいので」と説明した。

――確かにそいつはまずいよな。

そんなことを話しているうちに、絨毯には食器が並び始め、ロヒが部屋から出てきて、兄らしき青年と一緒に母親を手伝ったので、皿やコップやスプーンなどで、床の敷物の上はたちまち賑《にぎ》やかになっていった。それをぼんやり見ていると、とにかくあまり勝手なことするなよと言い捨てて門脇が電話を切った。それで真行寺も絨毯の上に移動し、夕餉《ゆうげ》の輪ができ

た。またカレーかと思わないではなかったが、こちらは一宿一飯の世話を受ける身、贅沢《ぜいたく》は禁物だ、と思い直し、スプーンを取った。

母と息子ふたりはなにか話していた。真行寺がここにいる経緯を母と兄が訊き、それにロヒが答えているようだった。やがてロヒが顔をこちらに向けて、

「あなたはソフト・キングダムから来た人なのか」と訊いた。

真行寺はノーと言った。するとロヒは「TOYOモーターの人か」と追及してきた。これにもノーと言った。ホッカイ・マリントランスポートの人か？　真行寺はやはりノーと言うしかなかった。

するとロヒは怪訝な顔つきになって、あなたは副所長のモロズミに会いに来たと言っていたね、と言った。これにはイエスと言った。ついにロヒは、あなたはどこの人間なのか、と端的に訊いてきた。警察だと言った。この一言が稲妻のように三人を撃ち抜いた。身体がこわばり、会話はひたと止んだ。あまりいい沈黙ではなかった。皿のくぼみによそわれた赤いスープを指さしてこれはなんだと聞いても、誰も答えてくれなかった。一口飲んで、トマトの味がするなと日本語でブツブツ言ってると、ラッサム、とひとこと母親が言った。ロヒが急に立って自分の部屋に引っ込んだ。真行寺はまた別の汁物を指してこれは？　と訊いた。またもや母親がサンバル、と言った。ロヒが戻ってきて黙って飯を食いだした。ほどなく、真行寺のスマホが鳴った。

——真行寺さん、いまどちらに？

両角の声がした。

「訊かなくてもわかってるんでしょう」

――研究員の家でなにを？

「食事をもらってます。アリバラサンについて聞き込みをしていて、遅くなったので泊めてもらうことになったんです」

――すこし誤解があったようですね。

「ええ、あなたの同僚だと思われてたみたいです」

――すぐにロータスを手配しますので、それに乗ってくれませんか。

「ここを出ろと？」

――はい、研究所のゲストルームをご用意しますので。

「なぜ」

真行寺はいちおう訊いた。

――彼らが歓迎していないからです。

「歓迎はされてましたよ、警察だと名乗るまでは」

――しかし、研究員から連絡をもらったからには、私も対処しなければなりません。

「わかりました。ロータスをお待ちします」

――待つ必要はありません。こうして話しているうちにもう到着して家の前で待機しています。

スマホを切った。三人がこちらを見ていた。残りのカレーを平らげてから、ナマステと言って立ち上がり、コートを羽織り、リュックを背負った。誰もなにも言わなかったが、三人とも玄関までついてきた。背後でドアが閉まったとき、カチャリと施錠の音がした。

ロータスに乗り込むと、スピーカーから、真行寺弘道様ですかと女の声がして、そうですよ、と答えると、暗い道を走り出した。彼らはなぜ警察だと名乗ったらとたんに態度が硬化したのだろうか。時にはたいそう嫌われたりする仕事を生業《なりわい》としているわけではあるが、そんなに嫌わなくてもいいじゃないか。広く切り取られた車窓からふと夜空を見上げると、東京ではお目にかかれないような夥《おびただ》しい星が、漆黒の空に燦然《さんぜん》と煌めいていた。街灯のない周囲は真っ暗で、まるで宇宙船に乗っているような気分である。次第に、プラネタリウムで感じた気分、まるで自分がこの宇宙に溶け込んで星になったような心持ちになっていった頃、突然、スマホが鳴った。

——真行寺さん、いまどちらですか。

「お前の真似してひとん家《ち》に泊まろうとしたら、追《お》ん出《だ》されてこれから野宿だ」

——え、北海道で？

森園は驚いた。

「冗談だ。凍え死んじゃうだろ。いま、蓮に乗って移動中だ」

——わけわかんないんですけど。

「わからなくていい」

――あの、ミキシングした俺の曲を真行寺さんの装置で聴きたいんですよ。

「DTMソフトからCDに焼いてCDプレイヤーで聴けばいいだろ」

――いや、できればパソコンのミキサーからオーディオインターフェイス経由で出したいんです。

「さては俺の装置をミキシングモニターとして使うつもりなんだな」

――はい。俺が持ち込んだパワードのモニスピより音の細かいニュアンスがわかるので。

「当たり前だな。よし、まずプリアンプを引き出せ。それから、裏のパネルの tuner って端子が空いてるはずだから、そこにミキサーから出たケーブルをつなげばいい。必ずボリュームを絞って電源を落としてから作業しろよ」

――これからは気をつけます。

どうやら勝手な使い方をしていたらしい。

「この時間にそこにいるってことは、今晩も泊まるつもりなんだな」

――居心地いいので。

「俺んちだってよそに言うんじゃないぞ」

――なんでですか。

「事件の当事者を刑事が自宅に寝泊まりさせてるってのはまずいんだよ」

――そうなんですか、じゃあリランにも言っておきます。

「彼女、いるのか」

——今、シャワー浴びてます。

「なんだと。一体なにがよくてお前なんかとつきあってるんだ」

——いやあ、音楽で俺がちょっと目立ったからだけだと思うんですけど。

「そりゃそうだろ。何かひとつくらい取り柄でもなけりゃ、お前みたいに顔も不細工で無神経な貧乏人とああいう美女はつきあわないだろ」

——まあねえ。でも、レコード会社の契約なくなっちゃいましたし、もういつフラれるかわからないです。

「だったら頑張っていいデモ作ってよそに送るしかないな」

——だけど、いまはギブソンが破産する時代ですからね。ＣＤデビューしても居酒屋なんかでバイトしてて、飲みに来たファンの子が注文取られてビックリしたりしてるんです。このあいだラジオ聴いてたら、スクールカーストの最底辺が、映研・漫研・軽音だって言ってましたよ。

なんだって、とドキリとした。だったら、つきあってくれてる彼女に感謝しろ。そう言い捨てて切った。そうして考えた。考えているうちに、ロータスは停まり、ドアが開いた。降りると目の前に、ペンションのような洋館があり、玄関に近づくと、真行寺弘道様、二〇一号室にお上がりくださいという声が聞こえて観音開きの扉が開いた。階段を上がってドアの前に立つと、カメラで顔認証されたのか、カチャリと錠が解かれる音がして、ノブを回すとスーッとドアは開いた。

清潔なベッドがあった。リュックを下ろし、コートを脱いで、ベッドに寝そべった。そして天井を見つめながら続きを考えた。

突然、脱ぎ捨てたコートのポケットからスマホを取りだすと、真行寺は耳に当てた。

——もしもし、時任です。

丁寧な声がした。

「俺も馬鹿でした」と真行寺はいきなりそう言った。

——なにがでしょう。

「宗教の対立と聞いて、異なる宗教間で生じる激突を連想してしまいました。キリスト教徒がイスラム教徒に攻撃をしかけた十字軍。キリスト教徒がユダヤ教徒を迫害したホロコースト。仏教国のミャンマーじゃ、ロヒンギャっていうイスラム教徒の移民が迫害されてる。さらにインドではヒンドゥー教とイスラム教の対立が激しいと教わって、そんなふうに思いこんでしまったんです」

真行寺は一呼吸置いてから、続けた。

「被害者のベンカテッシュと被疑者のアリバラサンは店で大喧嘩しました。その理由を〝宗教上の問題〟だとアリバラサンはアルバイトに説明しています。それを聞いて俺はアリバラサンをイスラム教徒だと考えようとしたわけです。しかし、これは間違いでした。この宗教的な対立はヒンドゥー教の中で起こっている。ヒンドゥー対ヒンドゥーで考えるべきだったんです」

――というと？

「カーストです」と真行寺は言った。

沈黙が訪れた。考えているのだろうと思ってこちらも黙っていると、

――しかし、それはどうもヘンですね。

と時任は意外な反応を示した。

「どこが」

――カーストの中で、上が下に苦情を言った場合、喧嘩にはならないんです。単に上が下を懲らしめるだけです。

「しかし、そうはならなくて、下が上に逆らって喧嘩になった、とここは考えたいんです」

――なぜですか。

「インドじゃなくて日本だったから。インドでは起きないことがここでは起きた。異国という条件がカーストのシステムを狂わせた。その細かい理由についてはまたあとで考えることにしたいんです」

相手が黙っているので真行寺は続けた。

「俺はいま北海道にいます。室蘭港から内陸部に入ったところに、インド人のエリートを頭《かしら》に据えた完全自動運転の技術開発機関があるんです。アリバラサンは上京する前にはここにいました。ここでスタッフが利用する食堂で料理の腕を振るっていたそうです。当然食堂ではみな同じ釜《かま》の飯を食う。同じ釜の飯を食っているということはカーストでは同じ階層

だ。こう考えることは可能ですか」

——いや、それだけだとなんとも。被疑者が料理を作っていたんだとしたら、被疑者は他の人間よりもカーストが上の人間である可能性もありますからね。

「それはどうしてですか」

——カーストの身分制度では、上位カーストが作った料理を下位カーストが食べることはできますが、下位カーストが作った料理を上位カーストが口にすることはできません。ひっくり返すと、調理していた被疑者とその研究所員たちは全員同じカーストの集団に属している可能性はあるんですが、料理する人間のアッパー層、食べる人間のローワー層、このふたつに分かれている可能性もまたあるってことです。

「カースト制度の中では、料理する者とそれを口に入れる者の上下関係が決まっているってことですね」

——そうです。下位の人間が作ったものを、上位のものは口にしてはならない。

「なぜ」

——下位のものは穢《けが》れている。穢れた者の手が触れたものを、口から体内に入れると穢れる。理屈としてはこうです。

　怒りでこめかみが熱くなるのを感じたが、口では、なるほど、と応じた。

「じゃあ、これはどう考えたらいいですかね。ここの食堂じゃあ調理は当番制になっています。となると、作る者と食う者の関係はクルクル変わる。今日の〝食べる人〟は明日は〝作る人〟になっていることもある。いま聞いた説明が絶対だとしたら、作る者と食う者は同じ階層でなきゃ問題が起こるはずです。ヒンドゥー教徒ばかりで運営されている研究所が当番制を採用しているのだとしたら、研究所は同じ階層の人間ばかりが集まっていることになる。そう考えていいでしょうか」

——仮説を立てる程度なら。

真行寺は考えた。そして、

「俺の仮説では」と言った。「客のベンカテッシュが上位、店長のアリバラサンはそれよりもかなり下になります」

——つまり、下位カーストである被疑者が作った料理を、上位カーストの被害者が口に入れたってことですか。

「そうです。これは問題になりますか」

——なりますね。

「なるんですね。それが喧嘩の原因なんですよ」

——まあ、だとしたらブラーフマナは怒るでしょうが。

「ブラーフマナってのはベンカテッシュのことですか？」

——ええ。彼のパスポートを写した写真を見せてもらったでしょう。彼のファミリーネームはスブラマニヤム。まちがいなく彼はブラーフマナ、つまり婆羅門《ばらもん》。カーストの最上位になります。

くそ、と真行寺は口惜《くや》しがった。被害者の名前を時任に告げたときには、ヒンドゥー教徒に間違いないと聞いてそれだけで納得してしまった。その時には、〝宗教上の問題〟という言葉から、ヒンドゥー教とイスラム教の対立の構図に囚《とら》われていたので、ヒンドゥー教の内部での階層に注目するなんて発想がなかったのである。

「聞いてください。ベンカテッシュは東京を観光中に、インド料理屋を見つけました。店名はマドラス、彼の地元チェンナイの旧名です。東京のインド料理屋の多くがネパール料理を出しているって教えてくれましたね。きっと北インド料理に近いんでしょう。ベンカテッシュが住んでたチェンナイはずいぶんと南にあります。ひょっとしたら、これまで入った店の料理が彼の口に合わなかった可能性もある。そんな時に、〝マドラス〟って看板を見つけた。大阪人がインド旅行中に〝浪速《なにわ》〟ってうどん屋の暖簾《のれん》に出くわしたようなもんです。そりゃあ、おっ⁉ってなるでしょう。真っ黒な濃いだし汁に白いうどんが浮いている関東風じゃない、琥珀《こはく》色のおつゆがかかったおうどんを食べられるぞって喜ぶのと同じです。ところで、こんな推理をしたあとでこう訊くのもなんですが、インドって北と南じゃ、味もちがうんですか」

――ちがいますね。

「よし。じゃあ、どんどん進めちゃいましょう。マドラスの看板で、おっ⁉となってベンカテッシュは店に入った。そして、料理を注文して食った。どの程度満足したのかは知らないが、少なくとも苦情を言いたくなるような味ではなかったので、アルバイトの美女にも愛想を振りまいていた。しかし、なにかの拍子に、自分よりも低い階層の人間、俺の推理じゃとんでもなく低い人間、カーストの四階層の一番下はなんて言うんでしたっけ」

——四つで捉えるとシュードラですね。

「じゃあもうシュードラにしましょう。シュードラが料理していると知って、激怒した。どうです、これは」

うーんと時任は唸った。

「なにか気に入りませんか?」

——カーストってのは、職業が世襲制なんです。つまり階層によってなれる職業が決まっている。たとえば医者や僧侶《そうりょ》はバラモン階級にしかなれない。

「はあ」

——で、そもそも、下位カーストの人間は料理人にはなれないんですよ。

「なるほど、確かに被害者ベンカテッシュのインドでの職業は料理人です」

——それはわかります。つまり誰でも彼の作った料理は口にできるわけです。

「でも、シュードラだと仮定しているアリバラサンは料理人にはなれないはずだ、と時任さんはあくまでそこにこだわるわけですね」

——まあ、そうです。

「だからこそ私は、カースト制度の禁を破ってアリバラサンは料理人になったんだと思うんです。人がうじゃうじゃいるでっかいインドに、カーストなんてクソ食らえって思っている人間がいないって時任さんは言うんですか？　いる。いるよ。いるに決まっている。そんなひとりが被疑者のアリバラサンだと私は睨んでいるわけです」

　そう興奮しながらも、まずいなあ、人殺しのほうに共感してるぞ俺は、と真行寺は苦い思いを嚙《か》みしめた。

――とりあえず、わかりました。とにかく真行寺さんは、シュードラの店長がバラモンの客に難詰されて、ブチギレし、殺してしまった、そう推理しているわけですね。

「そうです。『シュードラのお前の手で作った料理なんか食わせやがって』『うるせーバカヤロー、ここはインドじゃねー』そしてバーン！　だけど、インドの専門家のあなたはこの説にリアリティを感じないわけですよね」

――感じません。申しわけありませんが。

「ではそれはそれで結構です。ただ、ここはひとつ我慢して私の推理に沿って知恵を出して欲しいんです」

――といいますと、どんな知恵でしょう。

「バラモンの客はなにかのきっかけで店主がシュードラだと知った。しかし、俺がイメージできないのは、そのきっかけなんです。それを考えて欲しい。なんでもいいので」

　わかりました、少しお時間をくださいという静かな声が聞こえて、通話は切れた。

　スマホをベッドに投げて寝転び、いつのまにか店主のアリバラサンを最下層のシュードラだと決めつけていたなと、真行寺は苦笑した。しかし、カースト制度なんてのをいまだに温存しているヒンドゥー教ってのはとんでもない宗教だ、ヒンドゥー教によって国をまとめようとするインドの現政権もけしからん、インド旅行で人生が変わったと感動している旅行者の気が知れないぜ。真行寺はむくりと起き上がり、リュックの中から歯ブラシを取りだして歯磨き粉をつけた。それに国際社会がこういう状況を放置してることも問題じゃないか。カースト制度が完全に壊滅されるまで国交を断つくらいのことを先進諸国はやるべきだ。スマホが鳴った。ディスプレイに時任の名前が出たので、早いなと思いながら、真行寺は慌てて口をすすぎ、スマホを取った。

――ダリットです。

電話の向こうの時任の声は少しうわずっていた。

「ダリットってのは」と真行寺が訊いた。

――カースト外カーストです。

「カーストの外のカーストってどういうことです」

――カースト体制は、上からバラモン・クシャトリア・ヴァイシャ・シュードラの四階層からなっていると説明されることが多いんですが、本当はさらに下がある。そして、ダリットというのは、その〝さらに下〟にいる人たちです。

「最下層のシュードラのさらに下ってことですか」

――はい、日本語だとフカショクミンと訳されてます。

フカショクミンという語の並びを頭の中で〝不可触民〟と変換し、真行寺はギョッとなった。

――真行寺さんの推理は正しかった。アリバラサンはダリットです。

「そうはっきりと言えるんですね」

――はい。

「それはなぜ」

――マドラスに行った時に、冷蔵庫の上に神様の置物があったのを覚えていますか。

「ああ、あれと同じものを描いたポスターが、ここの研究所で働いている男の家に貼ってありましたよ」

――あれはパドマーヤールという女神で、ダリットだけが信仰しているんです。

触らぬ神に祟りなし、という捜査方針はこれでふっとんだ。

「ダリットだけが信仰する女神？　イケてない地方のアイドルみたいだな。パドマーヤールがダリットだけが信仰する女神だというのは確かですか」

――ええ、嶋村先生に確認していただきました。

インド研究の権威がそう言うのなら心強い。

「整理させてください」と真行寺は言った。「アリバラサンはダリットだった。不可触民。上から下に、バラモン・クシャトリア・ヴァイシャ・シュードラと四つの階層からなるカースト制度の底が抜けてさらに下にある超底辺なんですね。で、これらの階層は世襲制の職業と結びついていると時任さんは言いました。ということは、バラモンだけに独占されている仕事があるってことですよね」

——そのとおりです。

「じゃあ、裏を返せば、その一方で、誰かがやらなくてはいけないけれどあまり誰もやりたくない仕事がダリットに押しつけられているんじゃないんですか」

——まさしく。

「それは、たとえば、どんなものでしょう?」

——死体処理や、皮なめし、糞尿処理などです。

「そんなところでしょうね。人が嫌う役回りをアリバラサンたちは押しつけられているわけです。しょうがない、そういう生まれなんだから俺は、と諦めるダリットもいるかもしれませんが、アリバラサンはそうじゃなかった。こんな理不尽を押しつけるインドなんか出て行ってやると思って日本に来たんです。どうやって来たのかはわかりません、とにかく来たんだといまは考えましょう。インドの外に来たんだから、俺はもうダリットじゃないとアリバラサンは考えました。やがて、自分で料理を勉強して店を出したいと思うようになった。アリバラサンは南インド料理を札幌の料理教室で日本人に習ったので、ダリットのお前なんかに料理は教えない、なんて言われることもなかったでしょう。そして、所長や色んなツテを頼って赤羽に出した店がマドラスです。ここまではよかった。しかし、およそ一週間ほど前、インド人の旅行者がふらりと入ってきました。これがベンカテッシュです。そして、最初は機嫌よく食べていたベンカテッシュは、冷蔵庫の上にあるパドマーヤールの像を見て、アリバラサンがダリットだと知った。そして、本来は糞尿を処理するためにあるダリットの手で作られた料理を口に入れてしまったと気がついてパニック状態になりました。俺はダリットが作った飯を食わされた、どうしてくれる、そして厨房に向かって悪態をつき始めた。いったん店を出て、ホテルに帰ったベンカテッシュはまだ怒りが収まらないので、次の日のおそらくは閉店後のマドラスに押しかけ、そこでまた口論になり、アリバラサンに差別的な罵詈《ばり》雑言《ぞうごん》を吐き続けたんです。ついに、アリバラサンはブチギレて、ぶん殴って殺してしまった」

電話の向こうは沈黙していた。

「どうでしょう」と真行寺は返答を促した。

――後半の部分はやはりしっくりきませんね。

「どこが」

――これは嶋村先生も仰っていたことなんですが、ダリットがバラモンから面罵《めんば》されるなんてのは日常茶飯事なんですよ。

「インドでは」と真行寺は言った。

――日本という場所がカースト制度の禁を破らせたという真行寺さんの意見はわかるんですが。

時任は煮え切らない態度を取り続けた。

「嶋村先生もその辺は疑問視されているわけですか？」

――そうなんです。そんなこと言われたって多少殴られたって、それでダリットがバラモンを殺すなんてことはあるだろうか、と。

「ダリットのバラモン殺しは、インド社会では大変な衝撃をもたらすのでしょうか」

――ただでは済まないと思います。

「どんなふうに」

――まあ家族は皆殺しにされるでしょう。

「はあ」

真行寺は苦笑まじりに呆れた声をあげた。

――いや、冗談ではなく。

「しかし、そんなことしたらバラモンだってお縄を頂戴しちゃうじゃないですか」

――そういうケースに関しては、警察も見て見ぬふりをすると思います。その可能性はかなり高い。逆に、バラモンがダリットの女性をレイプする事件がインドでは頻繁に起こっているのですが、警察に訴えてもまともに取り合ってくれないことがほとんどです。

マジか？　ロヒの家で自分が警官だと告げたとたん、座が凍り付いたことを思い出した。警察組織は自分たちを守ってくれないどころか敵であるという信念があるのだろうか？

「じゃあ、それは宿題ということにしておきますか」と真行寺は結論を控え、「ところで、カースト制度ってのは制度というくらいだからなにか決まりごとがあるんでしょう。たとえば、『目には目を 歯には歯を』ってあれはなんでしたっけ」

——古代バビロンのハンムラビ法典ですね。

「そう、そういうやつのヒンドゥー・バージョンはないんですか？　バラモンが片目をつぶされたら、加害者がバラモンの場合は片目をつぶす、クシャトリアなら両目をつぶすなんて取り決めが載っているものは？」

——『マヌ法典』ですね。そんな記述はありませんが……。でも、どうして？

「いや、ちょっと気になることがあって。『マヌ法典』ですか。どうもありがとうございます」

切った。

アリバラサンはダリットだった。殺されたベンカテッシュとの間にはカースト制度上の確執があった可能性が高い。さて、これを門脇に報告しようかどうしようかと考えた。しないことにした。そいつはアリバラサン逮捕にどうつながるんだ、と訊いてくるに決まっている。そしてその答えを真行寺はまだ持ち合わせていなかった。

わからないことは他にもあった。ここの所長がアリバラサンのマドラス出店に助力したことは今日の聞き取りで明らかになった。所長に頼まれ、両角は赤羽の物件の借主として名前を貸した。厚遇すぎるとは思うものの、所長の才能の上にこの研究所が築かれており、その所長から是非にと頼まれれば、両角としては断りにくかったのかもしれない。では、なぜ所長はそこまでアリバラサンの面倒を見たのか？　ふたりは幼なじみなのだろうか？　しかし、カースト制度が根強いインドで、アメリカに留学し日本で活躍する所長のようなグローバルエリートと、インド社会の底辺で呻吟《しんぎん》しているダリットであるアリバラサンが、高校時代にバッテリーを組んで友情がはぐくまれ、この研究所で『釣りバカ日誌』の三國連太郎《みくにれんたろう》の社長と西田敏行《にしだとしゆき》のヒラのような関係を保っていたというのは、想像しにくい。

だとしたら、アリバラサンは所長の弱みを握っていたのではないか？　アリバラサンの母親はこの研究所で死んだ。労災扱いである。この死になにか不審な点はないだろうか？

ここまで考えて真行寺ははたと気がついた。俺が追いかけるべきなのはアリバラサンのはずなのに、なぜか別の方向へと捜査の目が向いてしまう。なぜだ。その視線の先になにがある。わからない。しかし、アリバラサンの逮捕よりも、もっと大きな、もっと激烈ななにかが、ベンカテッシュ殺しの背後にはある気がした。そこにいまいましいカースト制度が絡んでくることも確かなようだ。人間はみな自由で平等だという、いまはもうほとんど化石となったロックスピリットを後生大事に抱え込んでいるヒラ刑事の真行寺には、被害者に対する同情はまったく湧いてこなかった。

明けて朝の八時にスマホが鳴って、「ゲストハウスの前にロータスを待たせてます」と両角に言われた。早く追い出したいのだろう。シャツとトランクスでベッドを抜け出すと、顔を洗って歯を磨き、そそくさと部屋を出た。一階に下りて玄関を抜けると、例によって丸いボディの青いロータスが停まっている。真行寺が近づくと、ドアが開いた。

〈真行寺弘道さんでいらっしゃいますね〉とスピーカーから女の声がした。乗り込んで、そうだと答えると、車は音もなく動き出した。

〈行き先は鷲別駅でよろしいでしょうか〉と訊かれた。

「ロータスが走れるエリアはどこまでなんだ？」と真行寺が訊き返した。

〈室蘭市内なら走行の許可が出ております〉

「室蘭港に行けるかな」

〈かしこまりました〉

走り出すと、昨日よりもさらに路上に人が溢れていた。これから仕事に出かけるので移動中なのだろうか？　それにしても今日は車道を堂々と歩いている人がやたらと目立つ。ロータスはうまく通行人を避けながら進んでいくのだが、出しているスピードがかなりのものなので、乗っているとヒヤヒヤする。危ないなーと思っていたら、急に目の前に若い娘が飛び出して来たので、ロータスは車体を傾かせながらするりとこれを避けたが、変えた進路のその先には、乳母車《うばぐるま》を押している母親がいた。さらに車はもう一度車体を振ってこれを避けた。しかし、通行人であふれかえっているこの時間帯はどこにでも誰かがいた。さらにもう一度、車体をヒネった先にいた爺さんの直前で車は停止したものの、突進して来たロータスに驚いた爺さんは、思わずボンネットに手をつき、その反動で後方にひっくり返った。

「おい、大丈夫か」そう言って真行寺は降りようとしたが、ドアはロックされていて開かなかった。

〈大丈夫です〉とロータスが言った。

ぶつかったような衝撃は確かに感じられなかったが、相手は年寄りだ。コンクリートの上なら尻餅《しりもち》をついたって骨折する可能性はある。

「大丈夫じゃないぞ。ドアを開けてくれ」

ドアノブに手をかけて引いたが、開かない。

〈室蘭港に参ります〉

真行寺の言葉を無視し、ロータスは車体を車道に戻して走り出した。振り返ると、そこに居合わせた連中が爺さんのそばにしゃがみ込み、様子を窺《うかが》っている。少なくともピンピンしているようには見えない。

「もしもし、真行寺だが、研究所の敷地内で俺の乗ってるロータスが接触事故を起こした」

真行寺はスマホを耳に当ててぞんざいな口調で言った。

――そうですか。

両角の声は妙に落ち着いていた。

「降ろせと言うのに、走り出した。これじゃあ当て逃げ状態だ」

――大丈夫です。実験走行中の事故は、死者が出ない限り、こちらで対応いたしますので。

「じゃあ聞くが」と真行寺は言った。「死んだ場合はどうするんだ」

――その場合は警察に知らせます。

「死亡事故はこれまであるのか」

――ないわけではありません。

あるならあると言いやがれ、と真行寺は腹を立てた。しかし、口には出さず、こんどは門脇に電話した。

――いまどこだ。

「例のロータスっていう車の中です。警部補はいまどちらですか」

――ホテルで朝飯食ってる。バイキングだ。昨夜《ゆうべ》はどうした？

「のちほどご報告します。午後一時に室蘭署で会いましょう。それから警部補のほうから室蘭署の交通課に掛け合って、研究所内での死亡事故の資料を揃えてもらってください」

――なぜ。

「その事故調査資料を見たいんです。ブルーロータス運輸研究所で起きた事故、それと、室蘭市内であれば研究所外の走行も許可が出ているそうなので、所外で起こした事故についても報告書があれば、まとめておいてくれるよう頼んでもらえませんか」

――それが失踪中のアリバラサンとどういう関係があるんだ。

「たぶん死亡者リストの中に彼の母親がいるはずです」

門脇は一度黙ってから、

――いたらどうだって言うんだ。

「わかりません」

――おい、いい加減にしろよ。

「あ、降りるのでいったん切ります」

嘘をついて切った。スマホをポケットにしまい、窓の外を見た。ロータスは研究所の敷地を抜けて、今は安定した走行を続けている。

「このロータスは昨日俺が乗ったのと同じ車両かな」と真行寺は車のどこかに仕込まれているマイクに話しかけるつもりで言った。

〈はい、そうです。R35で車両登録されています〉と女の声がした。

「乗車した人間は記録されますか」

〈はい、されます〉

「走行ルートも記録される?」

〈はい、記録されます〉

「じゃあ、俺がこれから室蘭港に行くことも」

〈はい、記録されます〉

まあいいかと思った。捜査の足取りが研究所に筒抜けになるのは問題だが、研究所そのものはまだ捜査対象にはなっていない。問題は被疑者のアリバラサンが研究所内に逃げ込んでいる、もしくは、研究所がアリバラサンをかくまっている可能性があることだが。

〈室蘭港のどこにお停めすればよろしいでしょうか〉

「北海造船の造船ドックを見たいんだけどな」

〈北海造船 室蘭製作所に参ります〉

北海海運の関連会社が北海造船だ。同じグループ企業であり、北海海運で使っている船はすべて北海造船のものだということは昨夜ネットで調べてわかったことである。商船三井《みつい》と三井海運のミニチュア版のようなものだろう。

ロータスが市街地に入って交通量が増えても、研究所でのあのスリリングなドライブを体験したあとでは、不安を感じることはまったくなかった。ロータスの走行は、抜群に安定していて、突発的な動きにも即座に反応する。前日に飲み過ぎたり、過労で居眠り運転するようなことも当然ない。余計なお喋りはしないが、聞かれたことにはちゃんと答える。高級寿司店の腕のいい板前のようだ。これじゃあ、タクシー運転手は軒並み失業かもしれない。

到着しましたと言われて、ロータスを降り、通りがかった男をつかまえて、北海造船のドックの場所を訊いた。作業着にヘルメット姿の男は煙草《たばこ》を挟んだ指を宙に突き出した。そちらへ歩いて行くと、突然足下が崖《がけ》のように落ち込んで、眼下には、地面をくりぬいた巨大な乾《かん》ドックが現れた。その中には、やたらと長い全長を持つ船艇が横たわり、進水式を待っていた。それはまるで巨大な新幹線のようで、船首は流線型の曲線を持ち、これに続く丸みを帯びた背中はずーっと後方に延びて、船尾付近ではまたなめらかに細くなっていく。この不思議な船艇の周辺では作業員たちが、まるで地面に縦に並べられたエクレアに群がるアリのようにわらわらと蠢《うごめ》いていた。

ドックの縁に立って周囲に目を転じると、昨日、研究所ですれちがった作業着の男がヘルメットを被ってタブレット片手にこの作業を見つめているのが目に入った。

「昨日はどうも」と真行寺は近づいて声をかけ、「もうすぐ完成ですか」と訊いた。

まだ水に浸《つ》かっていないのだから、この船を動かすのはこれからにちがいない、こう考えて話の端緒を握ろうとしたわけである。

「ええ、これからいよいよ実験航行です」

「どこに荷物を載せるんですか」

「いま見えてる部分がハッチで、そいつが観音開きになって開くので、そこからすこし小さめのコンテナをクレーンで降ろして積み込むんです」

「やはり無人ですか」

研究所が進めているのは無人運転・無人走行の実験だから、そう訊いてみた。

「ええ、人間の身体に影響が及ばないようにするにはコストがかかるんで。その代わり渋滞で難儀する陸送より長距離ならよっぽど速い。無人なのでコストもやがて下がります」

つまりこれは完全自動運転の船舶だ。とにかく物や人の移動を無人化する革命をやっているわけだ。そのためにAIの技術を使う。その高度な技術を握っているのがブルーロータス運輸研究所だというわけだ。

男は胸にぶら下げたトランシーバーを摑んで、「よーし、いったんハッチを開けてみよーか！」と言いながら、歩いて行ってしまった。置いてきぼりにされた真行寺はハッチが開くのを待っていたが、なかなか開かない。そうのんびり長居もできないと思い、踵を返してドックをあとにした。

栈橋にトラックを停めて煙草を吹かしていた運転手に、開いた窓越しに声をかけ、タクシーが拾えるところまで乗せてってくれないかと頼んだら、助手席に置いたコンビニの袋を後ろの寝台に投げて、「乗りなよ」と言ってくれた。しかし、大通りに出ても、タクシーは見当たらなかった。どこへ行くんだと訊かれ、どこかで飯を食いたいんだと答えたら、苫小牧《とまこまい》の漁港近くに海鮮丼《かいせんどん》の旨《うま》い店があるから、そこで降ろしてやろうかと言われ、ちょっと迷ったが、この案に乗った。

小さな漁船が停泊する湾に面した食堂のカウンターに座って、東京ではお目にかかれないほど贅沢な盛りの丼《どんぶり》を平らげて、お茶を飲んでいると、「真行寺さんっていますかー？」と声がして、振り返ると、カウンターの向こうで固定電話のコードレスフォンを握ったおかみさんと目が合った。

すみませんと頭を下げて、カウンター越しに受話器を受け取った。

「ハローー相棒」

通称ニコイチ、つまり二人一組の捜査をしない真行寺巡査長を相棒と呼ぶのはこの男だけである。

「いま、どこにいるんだ」と真行寺は訊いた。

「それは言えませんよ」と黒木は笑った。

「そうだったな」

この不可思議な連絡方法は、仕組みとしては単純で、真行寺のスマホから、黒木が位置情報を探り、店などの電話にかけて真行寺を呼び出してもらうという手順を踏むものだ。もっとも、このやり方で最初にコンタクトされたときには驚いた。大衆食堂でいきなり名前を呼ばれ、恐る恐る黒電話の受話器を握ったら、ハロー相棒、と呼びかけられたのである。なぜこんなまどろっこしい方法をとるのかというと、ふたりが通じているという履歴を通信データ上に残さないためである。つまり彼は、それほどまでの用心が必要な人物だということになる。黒木が警察を欺《あざむ》いて姿を消してから、真行寺は黒木との接点について監察から厳しい追及を受けた。そんな危なっかしい人間にいまだ自分を相棒と呼ばせている真行寺もまた警官としては大変に問題含みだということになるだろう。

「お元気ですか」と黒木が訊いた。

「元気ってほどでもない。誰かさんのおかげでさんざんいじめられたからな」

受話器から聞こえる屈託のない笑い声に懐かしさがこみ上げた。

「それで、Gmail を見たんですが、訊きたいことってなんです」

いつもは軽いやりとりをしている Gmail の伝言板に、真行寺が昨日はっきり〝訊きたいことがある、話したい〟と書いたので、この食堂の電話が鳴ったのである。

「ああ、いま捜査している事件にコンピュータ屋がいるんだが」

「企業ですか?」

「いや、企業といえば企業だが、実質的には個人だ。そいつの履歴について訊きたいことがある。ちょっと待ってくれ、いま手帳を出すから、えーっと、インド工科大学を出て、その後カーネギーメロンって甘ったるいところを出てるんだが、これは大したものなのか」

「それはなかなかの強者《つわもの》ですね。特にインド工科大学ってのがヤバいんですよ」

「インドのほうがヤバい」

「ええ、インド人はヤバいんです。古代から文字や数字を扱ってた血なんですかね」

「血ってなんだよ」

「ゼロって数字を考えたのはインド人なんですよ」

「はあ」

「適当なこと言っちゃうと、現行のコンピュータって0と1の二進法だから、インド人に向いているんですよね、きっと」

「世界数学コンクールで優勝してるらしいんだが、これはどうなんだ」

「頭がおかしいくらい頭がいいってことです」

その妙な賞賛のしかたに真行寺も笑った。

「そのインド人がどうかしたんですか」

「こいつが大悪党だと睨んでるんだが、尻尾《しっぽ》を摑めない」

「なにをやったんです」

「それがわからないんだよ」

「またですか」

「またなんだ」

真行寺が黒木を相棒に据えて、追及した事件がそうだった。きっかけは国会議員がホテルで変死したことだった。装着した避妊具に猛毒が塗られていたことによって、ホテルの従業員が見ている前で昏倒《こんとう》し、あっという間に心停止し、死亡した。避妊具を渡した女や、その女にそいつを持たせた男は、自分たちがなにをやったのかをわかっていなかった。そして、それを真行寺と黒木が知った時に、ことの大きさに慄然としたのである。

「同じ匂いがするんですか、それは面白そう……じゃなかった、ヤバいですね」

「じゃあ、手伝うか」

えへへ、と黒木は笑った。真行寺もあははと笑って、電話を切った。

おかみさんに受話器を返し、金を払って店を出た。


黒木とは日頃、身辺雑記をGmailを伝言板にしてやりとりしている。meandbobbymacgeetakao@gmail.comのアカウントを二人で共有し、ログインしたら、メッセージを書いて保存する。相手が書いたものを読んだらそれは削除する。自分の書いたものが消えていれば相手が読んだ証拠になる。決して送信はしない。送信するということは、サイバースペースをバケツリレーで情報を受け渡ししてもらうことなんだ、だから、途中でバケツの水が漏れたり、バケツの中を覗かれたりすることはある。そう考えたほうがいいんだと黒木が言ったからだ。ただ、やりとりしている内容と言えば、某オーディオ雑誌の付録の真空管ハーモナイザーは真行寺さん向きだから購入してはどうかとか、ケーブルを自作するときのハンダはどれにしたらいいかとか、置いていってもらったスピーカーのユニットのスペアを購入したいのだが、現行品ではどれが最適か、などという緊迫感に欠けるオタク話であり、ほとんどが真行寺から黒木へのオーディオシステムについての相談である。黒木のほうは、物理特性から見ればこうだとか、電子回路の合理性から判断するとどうだとかは語ってくれるものの、「結局、最後は脳というか心で聴くのだから」と適当なところで終わらせてしまうことが多い。

苫小牧の中央図書館まで歩いて行った。

検索機で『マヌ法典』と打ち込み、棚から探して文庫大のハードカバーを抜いた。そして、机の上に広げて、第一章第一節から目を通していった。神経を集中して三秒ほど紙面をじっと見つめる。その時なにか引っかかりを感じれば、そこをじっと読む。そしてまたページをめくり同じ作業を繰り返す。目に飛び込んでくるのは、徹底した階層の固定化と、バラモン階層に都合のいい規範と価値観のオンパレードであり、下位カースト特に最下層のシュードラに対する強烈な蔑《さげす》みが遠慮なく綴《つづ》られていた。

半分ほどが過ぎた。探していたものはまだ見つからなかった。果たして求めているようなものがここにあるかどうかさえ定かでない。それでも真行寺はページをめくり続けた。さらに読み進んだところで、ふと指が止まった。はっとして息を凝らして読んだ。

シュードラが、傲慢《ごうまん》にも、ブラーフマナにブラーフマナの果たすべき務めを説くようなことがあったならば、王は熱した油をシュードラの口と耳に注ぐべし。（第八章二七二節）

これだ。ブラーフマナって言葉は時任も昨夜使っていた。バラモンのことだ。読んでいてもそう了解できたし、館内の百科事典をめくって確認もした。バラモンは婆羅門と綴る中国語のカナ書きらしい。真行寺はもう一度読んだ。口の中で復唱し、今度はさらに平易な日本語に自分で翻訳した。

最下層階級の者がエラソーに上位階層の者に対して、「上位の者が果たすべき務めとはなんぞや」などと教えようとしたならば、王はそいつの口と耳に熱い油を垂らしてやればいい。

アリババラサンがベンカテッシュの口と耳に注ぎ込んだ油は、ここを踏まえてのものだ、そう真行寺は確信した。さらに翻訳を脚色してみた。

下の者が、偉そうに、上の者に、果たすべき務めを説教したら、王は、下の者の口と耳に熱い油を注いで殺すべきだ。

上下を逆にしてみる。そしてさらに脚色する。

バラモンがダリットに、不可触民はこう生きるのが務めなのだなどと説教しようものなら、そんなバラモンは口と耳に煮えたぎった油を注いで殺してやれ。

熱した油を注ぐべしとされている王が文中から落ちてしまったが、気にしないことにした。

つまり――、

アリバラサンはカーストの規範に反逆している。そして、そんなもの糞食らえだ、というメッセージをバラモンの遺体の上に刻みつけた、これはかなり確かなことだ。

なぜそんなものを残したのか？　わからない。誰に向けて残したのだろう？　わからない。この場合の王とは誰のことなのか？　これもわからない。

第八章二七二節のページを図書館のコピー機で複写した。そいつを折りたたんでポケットに入れた。駅まで早足で歩いて室蘭行きの特急に乗って東室蘭で降り、そこからタクシーで室蘭警察署に駆けつけたが、到着したのは午後一時半を回っていた。

「遅いぞ」と門脇が不服そうに言った。

すみません、と真行寺は頭を下げた。

「部屋を取ってくれたよ。資料もそこに置いてある」そう言って門脇は横に立っている室蘭署の私服捜査員に、「真行寺巡査長。警視庁の名物巡査長です」と真行寺を紹介した。相手は倉本《くらもと》ですと名乗り、真行寺もよろしくお願いしますと頭を下げた。

「どうして名物なんですか」

廊下を歩きながら、倉本が真行寺のほうを見て言った。

「勝手なんだよ。風の噂によれば、階級が上がって責任取るのがいやなんだそうだ」と門脇が代わりに答えた。

本当ですか、というような眼差しを倉本が送ってきたので、真行寺は、そうズバリ言われるとぐうの音も出ないんですがと、とりあえず門脇の顔を立てるような、それでいて余白を残すような返事をしたあとで、お世話になります、と案内された部屋に入った。

「では、拝見いたします。これには研究所の外で起こった事故も含まれているのでしょうか」

「それがすべてです。ブルーロータス運輸研究所の完全自動運転車が所外で起こした事故は、今のところゼロなので。それではごゆっくり」

そう言い残して倉本は出て行った。

「ぜんぶ読むのか」

門脇はテーブルの向かいに座って、資料の束を見て言った。明らかにうんざりしていた。

「私が目を通しますので、門脇さんは道警のかたと」

「なんだよ、その言い方は、お前ひとりで捜査やってるんじゃねーんだぞ」

真行寺は面倒くさいなと思いながら、

「研究所で起きた事故の処理や捜査はどうなっているのか、室蘭署から聞き取りをお願いしたくてそう言ったんですよ」とごまかした。

「なんだって、なにを聴取しろって？」

「事故の状況なんかはこの資料でわかると思うんですが、室蘭署がどのように捜査してこの報告書を書いたのか、そこんところの空気感というかそういうものを訊きだして欲しいんです」

「それがアリバラサンの身柄確保とどう関係するんだよ」

真行寺は、そうだったと思い出した。ベンカテッシュ殺しの捜査で北海道にやって来たことを真行寺は忘れていた。おまけに、研究所の事故調査が件《くだん》の殺人事件とどう関係するのかは、まだわからない。ここは取り繕う必要があった。

「もちろん、まずは空港の監視カメラ、ＥＴＣのデータの保管などを依頼してもらえたらと思っています」

ふん、と鼻で笑ってから、わかったことがあれば必ず教えろよ、隠すんじゃねーぞ、と言い残し、門脇は背中を向けた。バタン、とドアが閉まる音のあとに静寂が下りてきて、真行寺はふーとため息をついた。コーヒーが飲みたい。途中どこかで調達したかったのだが、すでに遅刻していたので諦めたのだった。集中すれば忘れると思い、リュックからノートを取り出して開き、左手で資料を押さえ、右手に水性ボールペンを握って、さあ集中だ、と自分に言い聞かせた。

左手の人さし指で資料の文字を追いながら、ページをめくっていく。事故現場の映像を思い浮かべながら読み進み、メモを取った。ロータスがなんとか接触を回避しようとしている映像が真行寺の脳裏で再生された。次から次へと展開するムーヴィーはさながら〈ブルーロータス運輸研究所事故特集映像〉というタイトルでYouTubeにアップしたくなるようなものだった。最後の再生が終わり、真行寺は報告書を閉じ、ペンを置いた。

部屋の灯りを消して出て、交通課のエリアで倉本と話している門脇に近づいた。

「終わりました」と真行寺は言った。

「おっ、そうか、どうだった」

「いや、何とも言えません」

「なんだよそりゃ」

「いったん東京に帰りましょう」

「帰ってどうすんだ」

「作戦練り直しです」

「アリバラサンはここには来てないとでも？」

「いや、来ているかもしれません」

「ならもっと粘らなきゃ駄目だろ」

「でも、逆に沖縄にいてそこから密航船で台湾とかに逃げられてたらどうします？」

「適当なこと言ってるな。おい、手ぶらで帰る気かよ」

「今回は鑑取《かんど》りです。そう割り切りましょう」

「でもなあ、さっき署に電話したら、プレッシャーが掛かってるって言ってたぞ」

「どこから」

だ。


「外務省だ」

無視して真行寺は、

「次のスーパー北斗《ほくと》に乗りたいので、駅まで送ってくれませんか」と倉本に言った。倉本が立ちあがり、真行寺はリュックを背負ったので、門脇も慌ててボストンバッグの把手を摑んだ。

昼間トラックで走った海沿いの道を、今度は青い列車の乗客となって真行寺は北海道沿岸部を北上していた。室蘭街道をトラックで走った時には、窓際まで迫ってきた海は、なかなか姿を見せてくれない。隣の席では門脇が幕の内弁当をぱくついていた。

「本当になにも腹に入れなくていいのか」

箸を使いながら門脇が訊いた。

「ええ、朝昼兼用でたんまり食ったので」

「へえ、どこでなにを？」

次の停車駅の苫小牧まで出かけて、漁港の食堂で海鮮丼の大盛りをとは言えないから、そこらへんで適当にとごまかした。

門脇が食べ終わった頃を見計らって真行寺は口を切った。

「それで、研究所で起こった事故については室蘭署の交通課はどのように処理していると言ってましたか」

「まずね、お前も聴いたように、無人運転の車が研究所の敷地の外で事故を起こしたケースはないんだってよ」

「でも研究所内ではあるわけです」

「その事故の調書を読んでいたんだろ、今日は」

「死亡事故だけです。軽い事故はもっと頻繁に起こっていると思うんです」

「起こってるんだろうな。ただ、実験特区なんで、接触事故なんかは向こうで処理しちゃうらしいんだ」

「自動車運転過失致死傷罪の場合はどう処理してるんです。調書を読ませてもらったので、どのように事故が起こったのかはわかりましたが、どのように処理したのかがわからなかったんです」

「実態は、そこのところの法整備がまだできてない中で実験走行の許諾が下りているらしいんだ」

「どうしてですか」

「つまり、法整備をするための実験走行だって理屈なんだとさ」

「しかし、人は死んでるわけですよね」

どきりとした。門脇の言葉には、インド人なら問題じゃない、という含みがあった。そして、そう思っているのは門脇だけではないのではないか、犠牲になるのがインド人に限られるという条件で、この走行実験が許されているのでは、と一瞬のうちに疑問が膨らんだ。

「それで、死亡した場合はな」と門脇は続けた。「ロータスを送検してもしようがないので、刑事責任として一〇〇万円の罰金が研究所から支払われる。さらに、被害者の遺族には慰謝料としてそれなりの金額が支払われている」

「いくらですか」

「それはわからないが、インド人にしてみれば相当な金額らしい」

「それで納得してるんですか」

「してるんだよ。事故が起きた場合はそうするよって契約が取り交わされているって話だ。

で、実際に今日お前は資料を読んだからもう解《わか》ってると思うけど、道路交通法に照らし合わせれば、ほとんどすべてのケースにおいて非は通行人のほうにあるんだと」

「なるほど」

「なるほどって、お前そこんところで腑《ふ》に落ちるのかよ？　むしろなんか不自然だけどな、死亡事故のすべてが圧倒的に通行人に非があるってのは」

「いや、言いたかっただけです、なるほどって」

「どうして言いたいんだ」

「これから考えます」

「なんじゃそりゃ。もう、あれこれ考えないであの研究所に一斉捜査をかけて、隠れてるとこあぶり出しちゃったほうが手っ取り早いんじゃねーの」

「空港やＥＴＣの監視カメラの件は？」真行寺は話題を変えた。

「それがそうとうな手間らしく、やりたがってない空気が濃厚でさ、むしろ一斉ガサ入れ・速攻終了のほうが楽みたいな雰囲気だったよ」

「それはそうでしょうね」

「そう思うのかよ」

「思います」

「なんだよ、お前、室蘭署員の前で取った態度とぜんぜんちがうじゃねーか。沖縄から密航船で台湾とか言っておどかしやがって」

「あれは、でまかせです」

「なんだと、てめえ」

「門脇さん、考えてもみてくださいよ。あんなでかい施設の一斉捜査ってことにでもなれば、道警を巻き込んで、赤羽署との共同で室蘭署に帳場を立てなきゃなりません。そんな大それたこと、巡査長ごときがあの場で口にできませんよ」

「まあ、それはそうだよな」

こういうことには素直に納得する男であった。

「これから帰って上に報告して相談します。アリバラサンの逮捕状は署で取ってもらうことになりますから、警部補も署内の根回しお願いします」

「わかった」

まあ、撃沈するだろうな、と思った。

3　似たもの同士

羽田に着陸し、到着ロビーを出た時には七時を回っていた。モノレールで門脇が、よお、ちょっと飲んでいかないかと誘ってきたが、いや、これからすぐに会わなきゃならない人がいるのでと断って、浜松町《はままつちょう》で別れた。

指定された居酒屋の店先で「水野」で予約が入っているかと尋ねたら、掘り炬燵式の個室に案内された。おしぼりで手を拭きながら水野玲子警視はテーブルに広げたメニューを見ていたが、顔を上げて「おつかれ」と言った。

「飲めるの？」

「やめときます。これからややこしい話をしなきゃならないんで」

「じゃあ、私もよす」

水野は手元のボタンを押した。まもなく店員が来て、ふたり揃ってウーロン茶にして、あとは上司に任せますと真行寺が言うと、水野があれやこれやと頼んだ。

「それで、成果はあったわけ？」

ウーロン茶が来て、お座なりにグラスを合わせたあとで、水野が言った。

「まあ、あるのかないのかそれを判断してもらおうと思って」

「それはややこしそうだな」と水野は言った。

「赤羽署の門脇から聞いたんですが、外務省からプレッシャーが掛かっているって本当ですか」

「それは本当。観光客を積極的に誘致しているし、その際に安全性を強くアピールしているから、早くなんとかしろとは言ってきている。でも、それはほっとけばいいと思うよ」

「頼もしい発言で、恐縮です」

「ただ、なんの手がかりもないってことになると、また別問題だけど。北海道はどうだったの」

「被疑者がやったということはほぼ間違いないでしょうね、これは向こうに行く前からわかっていたことですが」

「うん」

「ただ、北海道に行ってさらに確かになったことがあります。それは被疑者が復讐心《ふくしゅうしん》から旅行者を殺していることです」

「復讐。なんの？」

「個別の詳しい理由はわかりません。おおざっぱに言えばインド社会に対する復讐です。これについては、もう少し詳しいことはあとで話します。それで、被疑者が今どこにいるのかっていうと、やっぱりあの研究所にいる気がします」

「なぜ」

「ほかに行くところがない、外部から遮断されていてなおかつ広大な敷地があるので隠れやすい、そして、研究所はなんとしてでもアリバラサンをかくまわなければならないからです」

「どうして」

「研究所の知られてはまずい部分をアリバラサンは知っているんですよ」

「知られると不都合なのはなに？」

「インド人の所長が大悪党で、あそこでとんでもない実験を行っているってことです」

「とんでもない実験」と水野玲子は顔をしかめた。「それは例によって――」

「勘です」

「状況証拠も――」

「ない」

上司はため息をついた。それから、「とりあえず続けて」と言った。

「所長の名前はエッティラージ。こいつはインドの一流大を出てからアメリカに留学してコンピュータを学んだエリート中のエリートらしい」

「ふーん」

「さらにインド人のエリートってのはやたらと数学ができてコンピュータに強いのが多いって話です。これはどうです」

「まあそうかな。シュリニヴァーサ・ラマヌジャンとか」

「……とにかくエッティラージ所長は国際数学コンクールなんかでも優勝しているらしいん

です。その実績をちらつかせながら、完全自動運転の走行実験をソフト・キングダムに売り込んだ。プレゼンされた朴泰明《ぼくやすあき》社長は、運輸に関係する数社に声をかけて、共同出資で北海道室蘭の広大な土地を買い取り、ブルーロータス運輸研究所を設立、その所長にインド人の天才プログラマーを据えた。驚いたことにここの所員は、ソフト・キングダムから副所長として出向している両角って番頭《ばんとう》のほかは全員インド人なんです」

「その両角って日本人は具体的には何をしているの」

「おそらくこいつの仕事は、完全自動運転の実施に向けて法整備を国と掛け合うことです。実験特区としての認可を取るために尽力したのもこいつでしょう。元国土交通省のキャリア官僚で、このために引き抜かれたにちがいありません」

「ちょっと待って。いま聞かせてもらっている話って、荒川河川敷の変死体の事件と関係があるんだよね」

「あると思うんです」

「思う」

「とりあえず話しちゃっていいですか」

　水野はため息まじりにうなずいた。

「ブルーロータス運輸研究所の車道は、ロータスって無人運転車がかなりのスピードを出して走っている。通行人も多い。そして驚いたことに信号がない。それなのに人はどんどん通りを渡る。まるで車のほうがよけて当然と思っているかのように。この研究所の道路では、危険な車と人の行き来が意図的に作り出されている、俺の目にはそう映りました」

「それはなんのために」

「無人運転車の安全性なんてのは、ガラガラの道路で走行したって確認できないからでしょう。都会には人が溢れていて、交通法規をちゃんと守ってくれる人間ばかりじゃない。子供は急に飛び出すし、老人は道の真ん中で立ち往生する。酔っぱらいは奇声を発して突進してきたりしかねない。そんな突発事故の対処も、無人運転のプログラムには入力されていなければならないんです」

「だから意図的に無秩序な市街を作り上げて、そこで完全自動運転車を走らせ、通行人の乱暴な動きにどう対応できるかを確認している。そう言いたいわけ？」

「そう言いたいわけです。当然事故は起きる。実際起きていて、アリバラサンの母親はおそらくその類《たぐ》いの事故で死んでいる。しかし、誰も罰せられていない、研究所が金で黙らせているからです」

「どうしてそんな非人道的なことが可能なわけ」

「所長が、インドから連れてきて、無人運転の実験にモルモットとして使っているのはカーストの最底辺のダリット、日本語では不可触民と呼ばれる人たちです」

「で、彼らは合意のもとで実験に参加しているのかな」

「合意と言えば合意なんだと思います。とにかく彼らはインドでは皮なめしとか、死体処理とか、ふん」

す」

「知ってる。言わなくていい」

「失礼。食事中でした」

「つまり、階級さらに差別は職業が固定されて、階級に職業が固定されているわけね」

「まさしく。だけにとどまりません。俺がネットで調べた情報によれば、彼らは公共の水道を使っただけで暴行を受けることがあるようです。また、これはインド研究をしている若い研究者から聞いたんですが、ダリットの女性が上位カーストから性的暴行を受ける事件もしょっちゅう起きて、おまけに犯人が放免されることも珍しくないみたいです」

水野は顔をしかめた。

「研究所にいれば、清潔な家に住めて、豊かな食事が出て、理不尽な暴力を受けることもない。どっちがいい？　これが所長の理屈なんじゃないか」

「その代わり、無人運転の車に撥《は》ねられるかも知れないけどってオプションがつくわけね」

真行寺はうなずいた。

「俺が乗った車もちょっとした接触事故を起こしました」

「大丈夫だったの？」

「まあ、爺さんが驚いて尻餅をついたって程度でしたけど」

「お爺さんが急に飛び出したわけ？」

「いや、飛び出してきたのは若い女です。車はこれを避けて舗道に突っ込み、乳母車との接触も間一髪で回避し、歩行者の爺さんの手前で急停車して、からくも難を逃れました」

真行寺はこう言ってから、「このときは」と付け足した。水野はちょっと黙り込み、鰹《かつお》のたたきをつまんでから、「それで？」と先を促した。

「軽微な事故ではすまないケースもあって、室蘭署の記録では二年間で十件の死亡事故がありました」

「多いわね」

「多いんですよ。その死亡事故の被害者の中にアリバラサンの母親がいる。両角はこれを労災の死亡事故として処理して、遺族のアリバラサンにかなりの補償金を支払った。アリバラサンはそれを元手に赤羽に店を出したようです。俺が思うに、この事故の時、アリバラサンは相当な金額を研究所に求めたんじゃないかと。要求を呑まないとここの秘密をバラすぞって迫ったんじゃないか」

「それってバラされて困るかなあ」

「ずいぶんドライな意見ですね」

「彼らが強制連行され、その閉鎖された空間に閉じ込められて、そのような実験に参加させられている、その証拠があればこれは大問題になる。そういう徴候はあった？」

ない、と真行寺は言うしかなかった。

「誰もがやりたくないけれど、誰かがやらなければならない仕事ってのはある。けれど、インドでは彼らは生まれによってそれらの仕事を強制されている。それに見合うだけの報酬も受け取れていない。これは大問題よね」

大問題です、と真行寺は同意した。

「そんな彼らは、こういう仕事があるんだけどと言われて、自分たちの意志で室蘭にやってきた。そうだよね」

「そうだと思います」

「だったら問題になるのは、パラダイスだと思ってやって来たけど、話がちがう、ここは地獄だよってケースしかないよ。労働時間が極端に長かったり、給与が未払いだったり、色々さっ引《ぴ》かれて手元に残ったのが雀《すずめ》の涙だったり、そのことを事前に説明してもらってなかったり。どうなの、そこは?」

そんな風には見えませんでした、と真行寺は言った。

「そこに閉じ込めて動物実験のモルモットみたいに扱っているわけじゃなくて、人間的で文化的な生活をさせて、それ相応の報酬も支払われているわけだよね」

たぶん、と真行寺は言った。

「だとしたら、問題ないんじゃないの。実際、新薬の実験台になるって仕事なんかもあるわけだし」

そうですかねえ、と真行寺は言った。

「かえって気になるんだけど」

「なにがです」

「真行寺さんが思い描いているのは、インド人の若いエリートが日本企業と組んで、カースト最底辺の人たちを連れてきて、ひどい人体実験をやっているってことよね」

「まあ、そうなりますかね」

「その悪の実態を知っているのが被疑者で、そのネタで所長らを脅して、店を出させたってわけね」

そう言われてみれば、計画が壮大な割に要求がセコい気がした。

「強請《ゆす》ってきたら殺しちゃえばいいじゃない。無人運転車に被疑者のデータを入れて、撥ね飛ばすようにプログラム組めば一発でしょ。その後でログを消せば証拠は残らないし、日本の警察の交通課にはそこまでの知識はないから、発展途上のプログラムのミスってことで片づいちゃうわよ」

さすが、警視庁刑事部捜査第一課の課長である。言うことが激烈だ。

「おぞましい実験が室蘭で行われていて、被疑者はその実態を知って告発しようとしていたって説にこだわる理由はなに？」

真行寺は黙った。

「被疑者が研究所を出たのは、自分の力で自分の人生を選択して、生きていきたいって思いがあったからじゃないの。彼の場合はそれが料理だった」

その説には真行寺もうなずけるところがあった。研究所の中には、エンジニアになるために勉強をしている者もいたし、医者を目指して医学部に通っている者もいた。彼らには自分の能力によって将来を選択する自由が与えられているようだった。

「料理人になりたいってプランを被疑者が話して、じゃあ応援するよって所長が言った可能性もあるんじゃないの」

「ありますね」

「というか、そのほうが自然な解釈だと思う。けれど、そうは受け取らずに、所長がダリットを強制連行して人体実験をしてるってイメージに引っ張られるのはなぜ？」

真行寺は考えて、

「まあ、あの事件があったからですよね」と言った。

とある国会議員の殺しを追いかけた果てに、すさまじい奸計《かんけい》を目撃するはめになった経験が真行寺にはあった。それは水野も上司として共有していた。

「そうかもしれない。それともうひとつ」

「まだあるんですか？」

「真行寺さんのパーソナリティによるところが大きいんじゃないかな」

「どういう意味です」

「あの事件の時にはっきりわかったんだけど、真行寺さんって、個人とか、個人であることの自由ってものにとても敏感に感応するタイプの人間なんだよ。だから、ああいう大それた真似をしたわけよね。おかげで、私だって面倒な立場に立たされてとっても苦労した。結局証拠不十分で無罪放免になったから、このことにここで同意してもらわなくてもかまわない。

でも、私は疑っています、あなたがやったんだって」

　真行寺は黙っていた。

「まあ、あの事件の話はこのへんで切り上げるとして、真行寺さんが個人的な正義感でこの事件を見てそれを解決しようとしているとしたら、それは上司として注意しなきゃならないわけ。どうなの？」

「はい」と真行寺は言った。

「普遍的な個人というものがある、それぞれの個人には自由がある、あるべきなんだって考えは、現代社会では何の問題もない思想だよ。あぶなっかしい国粋主義でもないし、私だってだいたい同じような考え方をしている。でも、その主張を重んじるあまり推理を歪めちゃうのは駄目だよ。まあ、真行寺さんは優秀な捜査員だから、こんな初歩的な注意を与えてるのは私としても不本意なんだけど」

「ありがとうございます。すみません」

「本当にそう思ってる？」

「思ってます」

「ならいいわ」

　まだなにか言いたげに真行寺を見つめていた水野は、ふと視線を落とすとこう言った。

「逆は考えられないの？」

　その言葉の意味をうまく汲《く》み取れずに、真行寺は、チキン南蛮の切れ端を箸でつまんで口に運んだ。水野が目を上げていった。

「アリバラサンは所長の痛いところをつついて出店の面倒を見させたわけじゃなくて、むしろ、所長が積極的にアリバラサンのことを引き立てて、日本人の副所長に無理を言って賃貸契約を結ばせた」

「なるほど。でもなぜです」

「それは真行寺さんが考えてよ」

「いわゆる無茶振りってやつですね」

水野玲子は玉子焼を箸で崩して口に運ぶと首をすくめた。こういうところで美女が愛嬌《あいきょう》を見せるのは、ずるい手だと真行寺は思った。


若い女の上司と年嵩《としかさ》の男の部下は、浜松町で山手線の内回りと外回りに別れた。座って帰りたかった真行寺は東京駅で中央線を一本見送って、次の特別快速に腰を下ろした。つり革につかまって体を揺らしている酔客の赤い顔を見ながら、ぼんやりと考えた。課長の水野が言うように、エリートの所長がアリバラサンを引き立てていたとしたら、その動機はいったいなんだろう。よく耳にするのは、苦学して一財産築いた経営者が口にする「若い頃の自分に似ている」という言葉だ。しかし、いまだカースト制が根強いインドで、超一流大出身のグローバルエリートが、便所掃除や死体処理などのいわゆる「汚れ仕事」からなんとか料理人へと社会の梯子《はしご》を這い上がろうとしているダリットに対して、友情や共感を抱《いだ》くだろうか？　この可能性については前にも考え、極めて小さいと判断したのだった。では、ほかになにか動機は考えられるだろうか？　あいつはすごい、あいつには俺にないものがあるという驚嘆、あるいは、あいつに助けられた、あいつがいなければ今の俺はなかったという感謝……。どちらも思いつかなかった。

高尾の坂道をクロスバイクのペダルを踏んで登って行った。三分の二くらい登ると、シャツの下が汗ばむのを感じた。帰ったらまずシャワーを浴びようと思いながら、サドルから尻を浮かせ、ハンドルを左右に振ってぐいぐい登って、最後の急斜面を登りきって尻を下ろした。

赤いレンガの家の前に車が停まっていた。森園の野郎、仲間を呼んで騒いでやがる。こっちは疲れているから、宴たけなわでも追っ払うからな、と思いながら自転車を降りた。しかし、妙に気になった。真行寺はスマホを取りだし、ナンバープレートを撮った。そして、鍵穴にキーを突っ込んでドアノブを回した。とたんに音が溢れてきた。フランク・ザッパの『いたち野郎』が爆音で鳴っていた。上がり框《かまち》になぜかPROPHET《プロフェット》 5というシンセサイザーが立てかけてあった。靴を脱いで靴下のまま進んだ。

「いい加減にして！」という青黒い叫び声がした。玄関口とリビングを仕切るドアを開けた。視界が開けると、ソファーの上で男の背中が動いているのが見えた。その下から二つの瞳が真行寺を認めて見開いた。真行寺は唇に人さし指を当て、声を出すなと伝えると、そっと近づいて、背後から男の首に腕を回した。腕はうまい具合に顎の下に収まった。両腕に力を送って一気に締めた。相手が反応してもがきだしたがもう遅い。そのまま後ろにのけぞりながら、女から引き離し、後方に引き込むようにして足を相手の腹に絡ませてロックした。そのまま締め続けると、男の腕がぶらんと垂れ下がって、身体から何の反応も返ってこなくなった。落ちた、と思って、腕を解《と》き、絡ませた足をほどいて、背中を蹴った。男は横ざまに倒れた。肩を摑んで仰向けにすると巽リョートは白目を剝《む》いていた。すでにシャツのボタンを自分で外していたので、胸を開いてやる必要はなかった。おまけにはやばやとズボンのファスナーまで下ろしていやがった。ソファーで白石サランが身を起こし、はだけた胸元を押さえながら立ちあがったと思ったら、奥の寝室に飛び込んで、ドアをばたんと閉めた。事情を聞きたかったがしかたがない。まあ、大体なにが起こっていたかはわかる。

まず、フランク・ザッパを止めた。悲鳴をかき消すためにザッパを使うなんてふてえ野郎だ。リョートの両足首を摑んで持ち上げ、ぶらぶら揺すると、脳に血が巡って目を覚ました。傍らに膝をついて、相手の目を直視した。リョートはまじまじと真行寺を見ると、首を持ち上げ部屋を見回したあとで、

「なんであんたがここに？」

これ以上間の抜けた質問もない。真行寺はこめかみのあたりに掌底《しょうてい》を打ち込んだ。いったんは持ち上がった相手の首がガクンと折れて、頭が床を打って低く鈍い音が伝わった。

「こっちの台詞だ馬鹿野郎」

リョートは頭を抱えてうずくまった。ちとまずいかなという気がした。状況はともあれ、

警官が暴力を振るえばあとあと面倒なことになりかねない。とはいえ、どうにも気が収まらないので半分下ろしたファスナーの上から股間《こかん》を踏みつけた。

「人《ひと》ん家《ち》でチャック下ろしてなにやってんだ、こら」

睾丸《こうがん》を圧迫しているわけじゃないからさほど痛くはないはずだが、大げさな声を上げたので、踵《かかと》を外してやった。

「ここが、あんたの家？　わけがわからない」

真行寺は相手の脇の下に手を入れて立たせると、ソファーに投げ捨てるようにして座らせた。

「そっちがわからなくてもここは俺の家だ。誰の家だと思ったんだ」

沈黙した。こいつが俺の家だと知らずにきたことは確かだろう。顔を見られている刑事の家に押しかけて、芸能人が女を襲うとは思えない。質問を変えよう。

「なにしに来たんだ」

「森園に貸したシンセを取りに」

「無期限貸与ってことで手打ちにしたんじゃないのかよ」

「あれは俺のじゃないんだ。持ち主に、明日レコーディングで使うから戻してくれって言われたんで取りに来たんだ」

なるほど、だんだん読めてきた。そういう理屈をこねてここに押しかけたってわけだ。最初から狙いは白石だったのだろう。

しかし、コイツはどうしたらいいだろうか。室内でソファーとなると、こういう輩《やから》は同意の上の行為だったと強弁するに決まっている。そんな戯言《たわごと》が通用するものかと思っても、起訴できるかどうかはあやしいところだ。いや、未遂で終わっているから、無罪放免の可能性が高い。公表しちまえば、コイツは芸能人だから当然ダメージを食らうだろうが、白石だってマスコミの餌食《えじき》になるのは間違いない。ひょっとしたら俺もヤバいかも知れない。五十過ぎた刑事が女子大生を自宅に出入りさせているのはどう見られるだろうか？　独身だから不倫沙汰にはならないが、あれこれ詮索《せんさく》されるに決まっている。監察に呼びつけられネチネチ質問されるのはもうご免だ。一体どういうこと？　きつい目で睨んでくる水野の顔が浮かんだ時、リョートの声が聞こえた。

「背後からいきなり羽交い締めして失神させるなんてのは暴行と一緒じゃないかね」

こっちがあれこれ考えている間に向こうも態勢を立て直したらしく、難癖をつけてきやがった。

「明日のレコーディングは誰がどこでやるんだ」と真行寺は訊いた。

質問の意図を摑みかねたらしく、リョートがこちらを見た。

「プロフェット《PROPHET》を返してくれと言ったやつに電話しろ。そして俺に替われ」

「なんであんたにそんな命令されなきゃいけないんだよ」

「嘘なんだな」

「嘘ってなにが」

「借り物だってのはでまかせだろう。お前が白石に接近する口実だ」

「なにを勝手に決めつけてるんだ」

「なら電話しろ。スピーカーに切り替えて通話しろ。コールしたが相手が出ませんなんて嘘は通用しないぞ」

　リョートは黙ってこちらを睨んだ。顔の上には、なんでお前がここにという当惑が残照のようにうっすらと滲《にじ》んでいた。

「正直言って、俺はいま警察に通報するかどうか悩んでいる。お前も手持ちのカードをテーブルに出せ。巽リョートさん、明日レコーディングがあるってのは本当か。本当ならレコーディングのスタッフでもプロデューサーにでも電話して、証明しろ」

「いや」とリョートが言った。

「ないんだな、そんなものは」

「ああ」

「ちょっと待ってろ」

　ソファーに巽リョートを残し、寝室のドアをノックして「真行寺だ。入るよ」と言って開けた。

　ぐったりとベッドに横たわっていた白石は、けだるそうに身を起こすと、その上に正座して、「すみません」と頭《こうべ》を垂れた。謝られるとは思わなかったので、真行寺は少々きまりが悪かった。

床に腰を下ろし、訊いた。

「一一〇番するかどうかを聞きに来たんだが、考えられる状態かな」

白石はうなだれたまま頭を振った。

「わかりません」

「森園は」

「飲んでるんだと思います」

あの野郎、まだ高校生だろうがと立腹していたら、

「飲めないので、ウーロン茶ですけど」と注釈が付いた。

かわいそうだが、聞き取りを開始した。

「なぜリョートがここにいるんだ」

白石はため息をついた。どこから話したものか困惑している様子が見てとれた。

「私の携帯に電話がありました」

「あいつが君の携帯を知っているのはなぜだ」

「私もいちおうビターデイズの部員なので、連絡網のリストには載せています」

「そうか。森園に連絡が取れなかったので、君に連絡したと言って、プロフェットの返却を求めたんだろ」

「はい」

「そして君はここの住所を教えた」

「すみません。持ち運ぶには重くて」

「リョートは取りに来ると言った」

「はい」

「ここが俺の家だと言わなかったのは」

「昨夜《ゆうべ》、森園君が真行寺さんと電話で話した後、ここをスタジオ代わりにしているのは内緒だぞって釘《くぎ》を刺されたって」

そうだった。完全に裏目に出た、と真行寺は悔しがった。

「リョートは前から……」

そう言って真行寺は言葉を探した。〝君を狙っていた〟は狩猟の獲物みたいな表現で品《ひん》がない。〝ちょっかいをかけていた〟は冷やかしているようでこの場にそぐわない。こんなことにいちいち頓着《とんちゃく》するのは、女性の上司から受けている日頃の教育の成果だな、と真行寺は苦笑した。

「ちゃんと断ったつもりだったんです」と白石は言った。

「通報したいか」と真行寺は訊いた。

白石は、わからないと首を振って「もういやだ」と言った。なにがいやなのかは、なんとなくわかる気がした。若くてきれいな女は、若くてきれいな女として世間に現れ、欲望の視線を浴びる。当人が本当はなにになろうとしているのかは二の次だ。男よりもはるかに、女が美醜の呪縛《じゅばく》に囚われていることを、美しい女の上司の下で働くようになって真行寺は理解するようになった。とはいえ、彼もまた視線の先にある女を、美しい女とそうでない女に、ほとんど自動的に分類してしまうのであるが。

外でエンジンがかかる音がした。砂利《じゃり》を踏むタイヤの音がこれに混じり、走行音となり、それはすぐに遠ざかって消えた。

リビングを覗きに行ったが、リョートの姿はなかった。玄関口にはまだシンセが残っていた。一刻も早く退散したかったのだろう。いっそのこと持って行ってくれりゃあよかったのにと思った。寝室に戻り、リョートは逃げたよと白石に教えてやった。

「夕飯は」

白石はまだぼんやりしていた。

「食べてないんだろう。俺もちょっと小腹が空《す》いたからなにか作ろう」

そう言って真行寺は台所に入った。フリーザーには冷凍の炒飯があった。こいつをフライパンに移して炒めるのが手間がかからなくていいのだが、それなりに胃に収めてきたので、脂っこすぎてもたれるかもと思った。その下の冷蔵庫には、キムチとたらこくらいしかなかった。パスタにしようかと思ったが、レトルトのソースは切らしていた。真行寺さんは食べてきたんですよね、という声に振り返ると、白石が立っていて、ちょっとごめんなさいと言って彼を脇にやると、中を覗き込み、キムチのおじや食べますか、と言った。魅力的な案だったが、キムチは少し賞味期限が切れている。北海道に行く前に捨てるのを忘れたのが、そのまま残っていたものだ。

「このくらいなら、大丈夫ですよ」

そう言って白石は、凍らせたごはんのパックを電子レンジに入れた。鍋に水を張って湯を沸かし、フライパンをコンロにかけるとキムチを炒めた。湯が沸くころに、煮干しありますか、と訊かれた。ダシのパックならある、と真行寺は言った。白石はそれで出汁《だし》を取って、醬油《しょうゆ》とおろしニンニクを少し加えて、レンジで戻した白米を入れて、炒めたキムチを添えた。うまい。そう言うのも忘れてスプーンを動かしていた。そのことに気がついて、褒めなければと思った時、白石が口を開いた。

「さっきのこと、森園君には黙っててください」

そうして欲しいのならとは思ったが一応、

「なぜ」と訊いた。

女は黙ってスプーンを動かしていた。スプーンは椀《わん》と口とを何度か往復したあとで、止まった。

「だって、真行寺さんも嫌でしょ、森園君の逮捕なんて」

逮捕？　ヘラヘラ笑って、自分を殴ったメンバーとそう時を置かずにセッションする森園のこだわりのなさを見ていた真行寺は、ちょっと耳を疑った。

「仕返しするってのか、森園がリョートに」

「かもしれないってことです」

「そこまで嫌ってるとは思わなかったな」

「普通は嫌いですよね、あんなやつ」

「まあそうだな」

「でも、森園君の場合は極端なんです、ああいう……なんて言ったらいいんだろ」

「生まれ、育ち、境遇」

「自分では選べないそういうものに対する憎しみがハンパなくて」

「スクールカーストの最底辺だって自分で言ってたな」

「でも、そういう意味じゃあ、私もそうなんです。だから、私たちある意味似たもの同士なんですよね」

「君と森園が？　冗談だろ」

　森園がスクールカーストの底辺でぞんざいな扱いを受けていると聞けば、まあそうだろう、あいつは高校を留年するような馬鹿だし、運動音痴ですと宣言しているようなぽっちゃりデブ体型に、その上に乗っている顔もかなり粗雑に出来上がっていて、金があるわけでもない、モテるわけがないし、尊敬も勝ち得ないだろう、などと納得してしまう。けれど、そんな森園と、海外留学経験を持っている美少女とが似たもの同士だというのはどういう意味だろう。

「私は在日なんです」と白石が言った。

「在日ってのは、コリアン系――」

「はい。今は韓国籍です」

「そうか、サランなんて最近流行《はやり》の凝った名前なのかと思ってたよ」

白石はスプーンを左手に持ち替えると右手の人さし指をテーブルの上で動かした。その動きに合わせて線を思い描くと、沙蘭《サラン》、という文字が浮かび上がった。

「名字は？」

「白《ペク》です。白《しろ》い雪の白《しろ》ひと文字で」

「韓国名だといろいろ差し障りがあるのか」

「でなくてもあります。サランって聞けばわかる人にはわかるので」

「わかったらどうなんだ」

「日本を出て行けと言われたり」

真行寺はため息をついた。「君は日本で生まれたんだろ」

「ええ、三世です」

「なら日本人みたいなものじゃないか」

「だから、みたいなもの、まがい物なんです。とにかく、いろいろと面倒だから、名字《みょうじ》は通名を使ってます。それはそれで困ることもあるんですけど」

「たとえばどんな」

「私を日本人だと思っている人が、私の前で韓国人や朝鮮人の悪口を言って、あなたもそう思うでしょって同意を求めてきたり」

真行寺は椀と箸を流しに運ぶと、お茶でも飲むかと訊いた。白石も自分の椀と箸を持ってきて、それを水の張ったボウルに浸けると真行寺の目を見て、ビールもらっていいですかと言った。駄目だとは言えないが、危ない気もした。また、危ないと思うことは、滑稽《こっけい》な思い過ごしのような気もした。時計を見た。まだ新宿までの終電はある。それに乗って帰るつもりはないのか？　森園は飲んだあとここにくるのか、状況がよく把握できていないままに冷蔵庫を開け、五〇〇㎖缶を手渡して、自分もタブを引いた。

「君もビターデイズに所属してるんだな」

「はい、一応」

「バンドやってるんだ」

「解散しちゃいました、メンバーが就職して」

「そうか。その時の担当は？」

「ボーカルです」

「ほう。うまいのか」

「どうかな」

「普段はどんなのを聴いてるんだ」

「グレートフルデッドとか、レーナード・スキナードとか、レッド・ツェッペリンとか、ピンク・フロイドとか、ニック・ケイヴとか、シガー・ロスとか、レディオヘッドとか、グリーン・デイとか、ウィーザーとか、ニール・ヤングとか、ノイとか、デヴィッド・ボウイとか、セルジュ・ゲンズブールとか」

「国もジャンルもごちゃ混ぜだな」

「でも、いま言ったの、真行寺さんの棚に全部ありましたよ」

「ああ、俺の趣味もとっ散らかってる。だけど、俺が聴くようなものを聴いてること自体、君の年齢《とし》からすればおかしいだろ」

「父の影響です」

「へえ。ロック好きなのか」

「とても。あと私、ボブ・ハートが好きなんです」

真行寺は面食らった。

「真行寺さんも好きですよね。CDとレコード、ダブルで揃ってるし」

そうだな、と真行寺は言った。しかし、ボブ・ハートの孫にあたるのが、今しがた彼女を手込めにしようとしたクズである。

「だから、本当に悔しいというか、ナサケナイというか」と白石はその複雑な胸の内を吐露した。その気持ちは真行寺にはわかりすぎるほどわかった。

「森園は嫌いだって言ってたけどな、ボブ・ハート」

そう言ってから、こんな言葉が慰めになるだろうかと真行寺は苦笑した。

「森園君は実は大好きなんですよ」

「本当か」

「本当です、神だって言ってました」

おかしいな、『俺は俺だ、文句があるか』でさえピンとこないって言ってたはずだが。

「『俺は俺だ、文句があるか』はやっぱりいいですよ」

「いい。いいに決まっている」

「特に私みたいな人間には」

そうだろうな、と真行寺は理解しつつ、

「だけど森園は、『俺は俺だってのはもういい、それよりお前は誰だ』なんて妙な理屈をこねてたぞ」と言った。

「それは、私にも言ってました」

「あれは、どういう意味なんだ」

「その次のことを問題にしてるんだと思うんです。俺は俺だって宣言したあとで、何をやるかが大事なんだってことを言いたいんだと思うんですけど」

「あの馬鹿がそんな高尚なこと考えてると思うのか？」

「思います」

「ほお。君は森園が作る音楽が好きなのか？」

「面白いなと。真行寺さんは？」

「まあ、毎日聴きたくなるようなシロモノじゃないが、妙な才能があることは認めるよ」

「じゃあ、同じだ」と白石は笑った。

「才能に惚《ほ》れてつきあってるってわけか」

「つきあってはいますけど、弟みたいな感じかな」

だけどあいつとは寝てるんだろという言葉を呑《の》み込んで、さて、シャワーを浴びて横にならせてもらうよ、と真行寺は立ちあがった。泊まって行くのならベッドを使ってくれ、あんなソファーで寝たくはないだろ。帰るのなら駅まで送っていく、と言うと、泊まります、と白石は言った。シャワーを浴びて、いつもなら裸のままリビングをウロウロするのだが、浴室で丁寧にバスタオルを使い、パジャマ兼用の部屋着に身を包んで、ついでに歯も磨いてからリビングに戻った。すると、私も浴びますと白石が入れ違いに浴室に消えた。ほどなくシャワーの音が聞こえてきた。リビングの灯りを落とし、ソファーに横になった。森園はこない。白石がここに来ているのも知らないのかもしれない。

さて、リョートをどうすればいい。自分が部室で目撃した状況だけでは、実行犯ではないリョートをきびしく追及することは難しそうだ。お前が指示したんじゃないのかと攻め込んでも、知らん、『どう始末を付けるつもりなんだ』という言葉を勝手に取り違えたんだろう、と居直られるに決まっている。俺が妙な手打ちをほのめかした結果、ややこしいことになった。しかし、このまま放置しておく訳にもいかない。

とにかく、白石サランを真ん中に置くことで、リョートと森園の感情の対立は鮮明になった。そう言えば森園は、最初から俺に「孫はなんとかならないんですか」と言っていた。一方、巽リョートが森園イジメに固執する理由もようやく理解できた。才能のある年下の男から、無能を暴き立てられるような言動を取られれば、腹を立てるのは自然だが、後輩を使って殴らせたり、レコード会社に手を回して契約を破談にさせるなんてのは、いくらなんでも度が過ぎる。しかし、自分が目を付けた女（おそらく先輩風を吹かし、業界関係者ヅラして、これまで後輩たちを何人も〝食い物〟にしてきたんだろう）から相手にされず、こともあろうに、自分への軽蔑を隠そうとしない、チビで小肥りでブサメンのガキなんかとつきあっているのを知って、セレブとしてのプライドを傷つけられたんだろう。

ざまあみろ、と真行寺は思った。

それにしても、白石サランに、自分は在日コリアンであり、森園とは「似たもの同士」なんだと告白されたことが真行寺の心に澱《おり》のように沈殿し、静かに揺れて、まだなにかを伝えたがっているような気がした。なぜそう思うのだろうか。意外性？　モデルのアルバイトでもやっていそうなサランと、鍵盤《けんばん》やサンプラーをパソコンにつないで、怪しげな音をこね回しているオタクの森園という似ても似つかぬふたりが、実は似たもの同士なんです、と華やかな女のほうから聞かされて、意表を突かれたことは確かである。しかし、それだけではない気がした。じゃあ、ほかになにがある？　わからない。

森園は自分はスクールカーストの底辺だと言い、白石は自分は在日だと言った。そもそも在日って底辺なのか。警察に在日はいない。真行寺は振り返って、自分の人生で出会った在日の友人数名を思い出した。中の一人はやたらと羽振りがよかった。確か親はパチンコチェーンを経営していたのではなかったか。当たり前だが、在日と言っても人それぞれだ。そういやソフト・キングダム代表の朴泰明って在日だったんじゃなかったか。在日だった。そして、ソフト・キングダム設立と同時に帰化していた。真行寺はそのままスマホで開いた

Wikipedia を読んだ。「家畜のそばで眠るような、非常に貧しく、不衛生な生活環境で、幼少期を過ごした。日本人ではないという理由で、激しい差別を受け、このときに『絶対に負けてなるものか』という不屈の精神が芽生えたと後年語っている」という文字列が目に飛び込んできた。うむうと唸ってスマホを閉じてしまった。そして目を閉じた。何かと何かが結びつき、何かを語ろうとしているのを真行寺は感じていた。しかし、何と何をどう結びつければいいのかは今ひとつ摑めない。

水野の声がした。

「逆は考えられないの」

逆？　逆ってなんだったっけ？

俺の描く絵は「ダリットを危険に晒して無人運転の実験データを取っている、という研究所の暗部を摑んでいるアリバラサンが、所長や研究所を脅して東京に店を出させたうえに、殺人事件を起こし、アリバラサンが捕まれば芋《いも》づる式に自分たちに都合の悪い事実が露見することを恐れた研究所が、彼をかくまっている」というものだった。

水野はその逆を考えてみろと言った。

「所長が積極的にアリバラサンのことを引き立てて、日本人の副所長に無理を言って賃貸契約を結ばせた」たしかこれが水野の見立てだ。そのあとをつなぐとどうなるだろう。やってみよう。「所長の厚意を受けてアリバラサンは東京でインド料理店を出したが、旅行者と諍《いさか》いを起こして相手を殺してしまった。こんなやつは殺して当然だ、とアリバラサンは思った。

しかし、殺人は殺人である。捕まればただではすまない。アリバラサンは所長に救出を依頼する。所長はアリバラサンを庇《かば》い、密かに研究所に呼び戻し、あの敷地のどこかに彼をかくまっている」

なぜそうするのか。それは真行寺さんが考えてよなんて水野は言っていた。そう無茶振りされて帰宅して、リョートと白石の一件があって、白石が在日だと告白し、とりあえず摑んだヒントが「似たもの同士」だ。

とは言っても、グローバルエリートの所長が不可触民だということは考えにくい。だったらどう二人は似ているのか。いや、ちょっと待てよ。なぜ所長は引く手あまたの輝かしい経歴を持ちながら、ソフト・キングダムの朴泰明に企画書を出したのか？　朴ならわかってもらえると思ったのでは？　そして朴はわかってくれた。そう考えることにしよう。では、いったい何を？　もちろん完全自動運転車のビジネスプランだ。しかしこれは、それほど斬新でえぐみのある企画だろうか？　つまり、朴でなくとも誰だって理解できる魅力をそなえたプランだろう。であれば、アメリカのほうがおそらくより高値で買ってくれたにちがいない。しかし、所長にとっては朴のほうがより理想的なパートナーだった。真行寺はむくりと起き上がり、リュックに手を突っ込むと、ノートを取りだした。

室蘭署でメモしたページを開き、スマホの光でこれを照らした。研究所で起きた追突事故や死亡事故の要点が記してある。それをじっと見つめた。何かが結びつこうとしていた。けれど、なにかが足りなかった。真行寺はスマホを消してまたしまった。闇の中に、『マヌ法典』の言葉の断片が浮かんだ。果たすべき務めってなんだ。ふさわしい生き方ってやつか。俺は俺としてふさわしく生きているだろうか。刑事なんて職についたのは間違いだったんじゃないかって思いに時々苛まれながら、ほかにやれることもないからとダラダラと齢《よわい》を重ねてきた。しかし、なろうと思えばなんにだってなっていい。なれるかどうかはわからないが、禁じられているわけじゃない。ただ俺には能力がなかった。そもそも何になりたかったのかさえはっきりしないへタレだった。……復讐、似たもの同士、生まれ、差別などの言葉が闇の中を浮遊した。

近くの草むらで虫の音《ね》がする。カチャリと音がした。洗面所とリビングを仕切る扉が開いて、夜の帳《とばり》に白い影が現れた。白石が白いシャツを着ているのが闇《やみ》の中でもわかった。おやすみなさい、とひとこと聞こえた。湿っぽい響きを残して影は隣室に消えた。虫の音がまた高くなり、さみしく秋は深まった。やがて真行寺は眠りに落ちた。


水を使う音で目が覚めた。台所に白石が立って、昨夜使った椀と箸を洗っていた。コンロにはケトルとフライパンが載って火が付いていた。

「おはようございます。朝ご飯、フレンチトーストでいいですか」

真行寺は立ちあがって、悪いな作ってもらってとトイレに入って放尿し、洗面所で顔を洗っていると、ケトルが鳴ったので、台所に入ってコーヒーを淹《い》れた。

「これで足りますか」

席に着くと白石が訊いてきた。

「ご馳走だよ。食べないときもあるくらいだから」

「出社……じゃないのか、登庁時刻には間に合うんですか」

「間に合わなくていい。午前中いっぱいは在宅勤務にするから」

「そういう制度って警察にもあるんですね」

「ないよ」

怪訝な顔で白石はフレンチトーストにナイフを入れている。

「だから、あとで電話して体調が悪いんだって言い訳をしておく」

「大丈夫なんですか」

「ああ。もちろん、出世を諦めればの話だけど」

本当は、嫌味を言われたり、捜査の時につまらん意地を張られたり、面倒は避けられないのだが、言及しなかった。

「面白いですね、それ」

不意に白石が言った。ああ、これか、と真行寺は手にしていたマグカップをテーブルの上に置いた。

「以前ここに住んでいた友達がプレゼントしてくれた」

その白磁の胴には黒々と〝自由〟と書かれている。

「オーダーメイドなんですか」

「うん、俺がいっときここに入り浸ってコーヒーがぶがぶ飲んでた時、友人が俺用のマグカップがいると思って、高尾山口《たかおさんぐち》の土産物屋で作ってくれたんだよ」

「どうして、〝自由〟なんですか」

「そのころ俺は自由自由って騒いでたから、冷やかし半分でそんなものになったんだ」

「冷やかしなんですか」

「ああ、そいつは自由なんて本当にあるのか、みんな本当に自由になりたいと思っているのか、なんて言ってたからな」

「思っている人はいますよ。そのカップ森園君が欲しいって。どこで売ってるんだろうって言ってましたから」

「へんなもの欲しがるなあ、あいつも」

「あ、これ預かってます。渡してくれって」

そう言って白石はバッグの中からＣＤ－ＲＯＭを二枚出してテーブルに置き真行寺のほうへ突き出した。

「少し音を足して、ミキシングもやり直して一応完成しました」

ああ、あのどこかインド風味の曲のことだなと思った。

「二枚あるのは？」

「一枚は普通のＣＤ。もう一枚はサンプリングレートが24ビットで96キロヘルツだとか言ってました」

「じゃあ、そっちで聞こう」

真行寺はノートパソコンを持ってきて、それをＤＡＣにつなぎ、ＣＤ‐ＲＯＭの中のオーディオファイルをハードディスクに移し、アンプに火を入れると、ボリュームを回して十二時にセットした。

「森園は音の仕上げの時にどっちのスピーカーを鳴らしてた？」

リビングにはスピーカーが二組ある。ひとつは、もともと真行寺が前の住居で使っていて、引っ越しの際にここに運んできたアメリカ製の高級ブランド。もうひとつは、合板で組んだボックスに日本製の安いユニットを収めて作った黒木の手作りの品で、退去する際に置いていったものである。

「最初はＪＢＬで聴いてたんですけど、ＦＯＳＴＥＸのほうが音が素直だって言い出して、最後の仕上げはそっちで聴いてました」とキッチンから白石が答えた。

くそっと思ったが、それならしょうがないと思い、セレクターを黒木オリジナル作に切り替えた。これで準備万端整った。真行寺はプレイボタンをクリックした。

なるほど、細かい音が足されて、音の作り込みが綿密になっている。バランスもよくなったし、リバーブやディレイなど付帯音を使った色づけも、絶妙な按配《あんばい》である。時々けれん味のあるノイズがひょいと顔を出すのも面白いし、突然草むらの中から襲いかかってくるようなギミックにも驚かされる。そして、岡井が叩くタイトで巧みなドラムを中心に、佐藤のギターはロック特有の粘り気のあるブルージーなフレーズを弾くことを禁じられてひたすらコードをカッティングし、むしろテーマとなる旋律を発展的に反復していくのは佐久間のベースで、さらに森園がこれに不思議な響きと色を持った音の断片をまき散らす――彼らはバンドだった。バンドは一心不乱にリフをくり返し、リズムを生み、それは絶妙に揺らぎつつ、前へ前へと突き進んでいく。

いい！　と真行寺は思った。自分が常日頃愛聴しているタイプの音楽ではないが、これは紛れもなくロックだ。ロックとは何か？　それは、ロックとは何か、と問い続けることでしかない。ロックの全盛期が終わり、混迷した時代にロックを聴き始めた真行寺はそう思っていたのだが、その答えのひとつがここにある気がした。これがロックだ。

いよいよ、サウンドはシタールのフレーズやインドの民族楽器と思われる打楽器も招いてマサラ風味を醸し出していった。ギターの佐藤が、満《まん》を持したように、半音を織り混ぜたオリエンタルな高速フレーズをクリーントーンで弾き出し、やがて、遠くから、あの声がやって来て、中央に座を占めた。

すわだるま。すわだるま。すわだるま。すわだるま。

アリバラサンのCDからサンプリングしたその声は、真行寺の耳にはこう聞こえた。「義務を果たせ」と歌っているのだと、先だって時任が教えてくれた。

義務ってのは一体何だ。何だ。何だ。何だ。と真行寺の高鳴る疑念に呼応するように、曲は最高潮に達し、最果ての地までたどり着いて、消えた。

「いいね」ノートパソコンをたたむと真行寺は言った。「売れるかどうかはわかんないけど」

「売れないでしょう」と白石が言った。

「売れなくてもいいのか」

「よくはないけど……。でも、そういうものじゃないかと」

「そういうものって……」

「この先そんなにいいことなんてないと覚悟していれば、大抵のことにはショックを受けないし、なんとかやり過ごせるんじゃないかって」

真行寺は驚いた。

「今の若いやつってのはそんな風に防御の姿勢を取るものなのか。それとも君が例外的なのかな」

そう言うと白石は首を傾げた。

時代は変わる。老人達は俺たちに道を開けろ、と歌った若き日のボブ・ディランと、覚ったような今の若者との隔たりが、真行寺を戸惑わせた。もっとも、あの当時の若者が社会の担い手になり、老齢に達した今、社会がよくなったのかと訊かれれば、大したことないと答えるしかない。そもそも新しい世代がよりよい社会を切り拓《ひら》いてゆくという発想がおかしいのか。『俺は俺だ、文句があるか』と叫んでも、しょせん個の人間など、鴨長明《かものちょうめい》の『方丈記《ほうじょうき》』じゃないが、かつ消えかつ結ぶ泡のようなものなのかもしれない。鴨長明が語ったのはあれは無常だったよな。変わらぬものはなにもないよって情緒だ。だけど情緒だけでは俺は満足できない。個は芥子《けし》粒みたいに小さいけれど、この世界の奥深くに潜む大きな力ってのは信じたい気がする。おっと、これは宗教なのか。真行寺はダイニングテーブルに座っている白石のほうを向いた。

「宗教学の嶋村先生、今日は学校に来るだろうか」

白石はマグカップに左手を添えたまま右手でスマホをいじって、今日の三限に『宗教学概論』がありますす、と教えてくれた。さてどうしようかな、と真行寺はマグカップを口に運んだ。

「君は今日は授業は？」

「午後の三限からです」

「それから、君が森園に渡したCD、ほらこの曲で使ってるやつ、あれはいまどこにある？」

「私が持ってます。店長に返したくても返せないから」

「聴かせてくれないか」

白石はバッグから薄いプラケースを取り出すと細い指につまんで持って来た。白いCD-ROMの盤面には手書きのタイトルさえなかった。アリバラサンも商品からコピーを作ったらしい。違法だよ。そうつぶやいて、真行寺はこれをノートパソコンのディスクドライブに載せて吸い込ませ、音楽再生ソフトも立ち上げた。このソフトで盤に書き込まれた情報を読み取れば、アルバム名、アーティスト名、曲名がわかるはずだ。ところが、全項目とも

unknown が表示された。こういうこともある、特にインディーレーベルのCDを取り込むときにはときどき経験することだ。真行寺は立ちあがってスピーカーのセレクターを切り替え、CDプレイヤーのトレイに白い盤を移した。

ＪＢＬからやたらと軽快で能天気なポップスが流れてきた。真行寺は拍子抜けしたような息を漏らした。この曲を耳にしてCDを貸してくれとせがむかなあ、おかしなやつだよ森園は、と苦笑しながら前かがみにソファーに座り、頬杖をついて聴いていた。Ａメロがあり、それを少し発展させた八小節が続いた。すると、急に転調して、高速で軽く連打していた太鼓は、手数《てかず》を半分に減らし、そのぶん重いリズムを打ち込んできた。そして、あのフレーズがきた。

すわだるま　すわだるま　すわだるま　すわだるま……

今までの曲調とちがい、ここだけがどうも神妙である。

「なんでここをサンプリングしたんだろ」

曲が終わり、プレイヤーのトレイからプラケースに盤を戻しながら、真行寺は言った。

「別に意味はないって言ってました。ただなんか呪《のろ》いのようなものを感じて面白いんだって」

「呪いねえ」

真行寺はソファーに身を投げた。

音楽を流しながら、ダイニングテーブルで勉強していいかと白石が言うので、ぜんぜん構わないよと言ったが、ちょっとソファーで考え事をするので、日本語の曲は気が散るから遠慮してくれと真行寺がつけ加えると、はいと笑って白石がかけたのはCANの『モンスター・ムーヴィー』だった。いつもは爆音でかけている強烈なドイツのプログレバンドをイージー・リスニングみたいな音量で聴くと妙な気分だ。

ソファーで身体を伸ばし天井を見つめながら真行寺はあれこれ思いを巡らせた。そして、白石と家を出た。白石はバスで真行寺は自転車で坂を下って高尾駅まで。示し合わせたわけではないが、駅で合流できたので、一緒に京王線に乗った。明大前で井の頭線に乗り換えて渋谷に出て、ふたりで歩いてキャンパスに着いた。

白石は、門をくぐるとすぐ右手の校舎に消えて行った。それを見届けて真行寺はスマホを取りだし、かけた。留守電が対応した。ただいま電話に出られません、信号音の後に……というメッセージを聞いてから、会いたいので夕方部室に来てくれとメッセージを残して、数年前に新しく建て替わった校舎へ入り、階段を上って、白石に教わった教室へと移動し、談笑している学生達に交じって、後方に席を占めた。

鐘が鳴るとすぐに、嶋村がノートを抱えて入ってきて授業が始まった。「宗教学概論」という名が付いているからか、インドのことはあまり喋ってくれない。ユダヤ教、キリスト教、イスラム教らの一神教は、ヤハウェ、ゴッド、アッラーというそれぞれの唯一神を信じているわけではなく、三つの宗教はともに同じ神を拝んでいるのだとか、精霊信仰から多神教へそして一神教へと進化したというかつて主流だった説は今ではほとんど支持されていないだとか、実際、先住民の宗教や多神教のほうに人類社会の可能性を感じている人が増えつつあるのだ、などと嶋村教授は淡々と喋っていた。実際、昼飯を腹に入れたあとで聞くにはかなり眠い授業である。真行寺は学生達に同情した。実際、机に突っ伏しているのがちらほらいる。

その時、嶋村が気になる一言を放った。

「私たちが暮らす先進資本主義国家は、宗教を社会の隅に追いやって、科学技術と経済システムを回している、またそうするべきだと考えている。たとえばフランスでは公的な場でイスラム教徒の女性がヴェールを被ることが法律で禁じられています」

えっ、じゃあ十字架のペンダントはどうなんだろう、と真行寺はいぶかった。

「ヨーロッパやアメリカなどの近代的な先進諸国は、このような考え方で社会を運営できると思っていたのですが、イスラム過激派によるテロなどがヨーロッパで頻繁に起こっている現状を見れば、この方向が果たして正しかったのか、と問い直さざるを得ません。宗教を公共圏から排除する世俗化はなぜうまくいかないのか？　ひとことで言ってしまえば、脱宗教へと社会を設計し運営しようとしても、そこで暮らす人々が宗教を捨てようとしないからです。では、なぜ人間は宗教を捨てないのだろうか？　とりあえず考えなければならないのは、人間とはそもそも宗教的な存在なのではないかという問いです」

そんな馬鹿な、俺は無宗教だぞ、と真行寺は思った。そんな彼の心を見透かしているように嶋村は続けた。

「皆さんの中には、俺なんかどんな宗教も信じてないぞ、と反論する人がいるかもしれない。でも、果たしてそうでしょうか？　初詣《はつもうで》でお賽銭《さいせん》を投げて本気で願を掛けたことが一度もなかったのか？　おみくじを引いて大吉が出て喜んだことは？　星占いの結果を気に病んだことは？　こうしてもっと幅広く宗教を捉えると、宗教とは何かという問いがまた浮上するわけです」

それはなんだ、と真行寺は次の言葉を待った。

「生きることの意味や価値を人はいやおうなく求めます。でも、ただ求めても見つけることなどできません。人生の意味や価値は、人間を超える〝大きなもの〟があってはじめて成り立つものだからです」

同じことを時任からも聞かされた。これは人生に意味を与える〝意味付与〟って機能だ。

「〝大きなもの〟を感じること、〝大きなもの〟と触れ合おうとすること、〝大きなもの〟を前提として他人と関わろうとする心や行いを含めて、私はそれを宗教と呼びたいんです。しかし、宗教という言葉で連想するのは、さっき言ったように、開祖、教祖、聖職者、教団、聖典というようなアイテムが揃ったガッチリしたイメージなので、こういうぼんやりしたものまで宗教と呼ぶことには違和感を感じる人も多い。だから現代の宗教学はこれを〝宗教的なるもの〟と呼んでいます。これからの社会にとって大事なのはむしろ〝宗教的なるもの〟

なのではないかというのが私の考えです」

話が急に難しくなりやがった。だけど、〝宗教的なるもの〟って最近どこかで耳にしたぞ。うん、水野課長が言ってたんだ。〝宗教っぽいもの〟って。じゃあ上司に敬意を払って、〝宗教的なるもの〟って硬い言葉は〝宗教っぽいもの〟に変換してしまおう。ところで、〝宗教っぽいもの〟のキモは〝大きなもの〟とのコミットメントだって嶋村教授は言っているんだよな。けれど、〝大きなもの〟ってなんだ。あまりに漠然としてるじゃないか。一体何だ、〝大きなもの〟って？

永遠！

思わず、そんな言葉がこぼれた。

教室の学生が何人か振り返ってこちらを見た。壇上の教授は薄く笑っていた。


「〝大きなもの〟ってのは、学生にわかりやすいように噛み砕いて言った表現なんで、確かに漠然とはしてますよね」

研究室に戻ると嶋村教授は打ち合わせ用のテーブル席に真行寺を座らせてこう言った。

「まあ、わからないこともないんですが」と真行寺は言った。

「ほお、どういう風に」と嶋村教授が訊き返した。

「私は時々、プラネタリウムに行くんですよ。気晴らしです。この歳になるまで刑事稼業なんか続けていると、見たくないものも見なきゃなんないし、警察組織というのもそれなりに疲れるものなんです」

ええ、と嶋村教授は言った。

「だけど、なんでそんなことをするんだろうって考えたんです。そこで出した答えは、永遠への憧《あこが》れです」

嶋村はただうなずいた。

「警視庁も日本も世界からも遠く離れて、地球も太陽系も銀河も超えて、宇宙の彼方に溶け込んで、世界の奥深くに宿る力みたいなものに触れたいと思うからではないかと思ったりする。そんなときに私の頭の中に浮かぶ言葉が、永遠です」

ガラにもないこと言ってるなあと思ったが、本当なんだからしかたがない。真行寺は続けた。

「つまり、私はキリスト教もイスラム教も信仰しておらず、仏教徒の家に生まれたことになっているのだけれど、その教えについてはまさしく〝馬の耳に念仏〟な愚か者ですが、そんな私でも、目には見えず、言葉にできない、そしてけっして滅びることのない永遠を求める。――それを先生は〝大きなもの〟と呼んでいらっしゃるのではないのかなと思った次第です」

教授は黙ってうなずいた。

「インドではその〝大きなもの〟はなんと呼ばれてるのでしょうか」

「〝ブラフマン〟です」

「えーっと、整理させてください」と真行寺は言った。「システムが整った〝ガチ宗教〟もあれば、もっとあいまいな〝宗教っぽいもの〟があって、先生は〝宗教っぽいもの〟のほうに期待しているわけですよね。このふたつはちがうと言われればちがうよなと私も思う。でも、科学的ではないという点は似ています。〝ガチ宗教〟と〝宗教っぽいもの〟のちがいの着目点を教えていただけないでしょうか」

「〝ガチ宗教〟――学者がこういう言葉を使っちゃいけないんだけど、そのほうが理解しやすいのならそうしましょうか――、〝ガチ宗教〟ってのは、〝大きなもの〟とこれにコミットする人、つまり信者ですね、このふたつの間に、特権的に真理を独占するものが存在するわけです」

真行寺の頭の中に、〈〝大きなもの〟⇕特権的な真理のエージェント⇕信者〉という図が描かれた。

「さっき、真行寺さんは、〝大きなもの〟を〝目には見えず、言葉にできない〟と説明してくれました。この答えはかなりいい線行っています。しかし、〝大きなもの〟と信者との間に挟まっているこの特権的な媒介は、目に見える形で現れ、言葉で表現される。この〝目に見えて、言葉で表されたもの〟を信じますか、信じなさいよと〝ガチ宗教〟は迫ってくるわけです」

「〝大きなもの〟と人間との間に介入するものっていうのは、たとえば教会とか聖典とか十字架とか、そんなものですか」

「ええ、キリスト教が一番わかりやすいですよね。ですから宗教って言葉を聞くとたいていの人はキリスト教を思い浮かべる」

「じゃあ、ヒンドゥー教ってのはどうなんです。ブラフマンという〝大きなもの〟と教徒の間に、目に見える神様の置物とか、言葉で綴られたヴェーダとかマヌ法典なんかがあり、そのスペシャリストとしてバラモンって坊主がいて、こいつらが〝真理を独占〟しているわけでしょう」

「そういうことになります」

「つまり〝ガチ宗教〟ですよね、ヒンドゥー教は」

「ガチです」

「じゃあ、先生はヒンドゥー教に期待はできないと仰っているんですか」

「そこで終わられると困るんです」

「じゃあ、こういう言い方ではどうです、ヒンドゥー教よりも、ヒンドゥー教っぽいもののほうが期待できる」

「それなら私の考えに近づくことになります」

「では、〝ガチのヒンドゥー教〟と〝ヒンドゥー教っぽいもの〟のちがいはなんですか」

「後者では、一人ひとりが、それぞれの道程を経て〝大きなもの〟とつながる可能性をもつんです」

「真ん中の独占組織をすっ飛ばしてですか」

「ええ、真ん中の独占組織ってのは〝大きなもの〟につながる一里塚みたいなものです」

「じゃあ、バラモンって坊主たちはいらないわけじゃないですか。それなのにカーストの頂点にいて威張っているのはなぜです」

インドの研究家にインドの責任をおっかぶせるのはお門違いだけれど、ほかに苦情の持っていく先がないのだからしかたがない。

「真理を独占することは問題ですが、必要だと思っています。誰がバラモンにふさわしいのかは検証しなければなりませんが」

「検証もクソも、下位カーストをレイプするようなゲス野郎でも坊主の子は坊主で、アインシュタインみたいな天才でもダリットに生まれたら、糞尿処理をしなけりゃならない。どうやってふさわしく生きればいいんですか」

「確かにカースト制度は問題なんです」

「大問題です。そして、カースト制度は問題なんです、とつぶやいてオツにすましているわけにはいかないんです」

「オツにすましているわけじゃないんですが、じゃあどうすればいいと思われるんですか」

「元から絶つしかないでしょう」

「元から絶つ?」

「ええ、この忌々しいカースト制度ってのはヒンドゥー教とリンクしている。だから、カースト制度は問題ですよと言っても、ヒンドゥー教がある以上は現実問題として残る。だったら、ヒンドゥー教を根絶やしにするしかないんじゃないですか」

「できますか、そんなこと」

「やるしかない。さきほどの授業で先生は、近代社会は、宗教を排除し、資本主義経済と科学の二本立てで突き進もうとしたんだけれど行き詰まった、と仰った。しかし、こうなったら、行き詰まっても行くしかないんです」

「それじゃあ、さっき真行寺さんがプラネタリウムを例に、告白したことはなんだったんですか」

「〝ガチ宗教〟、ヒンドゥー教は徹底的に根絶やしにしなきゃならない。その後で、やはり〝大きなもの〟を求めようという心の動きが強くなれば、その個々人の〝宗教っぽいもの〟への志向をはぐくむ土壌を社会の中で形成していくべきだと思うんですよ」

　教授は首を傾げた後で、

「いや、仰っていることはわかるんですが」と言葉を濁した。

「わかるんですか、本当に」と真行寺は詰めよった。

「ええ、似たようなことは時任君の口からも聞かされてますから。もちろん刑事さんのような容赦のない言い方ではないのですが」

　真行寺はあまりにも遠慮のない物言いをしてしまったことを自覚した。失礼しました、と真行寺は頭を下げた。いや、いいんですと嶋村は言った。

「ところで、今日はそのことについて私と議論をするために来られたのでしょうか」

そうでしたと言って、真行寺はリュックの中から白盤を一枚取り出した。

「実は今日は先生にこれを聴いてもらいたかったんです。CDかかりますか」

嶋村教授はデスクトップのPCにそのディスクを吸い込ませ、再生ソフトをクリックした。白いプラスチックの箱に収まった小さなスピーカーが机の上で鳴った。森園の曲だった。タイトルは「義務を果たせ」と勝手につけた。やがて、曲にシタールや太鼓が混ざってインドの匂いが漂ってきた。

「これはなんですか」

「ここの学生の演奏です。作ったのは高等部の男子ですが。さて、もうすぐ肝心なところがきます。よく聞いてください」

あの声が被さった。

すわだるま　すわだるま　すわだるま　すわだるま

「途中で聞こえたサンスクリット語はなんですか」

曲が終わると嶋村が訊いた。

「例の殺人事件の被疑者である店長が店で鳴らしていたCDから引用して、自分の楽曲に貼り付けたものです」

「いわゆるサンプリングってやつですね」

知っているのならくだくだしく説明する必要はなかったな、と苦く笑って、その通りです、とうなずいた。

「さて、この〝すわだるま〟の意味を訊いたら、〝義務を果たせ〟と時任さんが訳してくれたんです」

ふむ、と嶋村教授が言った。

「それで、これを見ていただけますか」

真行寺はポケットから紙片を取り出して広げ、嶋村教授に差し出した。

「『マヌ法典』ですか」

「そうです。そこのところのサンスクリット語がネットにあったので持ってきました」

「どうやって調べたんです」

「英語で検索したらフリー版がネットにあってサンスクリット語の対訳だったというわけです。ちなみに日本語訳の〈務め〉を英訳では duty と訳しています」

真行寺がコピーを差し出そうとするのを嶋村教授は手で制し、立ち上がると本棚の中から小さなハードカバーを一冊抜いて、八章の二七二ですね、と言いながらページをめくった。パラパラとめくられる紙の上に、梵字《ぼんじ》が現れては消え、また現れた。まもなく嶋村教授は当該の箇所を見つけ、そのページを見つめた。そして不意に顔を上げ、

「それで？」と訊いた。

「時任さんが『義務を果たせ』と訳した〈すわだるま〉と、『マヌ法典』で〈務め〉と訳さ

れている言葉はひょっとしたら同じものではないかと思ったんです。――この部分です」

真行寺はコピーの日本語訳を指さした。


シュードラが、傲慢にも、ブラーフマナにブラーフマナの果たすべき務めを説くようなことがあったならば、王は熱した油をシュードラの口と耳に注ぐべし。


「同じですよ」と嶋村教授は言った。

嶋村教授はサンスクリット語の原典を見せて、見てるだけで目が痛くなるような最初のधर्मを指さした。「ダルマと読みます」

「ダルマ?」と真行寺は聞き返した。「えーっと、ダルマって何でしたっけ?」

「ダルマは、さきほどお話ししたことと大いに関係のある概念です」

概念ってのがまた堅苦しくていやだなと思い、ダルマってのはとっても重要なんだ、とシンプルに理解した。嶋村は続けた。

「ただしこれを理解するのは非常に難しい。ダルマとはこれこれである、と定義してそれを棒を呑み込むようにして覚えても、ダルマの理解にはあまり役に立たないからです」

勘弁してくれ、と真行寺は思った。それが表情に出たのだろうか、嶋村はすかさずフォローした。

「しかし、真行寺さんにはわかるかもしれません。ここまでのお話を聞いてきて、なかなか勘がいい人じゃないかな、と思いますので」

　本気で言ってるのか、単に甘口の言辞を弄《ろう》しているのか。そういやこの先生は気前よく単位をくれるので「仏《ほとけ》の嶋村」と呼ばれていたっけ。専門がヒンドゥー教なのに仏《ほとけ》呼ばわりは気の毒だったが。

「ダルマってのは〝大きなもの〟とつながるための道を指すものです」

　はあ、と真行寺は言った。道？　〝道〟がなんで〝義務〟や〝務め〟に様変わりするんだよ、と真行寺は考えて、

「じゃあ、〝大きなもの〟へつながる道、つまりダルマってのは信者がこなさなきゃならない修行のカリキュラムみたいな捉え方でいいんですかね」と訊いた。

「いや、固定的にそう捉えるなら間違いです」

　ぴしゃりと言われてしまった。

「固定的に捉えちゃダメってことは、決まったカリキュラムのコースがあるわけじゃないぞ、注意しろよということですか。つまり、〝大きなもの〟への道のりは人それぞれにあるという理解でよろしいでしょうか」

「はい、それで結構です。しかし、それはまあ言ってみれば手段です。暫定的《ざんていてき》なもの、便宜的《べんぎてき》なもの、仮の姿と言ってもいいかもしれない。とにかく、〝大きなもの〟そのものじゃない。このような個別の道、務めを〝自らのダルマ〟と言って、さっきの曲の中にあったスヴァダルマというんです」

スヴァダルマ。真行寺の耳には、〝すわだるま〟と聞こえていた語は、スヴァダルマとなった。

「ちょっと待ってください。いつのまにか〝ダルマは道だ〟って話になってます。ダルマってのは義務や務めの意味じゃなかったんですか」

「そこに行くまでには長いストーリーがあるわけです。もうちょっと我慢してください」

じれったくてしかたないが、嫌だとは言えない。

「大昔の人びとは、大自然の秩序に感動した。自然現象の中に神々を見たわけです」

それはまあ、わかる。日本人だって、稲光《いなびかり》を見て雷様と恐れたり、風の背後に風神なんてものを想像したものな。

「そして、この大自然の背後に、神々の個性や、神々がどのように振る舞うか、この宇宙で神々がどのように配置されているのか、これらを決定づける根本原理、つまりダルマを見いだしたのです」

「あれ、〈人それぞれの道〉から、急にでっかい話になってますよ。同じダルマという言葉を使いながらも、〈人それぞれの多《た》〉から〈根本の一《いち》〉へ話がすり変わっているじゃありませんか」

「ですから、一から多に時代とともに思想が拡大していくんです」

「はあ。で、多に拡散していっても一は消えないんですか」

「消えないんです。宇宙に根本原理があるという思想を保ったまま、万物はそれぞれに特有の機能、役割、それにふさわしい属性を持って宇宙に位置づけられて、それで秩序が保たれている、と考えるようになっていく。これがより一般的なダルマの捉えられ方になっていくわけです」

いやな予感がした。

「こういう考え方が、社会秩序と人間とに結びつく」と嶋村が言った。

「その社会秩序がバラモン・クシャトリア・ヴァイシャ・シュードラのカースト制だってわけですか」

「そうです」

「そして、バラモンはバラモンらしく、シュードラはシュードラらしく、ダリットはダリットらしく振る舞って宇宙の秩序が維持されるようにダルマという根本原理は作用しているのだ。だから、個々のふさわしい義務、これはスヴァダルマって言うんですよね、そのダルマ《義務》を果たせ。これが、ダリットは黙って便所掃除してろ、でもそれがダルマへのお前の道なのだって理屈になるんですね」

嶋村は黙っていた。否定はしなかったので、当たらずとも遠からずだと思った。

「だとしたら、ダルマって義務は、カーストをガチガチに固める為の、上位カーストにとって都合がいい方便に過ぎませんよ」

「現実にそういう面があることは私も否定しません。けれど、それがすべてというわけじゃないんです」

「というのは」

「インドでは、どのような階層の人間であっても、それぞれのやり方でそれぞれの神とのつながりの道ってものを認めているんです」

　真行寺はマドラスとロヒの家にあった女神像の置物とポスターを思い出した。

「ダリットにはダリットの神があるということですね」

「そうです。被疑者のお店にはパドマーヤールのフィギュアが置いてあったわけですよね。それはダリットだけが信仰する神です。そして彼らが彼らの神とつながるのに、婆羅門の力は必要としません。彼らは彼らなりに、スヴァダルマを極めることによって神と交流する。インド社会もそれを認めているわけです」

「だったら、なおさらバラモンなんていらないじゃないですか」

「この論で言えばいらなくなります」

「じゃあ、バラモンの特権はすべて剥奪《はくだつ》すべしじゃないですか」

「そうも言えるのですが、インドは二重構造になっていると考えて欲しいんです。ダルマと人びととの間に〈真理を独占している〉婆羅門、これは中国語ですので私たちはブラーフマナと呼びますが、僧侶階級が介在する〝ガチ宗教〟と、そのような宗教を超える、あるいは脱構築し、ダルマつまり本当の道を切り拓く〝宗教っぽいもの〟がともにある、二重構造の社会なんだと」

　妙な理屈である。いや、理屈が妙なのか、インドという社会が妙なのでそれを解説する理屈も妙な具合にねじくれるのだろうか。

「そうだ」と嶋村教授が言った。「さっき聞かせてもらった曲のサンプリングした部分の原曲はないんですか」

ありますあります、と真行寺はリュックの中から、今朝がた、違法だよねと自分に言いながら、リッピングして複製した白盤を取り出し、嶋村に渡した。「すわだるま」と勝手につけたタイトルがマジックで書いてある。

森園の曲とは打って変わって軽い曲調の能天気なポップスが流れてきた。短い曲で間奏らしき間奏もなくあっさり終わるかと思いきや、すわだるま すわだるま と連呼するサビだけは、曲の重心が下がって、のっしのっしと力強く前進していくような迫力が出る。

「なんて曲名ですか？」聴き終わると嶋村教授が訊いた。

「わからないんですよ。わかっているのはこれを被疑者が自分の店でかけていたってことだけです」

ほお。嶋村教授は感心したように口をすぼめた。

「そして、店にはパドマーヤールが飾ってあった。だから店長はダリットだと考えていいと先生は仰った。だからこの曲ってのはダリットが愛聴していた流行歌だったのではないかと疑ってもいいんじゃないか」

「かもしれませんね」

「で、歌詞の内容ですが、ダリットらしさが盛り込まれていたりしますか？」

「いや、表向きはよくある失恋の歌ですよ」

「表向き？　つまり、裏もあるってことですか」

「裏というか、ズラしがあるような気がしますね」

「ズラし、とは？」

「前半はタミル語で歌われています。おそらくタミル語圏の歌手なのでしょう。歌の内容は失恋の心情をうたったものですが、展開部に入ると、サンスクリット語になる」

「サビの部分で急にかしこまった文語体で歌いあげるような感覚でしょうか」

「そうですね。もう一回聴いてもいいですか。訳してみましょう」

嶋村は、クリップで留めた反故《ほご》紙の束を引き寄せ、ペン立てから鉛筆を抜いて、キーボードを叩いて再生した。

聴きながら、嶋村はサラサラと鉛筆を走らせた。こんなものでしょうか、とその直訳体の韻文《いんぶん》を読んで、今度は真行寺がそれを流行歌らしく体裁を整えた。ビターデイズ在籍時代には、演奏は下手くそだが歌詞とメロディを合わせるのは巧《うま》いと評判を取っていた。訳した歌詞をテーブルに置いて、教授と刑事はもう一度曲をかけながら歌詞を眺めた。


【Aメロ】

俺はお前を愛していた

お前は俺のもの　そう思っていたよ
しかし　あの満月の夜に
あいつは突然あらわれた

お前は俺を愛してた
俺はお前の愛のターゲット　そう思っていたよ
しかし　あの満月の夜に
お前はあいつに奪われた

【Bメロ】

一人になった俺は　俺の道《ダルマ》を行くだけさ
一人になった俺は　俺の務め《ダルマ》を果たすだけ

【展開部】

務めを果たせ
務めを果たせ

務めを果たせ
務めを果たすんだ

【アウトロ】

恋人よお前はすべてのダルマを捨てて
いたわってもらえばいい　あいつに

「興味深いなと思いますね」

曲が終わったあと先に口を開いたのは嶋村だった。

「展開部で使われている〈務めを果たせ〉は、ヒンドゥー教の慣用句なんです。それをポップカルチャーの中で使う、自分の失恋の歌に盛り込んで自分の立場をアピールしていく。ここに、私は新しい〝宗教的なるもの〟の可能性を見るわけなんですが」

はあ、と真行寺は言った。わかったようなわからないような話である。宗教用語をラブソングに使ったくらいで、広い意味での宗教の可能性がここにある、なんて騒ぐような事件なんだろうか？　学者というのは案外ナイーヴなのかも、と真行寺は疑った。学者は続けた。

「ダルマって言葉が指し示す意味や使われる文脈は常に変化してきました。そしてダルマが変化すると社会も変化する。その逆もしかり。また、〝ガチ宗教〟もこれらに合わせて変化する。その変化を促し支えてきたのが、〝宗教っぽいもの〟だと私は思うのです」

なるほど、宗教的な用語をズラして使うことで、かなり問題含みの〝ガチ宗教〟のほうを今の社会になじむように調整していく。その原動力となるのが〝宗教っぽいもの〟だと教授は言いたいようだ。その一例をおそらくさっきのポップソングに見て取ったわけだ。

ふむ、と真行寺は考えた。そしてインド宗教の権威に向かって一言浴びせかけた。

「遅い」

遅い。嶋村教授は同じ言葉を自分の口でつぶやいた。

「そんな悠長なことしてていいんでしょうか。国際社会はどんどん変化しています。グローバリゼイションによって国境を越えてゆくのは、カネ・ヒト・モノだけじゃありません。民主主義が、人はみな自由で平等なんだという考えが、世界の隅々にまで行き渡り始めています。この伝播《でんぱ》は止められません。するとどうなるか。人びとは今まで考えなかったことを考え始めます。低カーストの人に『なんで俺はこんなところでこんなことやらされてるんだ』という自覚が芽生え、苦しみはいっそう深刻なものになるでしょう。こうして話している今も、社会の底辺に押し込まれて、差別で苦しんでいる人がごまんといて、その苦しみと絶望はますます深くなっているのだから、すぐに国を挙げて禁教政策を取って、ヒンドゥー教なんど根絶するべきなのではないでしょうか」

嶋村教授は困ったように唇をゆがめた。

「ヒンドゥー教はキリスト教よりも長い歴史を持っているんです。〝ヒンドゥー教っぽいもの〟は人びとの心に深く染みついているし、映画などのサブカルチャーにもその世界観は反映されています」

「だったらどうだって言うんです」

「だったら根絶やしなんて無理はよして、〝ヒンドゥー教っぽいもの〟にかけるほうがいいのではないでしょうか。真行寺さん、ヒンドゥー教徒の人口ってどのくらいだと思いますか？　インドだけで十億人ですよ」

十億人……。日本の全人口の約八倍。真行寺はため息をついた。

「アウトロなんですが」真行寺は話題を変えた。「ダルマダルマと騒いでおいて、恋人には〈お前はすべてのダルマを捨てて〉と歌うのはなぜでしょうか」

「ええ、ここもまた面白いところですね」と嶋村の顔がすこし和やかになった。「おそらくバガヴァッド・ギーターから引用してると思うんです」

「なんですかそれは」

「代表的なヒンドゥー教徒の聖典です。この曲の最後は、その有名なシーンのズラしだと思います。究極の秘密をクリシュナ神がアルジュナに説くシーンですが」

「ん？　クリシュナってのは？」

「ヒンドゥー教の代表的な神様です」

そういえば、ビートルズのジョージ・ハリスンがインドにかぶれて、シタールをラヴィ・シャンカールに習ってた頃、信仰していたのがクリシュナだったたんじゃなかったっけか？

いや、まあそんなことはどうでもいい、とにかくこれは神様だ。至高の存在だ。

「じゃあ、アルジュナってのは人間ですか？」と真行寺はまた訊いた。

「人間です。アクション大河ドラマのヒーローだと思ってくれれば結構です」

「てことは、ルーク・スカイウォーカーに、銀河系の神様がフォースの秘密について説教を垂れるシーンかな」

嶋村は、呆れたように笑いながら、

「そこでクリシュナが、『すべてのダルマを捨てて、私にのみ庇護を求めよ』とアルジュナに言う。ここを踏まえているんじゃないでしょうか」と言った。

ふむ。クリシュナは神である。つまり宇宙の根源的な存在だ。いってみればブラフマンだ。秩序づけられた〝ガチ宗教〟には、このブラフマンへ至る道についてのノウハウを独占する連中がいる。これがバラモンという坊主たちであり、こいつらが抱え込んでいる絶対的な言葉が聖典ってわけだ。そしてこいつらがダルマを説く。クリシュナって神様はそんなダルマなど捨ててしまえ、と言ってるんだな。

おっと、ダルマって言葉は、どうやら時代や文脈によって意味内容がコロコロ変わるらしい。さきほど教授が付けてくれた解説を整理すると、
宇宙の根源的な存在（ブラフマン）→宇宙や大自然の法則（ダルマ）→その法則によって維持されている世界の秩序（これもダルマ）→秩序を維持するために個々の役割があてがわれている→忌々しい身分制度・カーストの誕生→それぞれの階層にあてがわれた義務や法

（これまたダルマ）ってことになる。〝ガチ宗教〟としてのヒンドゥー教から見ればこうなる。

ところが、色々なダルマ（義務・道・法）について述べているはずの聖典（『バガヴァッド・ギーター』）に「すべてのダルマを捨てろ」と書かれているんだと。これではまるでちゃぶ台返しじゃないか。

これはどういうことか。〝大きなもの〟たるブラフマンと個々人の間に〝ガチ宗教〟システムがあったとしても、この中にある諸々のダルマなんか気にするな、すっ飛ばせ、そしてブラフマンたる神にダイレクトにアクセスしろ、そういう呼びかけとしか解釈できない。そうか例えばこのことか、インドの二重構造ってのは。

真行寺が自分の解釈を述べると嶋村はうなずいた。

「つまり、真理への道は誰にでも開かれているという平等観はヒンドゥー教には根強くあるんです。さっき、グローバリゼイションが平等観をインドにもたらすと真行寺さんは仰った。けれど、平等という価値観は、西洋に教えられなくたって、もともとインド人が古来から持っているものなんですよ。カースト制度があったって、ダリットだってバラモンだってみな等しく真理に開かれているという思考が非常に深いところでインドには根付いている。この曲を書いて歌っている歌手もおそらくダリットだと思われますが、この〝宗教っぽさ〟が、〝ガチ宗教〟を問い直している。その例のようにこの曲を私は聴いたわけです」

真行寺は考え込んだ。教授の言うことは難解だったが、なんらかの説得力を持って真行寺に迫ってきていた。しかし、彼のロックな心がこれを拒絶した。

「先生の仰っていることはわからないわけでもない」

そう言った後で、さすがにエラそうな物言いだなと真行寺も自嘲《じちょう》した。しかし、訂正する間もなく、「ありがとうございます」といういささか苦笑まじりの返事をもらった。

「だけど」と真行寺は言った。

「だけど――？」

「バラモンっぽいな、と」

教授は黙っていた。

「下位カーストが社会でどう扱われていようとも、人間という存在においては平等なんだと仰る。しかし、それは、実際に行われている不平等を無視しすぎている。社会の底辺で苦しむ低カーストの現実を無視するバラモンの言い草じゃないかって気がどうしてもする」

「なるほど」と嶋村は言った。

ここで、なるほどと返すのはどういう料簡《りょうけん》だ、なるほどじゃねーよ、と真行寺は腹を立てた。

「しかし、反論にならないとは思うものの、これは一応申し上げておいたほうがいいと思うので」と嶋村は続けた。「私はダリットですよ」

え、っと不意を衝かれた思いがした。

「今年のはじめにヒンドゥー教に改宗しました。ポッと出のヒンドゥー教徒の私はダリットになります」

にわかには信じられない言葉だった。

「では、先生はインド宗教学の権威だと伺ったんですが、先生でもバラモンと口を利くことはできないんですか」

「いいえ、よくお話してますよ」

「では、一緒に飯を食うってのは？」

「改宗して日が浅いのでその機会に恵まれず、わかりません」

嶋村は明言しなかったが、真行寺はできるにちがいないと思った。カーストのルールを適用すれば、日本人の改宗ヒンドゥーはカーストのそのまた下に置かれるのかもしれない。けれど、アジアの先進国の首都で、大学で教鞭《きょうべん》を執り、ヒンディー語やタミル語、サンスクリット語まで解し、おそらく不勉強なバラモンより聖典に精通している男を、食卓から追い出すことができるだろうか。できっこない、と真行寺は結論づけた。じゃあ、なぜ自分はダリットだとあまり意味のないことを言うのか。それはカースト制度を守りたいからだ。不利益を被っていると思われる人間でさえ一目置いている、そういう奥深さがこの制度にはあるのだ、と言いたいのだ。

嶋村が腕時計を見た。アポも取らずにずいぶん長いこと居座ってしまった。真行寺はテーブルの上の歌詞を書き付けた紙を指さした。

「これもらって行ってもいいですか」

どうぞ、と嶋村は言った。真行寺は礼を述べて研究室をあとにした。

あー、お電話お待ちしてました。警視庁に電話すると橋爪が出て、開口一番こう言った。

——今どちらですか。

「キャンパスのベンチに座っている。そろそろ移動するけどな」

——あの渋谷署の暴行事件の現場になった大学ですか。

「そうだ」

——なにしてるんですか、そこで。

「聞き込みだよ」

——気をつけてくださいよ。

「なんだ、なにかあったのか」

——いや、妙なタレコミの電話がありまして。

「ここのサークルの事件の件でか」

——まあ、そうなりますかね。

「言ってくれ」

——いえね、真行寺さんが警察の立場を利用して、事件の関係者の女子大生と不適切な関係を持っているって言うんですが。

ははは、と笑って立ちあがった。

「匿名だろ、そのタレコミ」

――はい。

「無視すりゃいいよ。課長に話したのかそれ」

――すみません。

しょうがないなと真行寺は歩き出し、代わってくれ、と言った。

――今日はどういう動きを何のためにしているの。

電話口に出ると水野は、〝不適切な関係〟のほうではなく現在の調査状況から問い質《ただ》してきた。

「たまたま母校の教授がインド宗教学の権威だったので、話を聞いていました」

――それ、荒川死体遺棄事件と関係がありますか。

「あるって言えばありますね」

――その調査方法についてはちゃんと報告してください。

「はい、では明日」

――今日じゃないの？

「今日はこれからレコーディングをやることになるかもしれないので」

――はあ？

「それと三日後に北海道にもう一度行きます。旅行命令簿を出して欲しいんです」

――三日後？　明日じゃなくて？

「明日なにかあるんですか？」

——ブルーロータス運輸研究所に捜査が入ります。

「へえ」と真行寺は言った。「大した物証があるわけでもないのに、よく裁判所が首を縦に振りましたね。ソフト・キングダムら大手企業の敷地ですよ」

——研究所のほうから捜索してくれって依頼があったから。

どうやら強制捜査ではないらしい。なぜ？　と真行寺は訊いた。

——どういうこと？

「研究所は、とりわけ所長は被疑者を逮捕させたくないはずです」

——アリバラサンが研究所の暗部を知っていて、逮捕後にそれをバラされるのが怖いからって言うんでしょ。

「いやその案はもう捨てました。その逆を考えろ、と課長に言われたので」

——じゃあ逆を考えてもなお、研究所はアリバラサンを逮捕させたくないはずだって思うわけ？

「そうです」

——理由。

「似たもの同士だからです」

——いや理由になってない。

「なってるんです」

——なってない。いいかな、巡査長の疑問は、『研究所はアリバラサンを逮捕させたくない。

だから捜索を願い出るのは不自然だ』よね。でも、研究所がアリバラサンをかくまいたい動機の説明が似たもの同士っていうのが弱すぎ。ぜんぜん駄目。捜査の依頼は、逆から考えてもあっさりつじつまが合うはずよ。

「『アリバラサンをかくまっているんじゃないかって疑われるのが嫌なので、研究所はどうぞ調べてくださいって玄関を開けて警察を招き入れた』ですか」

――そう。じゃあ、あなたの疑惑と私の推論、どっちがシンプルで説得力がありますか？

「そりゃあ課長のほうですよ」

――でしょう。

「しかしねえ、インドってのはシンプルに考えると理解できないんですよ。さっきもややこしくて難しくて頭が割れそうになったんですから」

――でも、研究所が言ってることはいたってシンプルだけど。

「研究所が？　なんて？」

――『東京で殺人を犯した疑いの濃い元研究員が研究所に戻ってきているとしたら、他の研究員の身の安全も保障しかねる。三日後には全研究員が参加する祭りがあるので、その前に安全を確認したい』――どお？　説得力のある説明だと思うけど。

「しかし、捜索したって見つからないと思いますよ」

――なぜ。

「そんなユルユルの捜査じゃ、隠そうと思えばいくらだって隠せますから。おそらく研究所はアリバラサンをかくまいながら、一方で警察に入らせて、ここにはいないという証拠を仕立て上げようと、捜査を依頼したんですよ」

——だから、どうして研究所がアリバラサンを逮捕させたくないって結論から離れられないのよ。

「それは、色々と考えてたどり着いた結論だからです」

——だったらちゃんと理由を述べなさい。

「ですから、その長い思考のプロセスを省いて、一言でまとめると〝似たもの同士〟になるんです」

——省きすぎです。

「じゃあ、もうちょっとつけ加えましょう。被疑者のアリバラサンはダリットと呼ばれるインドの不可触民、四階層の身分制度のさらに下に押し込められている被差別民です。これは店内に置かれた装飾品を専門家に鑑定してもらってそう結論づけました」

——結論というか仮説だな、それは。

「では仮説で結構です。そして、逆を考えろ、と課長に言われて思いついた仮説がもうひとつ。アリバラサンが東京に出てくる前にいた研究所の所長、彼はインド工科大を出て、その後カーネギーメロンで学んでますが、彼もまた不可触民、ダリットです」

——カーネギーメロン大学って言ったらＩＴの世界じゃ超エリート校だけど。

「そうです、さらに国際数学コンクールとやらで優勝しています。この経歴は、俺の理系の友人に聞いたところ、ちょっとビビるような頭のよさを意味するらしいんです。当然この頭脳をめぐって各企業が争奪戦となった。引く手あまたの中でソフト・キングダムという大企業と提携を結んだ。なぜ、ソフト・キングダムだったのか？　ＣＥＯの朴泰明は似たもの同士だと彼が考えたからです。朴もまた在日コリアンの集落で貧困と差別に苦しみながらいまの地位を築きました。大企業から投資を受けて、しこたま金を儲けているので、所長はてっきり上位カーストの出だと決めてかかっていたのが間違いでした。問題は大学の高額な授業料をダリットがどうやって払うかなんですが、そこはいったん棚上げします」

まあ、それはとりあえずよしとするか、と水野は言った。

「さあ、ここからが純然たる勘です。ほとんど妄想です」と真行寺は先に宣言した。「所長とアリバラサンは〝似たもの同士〟という強い絆で結ばれています。この絆を証明するような過去の出来事があったと私は睨んでいて、その具体もある程度イメージできています。けれど、それは今ここで話さないほうがいいでしょう。さて、この事件の一番肝心な点は、なぜアリバラサンは店に食事に来たベンカテッシュを殺害するに至ったのかという動機でした。ベンカテッシュはバラモンの出です。そいつが日本旅行中にアリバラサンの店に立ち寄り、食った。しかし、アリバラサンが不可触民であり、穢れた手がこしらえた料理を食ってしまったと知ったベンカテッシュは、猛然と怒った。しかしアリバラサンが逆ギレして反撃し、格闘技の心得のあるアリバラサンの強烈な打撃が、ベンカテッシュを死に至らしめた、と考えたわけです、最初は」

――いちおう筋は通ってるように聞こえるその推論を放棄した理由はなに？

「ええ、これを思いついたときに、この読み筋はカンペキだと思っていたので私はこれに固執しました。しかし、専門家からはちょっと不自然だという指摘を受けていたんです。ダリットがバラモンから理不尽に面罵されるなんていうのはよくあることで、その程度では殺しに至らないのではないか、そう彼らは忠告した。しかし私は、アリバラサンは、グローバリゼイションによって生まれたダリットのニューウェーブであり、さらにインドではなく日本にいることによって、『俺は俺だ、文句があるか』という自覚も充分に芽生えていて、そのような理不尽な言いがかりを甘んじて受けるようなヘタレではなかった、このような理屈を振り回して、この指摘を退けました。しかし間違っていたのは私でした」

――どう間違っていたの。

「アリバラサンが守ろうとしたのは、自分のメンツではなく、研究所です。もっと言えば研究所長です。所長がやろうとしていることなのです」

――それはなに。

「まだわかりません」

水野は黙った。そして言った。

――妄想ね。

「ええ、先にお断りした通りです」

――けれど、先に断っておきさえすれば捜査に妄想を持ち込んでいいってことにはならない。

「それで、妄想かどうかを確認しに北海道に行きたいのです」

——そうきたか。

「出張を命令してくれませんか」

——考えます。それから事件に関連する女子大生との不適切な関係がどうのこうのってタレコミがあったみたいだけど、悪い冗談だと思っておけばいいわけね。

そうです、と答えると、ツーツーという話中音が残された。真行寺も切った。また、スマホがチンと鳴って、留守電があるぞと知らせてきた。赤羽署の門脇からだった。水野と話している間にかけてきて、メッセージを残したらしい。再生した。明日、研究所に一斉捜査をかける。これは赤羽署と北海道警室蘭署との合同で行う。真行寺も捜査員に登録しようかと思ったが、人数が多く、予算も足りないので省かせてもらった。だけど、ここまで一緒に捜査してきたので伝えておく。そんな内容だった。要するに来て欲しくないということだ。まあいい、かえって好都合である。

いつの間にか真行寺は、ビターデイズの部室の前に立っていた。ノックして扉を開けた。中には森園と佐久間らバンド仲間がいて、真行寺を見て立ちあがった。いいよ、体育会じゃないんだから、座ってろと言って自分もテーブル席に腰掛けた。昨夜は飲んだのかと聞いたら、ええ、残念会をやってもらいましたと森園が言った。何か残念なことでもあったのかと訊くと、レコード会社の契約中止の件だと言った。だったら、近いうちにお祝いをやってもらえと真行寺が言うと、皆がポカンとした顔をした。いや、わからなくていいんだと言って、真行寺は白石から借りた盤を取りだした。

「お前がサンプリングした元曲だ。彼女が店長に借りてきてくれた」

ああ、あれですか、あれがどうかしたんですか、と森園が言った。

「この楽曲のリズムをカットして、岡井のドラムと入れ替える、あるいは、このＣＤのボーカルの帯域だけ引っぺがして、お前のトラックに載せることはできないか」

「完璧には無理ですけど、それなりになら」

「それなりに、でいい」

「でも、なんでそんなことするんです」

「踊れるようにして欲しいんだ」

「踊れるように、ですか。だったらドラムは、コンプレッサーかけるとかして、もうちょっと強調したほうがいいですよね。岡井の変態的なドラムよりも四つ打ちの打ち込みを入れたほうがいいのかな」

「その辺はまかせる。俺は個人的には岡井のドラムがいいと思うけどな」

ありがとうございます先輩、と岡井が言った。

「ミキシングの機材とかまだ真行寺さんちに置きっぱになってますし、ダンスフロアのデカいスピーカーで鳴らすのが目的なら、俺の安いモニスピじゃなくて、真行寺さんとこのオーディオセットで確認したほうがいいと思うんですけど」

「だったら俺がいない昼間に作業してくれればいいよ。鍵はまだ彼女に持たせてあるから、連絡して勝手に入ってくれ」

わかりましたと森園は言った。今日は彼女に会ったのかと訊くと、さっき学食でちらっと、と言った。その屈託のない軽い調子から、白石はやはり、昨夜の件は胸にしまっておくつもりなんだな、と思った。森園が、歌詞の内容なんかもわかったほうがリミックスしやすいなあ、などと柄にもないことを言うので、訳詞の紙をテーブルに広げてそれをスマホで撮らせた。

「このあいつって誰ですかね」とスマホを見ながら森園が言った。

巽リョートのことだ、と危うく口が滑りそうになるのをすんでのところで、

「バラモンのレイプ野郎だ」と言い直した。

え、なんすか、それ、と森園が言うのを、なんでもないとごまかしているとドアがガチャリと開いて、本人が現れた。とたんに、佐久間ら部員達が緊張するのがわかった。

「用があるというメッセージをもらったものですから」と巽リョートは言った。

「ええ、少しお話をと思いまして。――出ましょうか」と真行寺が言った。

「いや、ここで結構です。ちょっとこの刑事さんと話があるので、外してくれ」

巽リョートがそう言うと、後輩たちはさっと立ちあがった。部室は部員たちのものだ。そう抗議しようかと思ったが、場所を探してウロウロするのも面倒なので、この流れに乗ることにした。

「昨夜《ゆうべ》の件ですね」と巽リョートが先に切り出した。

「ええ、あのまま何もなかったことにするのも気持ち悪いので」

「いや、実際何もなかったんですから。何かがあったとそちらが証明するなら別ですが」

ははあ、さては物証がなければ問題なしと踏んだんで、またぞろ態度がデカくなったんだな。

腕を振った。派手な音を立ててリョートの頬が鳴った。信じられませんとでも言うように、リョートは頬を押さえ目を見開いていた。そして、口を歪め、余裕を見せつけるかのように、笑おうとした。

「警視庁に抗議させてもらいます」

「ほお、なにについてでしょう」

リョートは呆れたような笑いを見せて、

「あなたが私に働いた暴行について、です。改めて言うのも馬鹿らしいことですが」と言った。

「いやそんな事実はありませんよ。なんなら証明してください」

そんな頬の腫れなんてすぐに消えるだろうよ。でなきゃ、平手でなくて拳を打ち込んでるさ、と真行寺は心の中で付け足した。

リョートはこちらを蔑むような笑いをこしらえ、スマホを取りだして、録画ボタンを押して、マイクに向かい、

「ここにいる警視庁の真行寺刑事から暴行を受けた直後です。これからすべてを録画しま

す」と言った。

「そうですか」と真行寺もスマホを取りだした。「じゃあ、これも録画するといいと思いますよ」

そう言って、スマホの画面に動画を呼び出し再生した。…………え、ちょっと巽さん、なにするんですか、…………、本当に。私、ちゃんと言ったじゃないですか。……そんな気はないんです。なに言ってんだよ、おかしいだろ、おかしいんだよ。…………なにがおかしいんですか、……ちょっと、やめてください。……俺とつきあえば白金台《しろかねだい》の、…………しりませんよ。…………軽井沢《かるいざわ》に別荘だって…………、なに言ってんですか。……なに言ってんですか、じゃねーよ。……くだらない。くだらない？　なにがくだらないって、ええ、おい。……バカ。バカ？　この俺をバカ呼ばわりかよ、森園みたいなチビとつきあってこの俺を。わかったよ…………やめて。やめて。…………。

「どうだ、録れたか」

スマホを持つリョートの手は小刻みに震えていた。

「盗聴や盗撮は証拠にならないぞ……」蚊の鳴くような声でリョートが言った。

「お前本当にアホだな。盗撮もなにもこれは俺の家に備えてある防犯カメラの映像だ。これが証拠にならなきゃなにがなるって言うんだ」

リョートは録画のボタンを停止した。

「ついでに教えといてやるが俺んちの防犯カメラはほんとカンペキよ。そんなものあるなんてわからなかったろ。そうなんだよ、めっちゃさりげないんだ。死角もなくて風呂だってトイレだって全部録画してあるぞ。よかったら、別アングルもあるからご所望《しょもう》とあらばご覧に入れよう。前の住人ってのがとっても慎重で、盗聴防止のために家ではスマホを電子レンジに放り込むようなやつだったんだ。画質の解像度も高いほうが証拠として信頼できるって言うんで、ＨＤの高画質で録ってある。映画館の大画面で映したってボケないぞ。おまけにオーディオおたくだから、音質もバッチリ。迫力満点だよ」

リョートはあっけにとられていた。この監視カメラのことを教えられた時の真行寺のように。引っ越す時にどうして外さなかったんだ、と例の Gmail 経由で黒木に訊いたら、警察が捜査に入るかどうかを確認したかったので置いといた、という返事があった。じゃあ俺の生活も見てたのかよと問い詰めると、真行寺さんがそこに越してからは見てませんよ、という返事だった。本当かどうかは確かめようもないのだが、信じるしかなく、また信じていい気がした。撮影された映像は、一ヶ月間サーバーに保管され、その後何もなければ、上書きされるのだそうだ。

「もちろん、お前がレイプしようとしたのは俺じゃないから俺がお前を強姦罪で訴えることはできない。お前が招かれて入ったんだと強弁すれば、住居家宅侵入罪の適用も難しい。けれど、この動画を YouTube にアップするのは俺の自由だ。俺のカメラで俺が留守中の家の中を撮影したものだからな。あのブン屋に渡してもいい。フェミニストで有名な巽ユーコさんに送ったらどんな反応をするか、そっちにも興味がある」

リョートは反論の言葉を探していた。しかし、無言だった。

「俺はしくじった」と真行寺は続けた。「森園殴打事件の陰の主犯が誰かわかっていたのに、お前を挙げるのが難しいと判断して、つまらん手打ちをした。しかし、お前は調子に乗った。俺はお前の〝自分にはこのくらいのことは許される〟というバラモンっぽさが許せない」

リョートがバラモンってなんだよと訊いてきたが、無視した。

「だから、お前を社会的に抹殺できるのなら、たとえ被害者である白石の同意を得られなくたって、このレイプ未遂動画をばら撒きたいという衝動が俺にはある」

これは嘘だった。真行寺はスマホの録画ボタンを押した。

「さあ、最後の手打ちのチャンスだ。徹底抗戦か手打ちか。いまここで決めろ。弁護士に電話をするのはいいけれど、俺は気が短いからいつまで待つかはわからないぞ」

「……手打ちの内容は」

「ふん、聞く気になったんだな。今後いっさい、ビターデイズに近づくな。アドバイザーとか変な肩書きを持ってるのなら、速攻で辞任しろ。寄贈なんて気前のいいことを言いながら部に持ち込んだ機材のいっさいの所有権を放棄しろ。この大学の理事なんかになってないだろうな。もしなっていたら、それもすぐに辞めろ。いちおう俺の母校だからな、愛校心だってないわけじゃない。辞めなきゃ辞めたくなるようにするぞ。どうやるのかは言うまでもないよな」

「わかった」

「期限は明日いっぱいだ」

「明日は早すぎる」

「善は急げ、だ」

「善……」

「でなきゃ実力行使しかない」

「わかった」

「もうひとつ。ＥＭＣレコードと森園の間で交わすはずだった契約を復活させろ」

「ちょっと待ってくれよ。そんなこと俺の一存でできるわけないだろ」

「やるんだ。ＥＭＣの赤須にいろいろ吹き込んだんだろ。あれはまったく誤解だったと釈明してでも戻すんだ。祖父《じい》さんの名前をちらつかせてもいい。お前がやらなければ、俺がＥＭＣレコードの赤須に会って説明する。お前が森園を嫌う理由をな。もちろん、あの動画を参考資料に」

「……しかし、二番目はそうとうに難題だぞ」

「だろうな。健闘を祈るよ」

「もし、うまく行かなかった場合は」

「それはさっき言った」

「まってくれ、その場合の相談だ」

「一応聞く」

「祖父のデビュー前の秘蔵デモテープがオープンリールであるんだ。それを譲るってのはどうだ」

「俺はオープンリールデッキは持ってない」と突っぱねた。

「ならデッキもつけるよ、ＡＫＡＩのサンパチ・ツートラだ」

「場所を取るからオープンリールはいらないよ」

ほんとは欲しかった。いちど試してみたかったのだ。

「あんたの家、スペースにはまだ余裕があるじゃないか。それに薄給にしては結構無理していい機材を揃えてる。欲しいんだろ」

「欲しくなったら自分で買う」

「けど、ボブのデモテープは買えないよ。これは貴重なんだ。『俺は俺だ、文句があるか』の原型が詰まっている」

「まったくお前ってやつは」と真行寺は呆れた声を出した。『孫として俺は行く』だよな、このバラモンめ」


リョートから取りあげた部室の鍵で戸締まりをした。腹が減ったので、地下の学食に下りていって、配膳カウンターからカツ丼を取り、空席を探して首を巡らせた。奥のほうで森園がバンドメンバーらと手を振っていた。

スナック菓子やジュースのカップやらが無造作に置かれたテーブルに、真行寺もカツ丼のトレイを置いた。中央にはスマホがあり、そこから伸びているイヤホンは佐久間の耳に突っ込まれていて、その頭が縦に揺れながら、リズムを取っている。

「いま、順番に例の曲を聴かせてます。佐久間が最後です」森園は同席しているメンバーを指していった。「踊れるようにしたいんだったら、もう一度トラックを作り直した方がいいと思うんです。それで、こいつらにも聴いてもらってました」

また大げさなことになってるなと思いながら真行寺は箸を取った。リミックスだぞ、パソコンのアプリを操作すればわけないだろう。バンド全体でミーティングするほどのことじゃないんだ。すると、佐久間がおかしな曲だなあと言いながらイヤホンを外して、少なくともドラムは叩き直さないとだめかも。俺はあんまり派手なことしないほうがいいなと、ノートを取りだしてシャーペンで横に線を五本引くと、そこにささっとオタマジャクシを泳がせてこういう感じのリフはどうかな、などと言い出した。覗き込んで森園がいいじゃんと言ったので、森園でさえそれなりに譜面が読めるんだな、と感心した。岡井があの壺みたいな打楽器を叩いてみたいと言った。いいな、南インドってシタールじゃなくてビーナらしいから、その音をどっかからサンプリングして貼り付けようと森園が言った。佐藤は変則チューニングでインドっぽさが出せるか研究したいので、レコーディングまで中一日欲しいと言い出した。真行寺は森園たちが本格的なレコーディングを企てているのだと知った。

「明後日《あさって》にみんなで押しかけて、やっちゃいますから」と森園が宣言した。

郊外の静かなオーディオライフが台無しである。それに、明後日となるとスケジュールがかなり切迫する。

「その次の朝に、俺はまた北海道に行くんだ。その時に完成版を持って行かなきゃならない」

「大丈夫ですよ。午後から録《と》って、夜中には終わりますから」

そう願いたいな、また寝不足で飛行機に乗るのはごめんだ、と思った。

「サランも呼んで、あいつのボーカルも入れよう」という森園の声は明るかった。

来るだろうかと真行寺は思った。若い女がレイプされそうになった場所に。

「ところで、リョートさんとはどういう話だったんですか」と佐久間が訊いた。

真行寺はズボンのポケットから部室の鍵を取り出すと、テーブルに置いた。

「話をつけた。今後いっさいあいつはあの部屋に近づかない」

一同に衝撃が走った。

「なんだ、残念なのか」と真行寺が訊いた。

「でもどうやって」と岡井が訊いた。

レイプしようとしている動画を見せて脅迫したんだとは言えないから、

「説教して反省させた」と言った。

「そんなわけない」と森園がすぐ切り返した。「なんか奥の手使ったんでしょう」

さすがに下手な言い訳をしたなと思った時、「真行寺さん」と声をかけられた。

「こんにちは。さっき、嶋村先生のところにお邪魔してきました」と真行寺は言った。

「聞きましたよ」と時任は椅子を引いて、真行寺の向かいに座った。「嶋村先生のことをバラモンっぽいと」

「先生は怒ってましたか」と真行寺は訊いた。

「いえ、表向きは。嶋村先生は紳士なので」

「だったらいいじゃありませんか」

そう言って真行寺は箸を動かしていた。

「けれど、そうハッキリ嶋村先生に直言したというのは、若手研究者としては事件でして」

真行寺は丼を持ち上げたまま時任を見て、

「そう思っているのなら、ご自分の口からそう言うべきでしょう」と言った。

「しかしそういう言い方では学問にはならないので」

「では、こういう言い方はどうです。嶋村先生は、〝宗教的なるもの〟とかを持ち出して、〝ガチ宗教〟と距離をとっているように見せ、カースト制を問題視しながらも、やはりカースト制は温存するに値する伝統だと思っている。私はそう直感した。これについて時任さんの意見を聞きたい」

「いや、まあ、その、真行寺さんの意見にはおおむね賛成です」と時任は言った。

「つまり、嶋村先生は、〝宗教的なるもの〟がヒンドゥー教を更新していくべきだと主張しながらも、ご自身は保守的なヒンドゥー教徒だってことですよね」

「ええ、そうだと思います」

「それについて時任さんは、どういう意見を持っておられるんですか」

「〝宗教的なるもの〟は確かに重要ですが、これに大きな期待をかけることはあまりにも楽天的なのでは、と私には思えます」

「だったらそのように批判するべきでしょう」

ヒハンしろーヒハンしろー、と横で森園が騒ぎ出した。スクールカーストを支持するやつは殺せ。馬鹿、スクールは余計だと真行寺がたしなめた。じゃあ、すべてのカーストに反対、カースト支持者は刺す。お前そんなこと言ってると、逮捕するぞ。なんで逮捕すんすか？共謀罪だ。え、誰とも共謀なんかしてませんよ、俺として俺は刺す。俺として孫を刺す。この野郎ぶっとばす。真行寺さん真行寺さん。え、なんですか。

「真行寺さんが訪ねた北海道の研究所のことなんですが」と時任は言った。「そこにいるのはダリットだけだって仰ってたじゃないですか」

「そうです。研究所がいわばダリット村になっているんですよ」

「気になる記事を見つけました」

時任はタブレット端末の画面を真行寺のほうに向けた。そこには英字新聞の写真があった。見出しの先頭の単語はDalitだった。え、ダリットがなんだって？

「チェンナイにあるかなり大規模なダリットの集落から全員が消えたとインドの新聞が報じています」

「いつの記事ですか」

「二年前です」

「ちょうど研究所が本格始動する時期かな。消えたってのは？」

「ある朝、忽然《こつぜん》と村の全員が一斉に消えたんです」

「向かった先は、日本ですか」

「そうです」

「で、その記事は何を問題にしてるんです。密出国ですか？」

「いや、そのような記述がないところを見ると、出国の手続きはきちんと行われているようです」

「待ってください。入国のほうも、ブルーロータス運輸研究所は〝研究員〟として彼らを呼び寄せているのですから、問題ないはずです。法的問題さえクリアすれば人はどこへ行こうが勝手なはずですよ」

　また横で森園が、そうだそうだ、勝手だ勝手だと騒ぐので、黙れ！　と真行寺は一喝し、時任に目配せして、二つほど席を空けて座り直した。

「それに、出国手続きがちゃんとしているのなら、彼らダリットの目的地もインドは把握しているはずですよね」と真行寺が言った。

「はい、この記事によると、彼らは海路で日本に向かったと」

「なぜ海路なんだろうか」

「コストが安いから？」

「あと積み込みの荷物が多い場合は旅客機は厳しいだろうな」

そうでしょうね、と時任は同意した。

しかし、真行寺は自分の出した答えに満足できなかった。ついと立ち上がり、丼を返却カウンターに戻すと、今度はコーヒーをふたつ買って戻ってきた。あ、すいません、ありがとうございますと時任は礼を述べた。真行寺はテーブルに頬杖をついて考えた。

「……仮定の質問で申し訳ないんだが」としばらくしてから口を開いた。「チェンナイの空港から飛び立つ旅客機の座席がほとんどダリットで占められている、あるいは出国ロビーがダリットでごった返しているような場合、インドではなにか支障が生じますかね」

こんどは時任が考え込み、

「まあ、なんらかのトラブルが発生する可能性はあるのでは、と」

「どんなトラブルなんですかね。パスポートと搭乗券を持っている彼らがどうしてトラブルの種になりますか？」

「そこは理屈を聞かれても困るんです。私の想像では、そういう状況ではなんらかの問題が起こる可能性はあるのではないかと」

「それで充分です。トラブルは起こらないかもしれないし、起こるかもしれない。しかし、出国するダリットの側はトラブルは絶対に避けたかった。空港で難癖をつけられたり、騒ぎを起こされたりして、飛行機に乗れず、とりあえずいったん村に引き揚げてまた出直すということだけは絶対に避けたかった」

「絶対に？　それはなぜです？」

「むしろ研究者である時任さんにお訊きしたい。いま、記事に出ているこの地域の糞尿処理や皮なめし、死体処理などの仕事は誰がやっているんでしょうか」

　時任の表情は意表を突かれたように強張った。

「上位カーストたちが当番制で分担しているってことは？」

　時任は首を振った。

「ないんですね。では、どういう選択肢がありますかね。排泄を一切しないように我慢しているという冗談は横に置くとして――」と真行寺は真顔で言った。「どこかの村からダリットを連れてきてやらせている。これしか私には思いつきませんが」

　時任は小さくうなずいた。

「ダリットがいなくなるというのはそういうことを意味する。当然、周囲の連中は出発を阻止しようとする。だから、彼らは、忽然と、人知れず、ダリットの村から一晩で消える必要があった」

　真行寺はカップに手を伸ばし、ゆっくりと飲んだ。

「そのチェンナイの村というのは」真行寺はスマホを取りだし、写真のファイルを開いた。「殺されたベンカテッシュが住んでいるところとほど近いんですよね」

　スマホの画面に載っているのは、ベンカテッシュのパスポートを撮ったものだった。

「そうです」

「ベンカテッシュはある村からダリットが消えたことを知っていた。そして、アリバラサンも消えたダリットのひとりってわけだ」

独り言のように真行寺は言った。

「それが喧嘩の原因ですか」

「たぶん。しかし、それだけじゃまだ何かが足りない気がします」

「足りない、とは？」

「所長もおそらくアリバラサンと同じ村の出身なんだと思う」

「ダリットだと？」

「その推理には自信を持っています。気になっているのは、貧困家庭に生まれた所長がどうして金のかかる高度な教育を受けられたのかってことなんですが」

「もしダリットだとしたら、留保制度を利用したんだと思います」

「なんですか、それは」

「アファーマティブアクションの一種です」

「そのアファーマティブアクションってのがわからない」

「社会的に恵まれない人たちに対する優遇措置です。インドではリザーブシステムって呼んでますね。もっとも逆差別だという声も大きいんですが」

「では、所長のような経歴は、ダリットであっても絶対に不可能であるとは言えない、と」

「ええ」

「じゃあこの勘は当たってるな」

「勘が外れることは？」

「よくあります」

「え」

「外れたなと思ったら、その時は修正します。ダリットの分際で料理をするなんて、とベンカテッシュに罵倒《ばとう》されて、キレたアリバラサンがこのバラモンを殴り殺したってのは破棄しました」

「なぜですか」

「ひとつは、専門家である嶋村先生と時任さんから、その程度のことはインドでは日常茶飯事であって、殺人の動機にはならない、と意見されたことが影響しています」

「でも、それを私が伝えた時には、やはり先の推理を捨てなかったわけですよね」

「そうです。ほかに信憑性《しんぴょうせい》のある筋書きを思いつかなかったので」

「でも、勘は外れた」

「ええ、だから軌道修正しました」

「それは、どういうふうに？」

「アリバラサンがベンカテッシュを殺したのは研究所を守るためだったと思います。いや、もっと正確に言えば、所長を守るためにやったんです」

「所長を守るための殺人だった？　それはどういう意味ですか」

どういう意味、どういう意味なんだ、と真行寺はその問いを復唱した。やがて、次のような言葉が真行寺の口を衝いて出た。

「アリバラサンは所長がやろうとしていることを守るためにベンカテッシュを殺さなければならなかった」

「所長がやろうとしていることっていうのは」と時任は当然の問いを投げてきた。「それは犯罪なんですか」

「さあ。犯罪なのかどうか」と真行寺は苦笑した。所長がやろうとしていることは何か？　そいつをはっきり摑めていない真行寺は頰杖をつきながら、地下のホールに雑談と談笑が反響する響きを聴きながら、学生達が行き来し、皿や丼から食物を口に運ぶ風景に目をやっていた。そうして彼はまたふと自嘲気味の笑いを漏らした。時任はこの笑いの原因に好奇心を掻《か》きたてられたような眼差しを真行寺に向けた。

　ま、正直言ってよくわからないんですが、と真行寺は断りを入れた上で、

「所長は、嶋村先生が言うところの〝宗教的なるもの〟によって、社会をバージョンアップしようとしてるんじゃないか」と真行寺は言った。

　時任は黙り込んだ。よくわからないんですがという前置きが効いているのか、それはどういうことかと追及されはしなかった。しかしこの若い研究者にとって簡単に聞き流すことのできない台詞だったことが、その沈黙の重さから伝わった。

「真行寺さん」とようやく時任が口を開いた。「その研究所にはまた捜査で出向かれるんですか」

「そいつもわからない。明日、研究所に一斉捜査が入るから、そこでアリバラサンがしょっ引かれたら、そこからあとは完全に赤羽署と室蘭署の仕切りになるので、俺の出る幕はなくなります」

「では、アリバラサンがその研究所に身を潜めている確率は高いと真行寺さんは見てるんですか」

「高いでしょう」

「では、そこで捜査は一区切りつくと思っている？」

「いや、俺の勘では、アリバラサンは発見されません」

「それはなぜ」

「所長がアリバラサンを隠すから。あんな広いところで本気で隠されては、いくら捜査員をぶっこんだって、一日や二日じゃ見つけることはほぼ不可能です」

「所長がアリバラサンをかくまうのは、彼が研究所の秘密を握ってるからですか」

「最初はそう思っていたんですが、これも軌道修正しました。たとえアリバラサンが捕まったとしても、所長がやろうとしていることには大して影響が出ないんじゃないかと思います」

なぜですか、と訊いたところで明快な答えが得られないとわかっているのだろう、時任はまた沈黙した。

「すみませんね、どうにもピリッとしない推理で」と真行寺は察して言った。

ピリッとしないのは、思考のプロセスが論理として組み上がっていないからである。真行寺が勘という言葉で説明したもの、それをあいつはヒューリスティックだと説明してくれた。正確さには問題があるが、アルゴリズムによる計算よりもはるかに素早く、経験によって状況分析をし、結論をはじき出す能力なんだ、と。ただ、ヒューリスティックは時として間違う。時間はあるが間違ってはいけない場合、あまり勘に頼ってはいけない。

「整理すると」と時任が口を開いた。「一斉捜査をかけてもアリバラサンは見つからない。となると、捜査のためにまた北海道に飛ぶことになる。そのように予想してるわけですね」

「まぁ上司が許可すれば」と真行寺は言った。

「だったらその時は」と若い研究者は言った。「私を連れてってくれませんか」

真行寺はとりあえずカップに手を伸ばし、コーヒーを飲んだ。飲んで考えた。〝宗教っぽいもの〟がこの事件に絡んでいるとすれば、スペシャリストを連れて行ったほうがいいかもしれない。しかし、課長の許可は出るだろうか。出ないだろうな、と真行寺は思った。

「旅費は自腹でも結構です」と時任は言った。

「なぜ行きたいんです？」カップを置いて真行寺が訊いた。

「僕の研究に大きく関わっている気がして」

そんなこと言われても困るな、と正直思った。

「真行寺さん」と呼ばれた。「これ、一番も作っちゃいましょうよ」と森園が言った。

勝手にしていいぞ、と真行寺は答えてコーヒーを飲んだ。

4　神と、神と呼ばれるもの

ブルーロータス運輸研究所への一斉捜査は空振りに終わった。

「こうなったらアリバラサンを全国指名手配する」

門脇は電話で伝えてきた。しかし、捜査に加わってくれないかとは言わなかった。なにか有益な情報をもらいたがっていることだけが、電話の向こうから伝わってきた。

「研究所にいる可能性は捨てないほうがいいと思いますが」と真行寺は言った。

「もちろん。これから新千歳空港やＪＲの防犯カメラ、高速道路の監視カメラのチェックも始める。ただ、こっちは時間がかかるだろうな。タクシー運転手への聞き込みもやらにゃいかんのだが、確実に北海道にいるという確証がないから、室蘭署は腰が重い」

一斉捜査が空しい結果に終わったのを受けて、この日の夜、水野課長は真行寺の北海道への旅行命令簿に印を押した。

「橋爪君を連れて行く？」と水野は訊いた。

いや、と真行寺は首を振って、「ひとり連れていきたいのがいるんですが」と言った。

水野は少し考えたが、時任の同伴を許し、経費の申請も許可した。それには面倒な書類手続きがともなったが、それはまあしかたがなかった。

キャビンアテンダントからもらったジュースを紙コップから飲み干すと、前の座席の網ポケットに突っ込んで、背もたれを倒した。

「新千歳到着まで寝ます。寝不足なもので」と真行寺は言った。

どうぞと時任は言った。なぜか北海道行きの前日は寝られないんだよなあ、と独り言のように言って、真行寺は目を閉じた。

昨夜、真行寺が帰宅すると、自宅は森園たちに占拠されていた。彼らは例の曲のダンスバージョンの仕上げに取りかかっていた。白石はダイニングテーブルに座ってノートパソコンに向かっていた。

「カレー食べますか」

真行寺の姿を認めると白石は言った。大きな寸胴鍋《ずんどうなべ》がコンロに載っていた。合宿っぽくカレーを大量に作ってみんなで食べたらしい。いや先にシャワー浴びるよ、と断って真行寺は浴室に入った。

頭をバスタオルで拭きながらテーブルにつくと、白石がカレーをよそってくれた。なかなかうまい。あっというまに平らげて皿を流しに移すと、湯を沸かし、サーバーにたっぷりコーヒーを作って、コーヒー入ったぞと森園たちに声をかけたが、ミュージシャンたちは「うぃーす」と返事をしたものの、これから岡井が叩くインドの壺（楽器になるらしい）のリズムをドラムとどう絡ませるかの相談に余念がなかった。真行寺は例の〝自由マグ〟に自分の分だけを注ぐとダイニングテーブルで飲んだ。白石は難しい顔をしてディスプレイを眺めている。

「なにしてるんだ」と真行寺は訊いた。

「二番の歌詞を書けって言われてるんですけど」

白石はディスプレイを見つめながら言った。トントンと真行寺は人さし指でテーブルを叩くと、その指を自分の鼻先に持って行った。

「真行寺さんが？」と白石が驚いたような声を出した。うなずくと白石はテーブルの上のノートパソコンを真行寺のほうに向けた。真行寺はキーボードをカチャカチャと鳴らして瞬く間に書き上げて、

「英訳して、英語で歌ってくれ」と言った。


【Aメロ】

俺とお前はダリットさ
俺たち固い絆で結ばれてる　これは確実だ
だから　あの満月の夜に
俺はあいつを殴り殺した

俺とお前はダリットさ

お前に俺は希望を託した　俺たちの希望を
だから　あの満月の夜に
あいつの耳と口に俺は油を注いだ

【Bメロ】

お前は　お前のダルマをやっちまってくれ
一人になった俺は　俺のダルマを果たすだけ

【展開部】

務めを果たせ
務めを果たせ
務めを果たせ
務めを果たすんだ

【アウトロ】

恋人よ古いダルマはすべて捨てて
新しいダルマに庇護《ひご》を求めろ

岡井が壺を打ち鳴らすトラックの収録が終わり、ちょうど日付が変わるあたりから、白石のボーカル録りが始まった。ヘッドフォンを被り、部屋の中央に立てられたコンデンサーマイクに向かった白石は、自分が訳した英詞が表示されているスマホに目をやりながら歌った。声は思ったよりも太く、声量があり、粘りもあった。もっと可憐な声を想像していた真行寺は意外の感に打たれた。最初は英語の歌詞と譜割りに戸惑っていた白石だったが、四テイク目で森園がオーケーを出した。その頃には疲れ果てたメンバーが床のあちこちに転がって寝ていた。そんな中、森園は最後のミキシングに取りかかった。白石はソファーの肘掛けに頭を預けてウトウトしながら森園の作業を見守っていた。森園はじれったいほど何度も修正を加え、明け方にようやく「できた」と言った。真行寺は白い盤を差し出した。森園は受け取ると、ノートパソコンにつないだ外付けディスクドライブに入れた。一分もしないうちにそれはワントラックだけを収録したCDとなって吐き出された。真行寺はそれをプラケースに収めるとリュックにしまった。

白石はソファーで寝ていた。佐久間たちは床で寝ていた。真行寺は毛布を持ってくると、三人の男たちにかけた。そして、白石を起こすとベッドを使ってくれと言って、急に睡魔に襲われてぼんやりしている森園と一緒に寝室へ追い出した。そして空いたソファーで横になった。まどろんだかと思うと、スマホのアラームが鳴った。真行寺は着替えると、リュックを背負って家を出て、自転車に乗り、坂を下っていった。


空の便は定刻通り、新千歳空港に着陸した。ふたりは室蘭本線に乗り込んだ。まもなく苫小牧というアナウンスが聞こえ、真行寺は網棚からリュックを下ろした。時任が不思議そうな顔をした。

「途中下車して、海鮮丼食っていきましょう」

漁港に面した食堂まではタクシーを使った。降りる時、真行寺は領収書を取らなかった。いいんですか、と時任が心配した。ここで飯を食うのは内緒だからそのつもりで頼む、と言って降り、ここの海鮮丼は絶品だよと真行寺は引き戸を開けた。

四人掛けのテーブル席で青年が手を振っていた。

「ひさしぶりだな」と真行寺が言った。「向こうの仕事は一段落したのか」

「ええ、でないとここにはいませんよ」と青年が言った。

「ああ、こちらは宗教学を研究している時任さんだ。んでもって、こちらが――」

そう言いかけて真行寺は言いよどんだ。

「ボビーです」と黒木が名乗った。「ニックネームですが、ボビーと呼んでください」

黒木が手を差し出したので、出されたほうもその手を握って、時任ですよろしくお願いします、と言った。

黒木はうまいうまいと言って海鮮丼を頬張っていた。この男はいったい何者だろう、と訝っている様子が時任の表情から見て取れた。けれど公安警察に追われている身である黒木についての情報は、知らせるわけにはいかない。そもそも、黒木のような問題児を捜査に同行させるなど危険きわまりない行為だ。しかし、時任から文系のアドバイスを得るとともに、理系の知の援護をもらう必要もまたあるはずだ、そう真行寺は感じていた。

所長の専門は情報科学である。情報科学は社会を変えてきた。インターネットが最たる例だ。インターネットがあったからこそアフリカや中東で「アラブの春」という民主化運動が起きたらしい。理系の知によるイノベーションが社会を変え、変化した社会が伝統と齟齬《そご》をきたし、伝統を駆逐する。伝統の危機は新しいテクノロジーによって引き起こされるってわけだ。ヒンドゥー教ってのはまさしく伝統宗教である。この宗教を扱うのは文系、情報科学を扱うのが理系だ。ここで、理系と文系の双方が錯綜する。だから、「すべては情報なんだ」が口癖の黒木の力添えはぜひとも欲しい。

そんなことを一人で考えて、よしよし俺の判断は間違ってないぞ、と納得していると、「そろそろ出ましょうよ」と突然声をかけられた。

「腹ごなしに歩けば、四十分くらいで着きますから、ちょうどいいでしょう」と黒木が言った。寝不足なのに歩かされるのかとげんなりしたが、「刑事が歩かないでどうするんですか」と言って相手にしてくれない。そのかわり海鮮丼の代金は黒木が払ってくれた。苫小牧駅には三十五分で着いた。駅前の、カフェと名前がついているが、カレーも蕎麦《そば》もホットドッグも太巻きまで出す店で、テイクアウトのコーヒーを買ってホームに向かったら、絶妙のタイミングで室蘭本線苫小牧駅発の各駅停車に乗れた。一時間あまりで鷲別《わしべつ》に着き、例によって駅まで出迎えに来てくれていたロータスに乗り込んだ。

〈警視庁刑事部捜査第一課の真行寺弘道様ですね〉スピーカーから流れる女の声が言った。

「そうです」

〈あとの二名様はどなたでしょうか〉

時任です、と若い研究者は名乗った。〈フルネームでお願いします〉と車がまた訊いてきた。ノブヨシですと律儀に答えたので、真行寺もこの若い研究者の下の名前を知ることとなった。

「ボビーです」とこんどは黒木が名乗った。真行寺はこれがきっかけで自分も知らない黒木の素性が明るみに出るのではないか、と不安になった。と同時に黒木ならネットワークに侵入して自分の履歴だけ消すのなんてわけないだろう、とも思った。

〈フルネームでお願いします〉とロータスは言ってきた。

「フルネームは、ボビーボビーです」と黒木が言った。妙ちきりんな名前だが、車は聞き質してこなかった。黒木はすましている。時任は怪訝な顔をしている。

車は、オフィスの前につけられた。その寺院を模した極彩色の威容に、

「カーパーレーシュワラ寺院だ」と時任が驚いた。「ここがオフィスなんですか」

「みたいですよ」と真行寺が言った。「昔はダリットはこの寺院に詣《まい》れなかったので、ここ

にレプリカを作ってオフィスにしている。ある種の復讐ですね」

「本当ですか」時任はまた驚いた。

　いや、勝手な想像ですと言って、中に入った。ロビーにはすでに両角が来て待っていた。お世話になります、と真行寺は言って、こちらは特別捜査員の時任ノブヨシとボビーボビーですと紹介した。

「一斉捜査は成果がなく残念でした」

「ただ、うちにいないということがわかってほっとしています」

「所長はインドから戻られていますか」

「ええ、ただ留守中にやり残した仕事に忙殺されておりますので少々お待ちいただきたいんですが」

「お会いできるのは」

「おそらく深夜になるだろうと」

「後ろがつかえているよりもそのほうが好都合です。ただ、申しわけないんですが、またゲストルームを提供していただけませんか」

「それは大丈夫です。今回は所長に対する事情聴取以外になにか御用は？」

「いや特にありませんが、また敷地の中を適当に見学させていただければ」

「まあ、それはご自由にどうぞ」

　一行はまたロータスに乗って、洋館のような屋敷の前で降ろされた。玄関に近づくと、真行寺様、二〇一号室へどうぞ。時任様、二〇五号室へどうぞ、ボビー様、二〇七号室へどうぞという声が聞こえた。

ラゲージスタンドにリュックを載せてベッドに寝そべると、身体に溜まった眠気と疲労が混じり合い、ベッドに染み出していくような気がした。数をかぞえたら一桁《ひとけた》で意識が遠のく気がする。

ノックの音がした。起き上がり、ドアを開けると黒木が立っていた。手にスマホを持っている。部屋の中央に進んで捧《ささ》げ持《も》つようにしていたが、やがてポケットにしまうと、一人掛けソファーに腰を下ろして、「オーケーです」と言った。

「盗聴器か」と真行寺が確認した。

「そうです。まあ、大丈夫でしょう」

「ここは大丈夫だとして」と真行寺は言った。「あのロータスって車は、乗客を片っ端から登録するようだ。自慢のハッキングでその記録も消しておいたほうがいいんじゃないか」

黒木は首を振った。「それは無理でしょうね」

えっ⁉　真行寺は耳を疑った。

「おそらく、テスト段階の今は、中央のデータバンクでも管理していると思うんですが、完全自動運転の運営を準備してるとなると、ブロックチェーンでも記録されているはずです。だとしたら、書き換えはできません」

「なんだって」

「書き換えはできないってことを非常に重要な特徴とするのがブロックチェーンなんです」

「ブロックチェーン。どこかで聞いたな」

「たぶん仮想通貨ででしょう」

「いや、さっきロビーで会った両角って副所長からだ。ここの事務処理をブロックチェーンで処理できるように改良中だとかなんとか」

「ああ、それです」

「しかし、ブロックチェーンってのは一体何だってことになると、まったくわからなかったんだが」

「ブロックチェーンの説明をすると話は難しくなります。だからとりあえず、書き換えのできない帳簿だと思っててください。僕はその帳簿に〝ボビーボビー〟として登録された。こいつは書き換えできない。僕はこの帳簿が取り仕切る世界では〝ボビーボビー〟として生きることになります」

「大丈夫なのか」

「大丈夫じゃないかもしれません。とにかく僕のような人間は自分の痕跡をどこかに残してはいけないんですよ」

「だったら大問題じゃないか。どうして来たんだ」

「真行寺さんが助けてくれないかって言ったからですよ」

「断れよ」

「いやまあ、それに面白そうだったし」

「面白かないぞ」

お前が捕まれば俺もヤバいんだと言いたかったが、それを言うと自分勝手がすぎる気がした。けれど、黒木はさらに衝撃的なことを言った。

「でも、まあ僕はいずれ捕まるだろうし」

血の気が引いた。

「だったら面白いことがしたいんですよ」

黒木は立ちあがった。

「ちょっとこのあたりを散歩してきます。時任さんも誘うかな」

そう言い残して出て行った。眩暈《めまい》がしてきた。寝ている場合じゃないのだが、ショックでかえって疲労が濃くなり、睡魔となって襲ってきた。服を脱いで、黒木が座っていた椅子の背もたれにかけると下着だけで毛布の中に潜り込み目を閉じた。どんな厄介ごとを抱えていても、とりあえず眠れるのが真行寺の特技である。眠りはすぐに訪れた。


部屋の電話が鳴って目が覚めた。鳴っていたのは電話だけではなかった。ボンボンと低くくぐもった響きがガラス窓を通じて聞こえている。受話器を取ると、機械が発しているとは思えない自然な音声で、ボビーボビー様から伝言がございますと言われ、続いて「今日はお祭りだそうですよ。みんな盛り上がってます。時任さんもすごく興奮しています。真行寺さんもそろそろ起きたらどうでしょう」という黒木の声が聞こえた。先の衝撃的な告白の内容とは縁遠い気楽な調子だった。後ろにはガヤガヤした雑踏の音。そしてドン、ドン、ドン、ドンという四つ打ちのバスドラの上に振りかけられた細かい電子音。

もうスーツは着たくなかった。リュックからジーンズとセーターを引っ張り出して身体をくぐらせ、コートを羽織って出た。

深まりゆく北海道の秋夜《しゅうや》の外気はきりっと引き締まっていた。頭上には綺麗《きれい》な月があった。お誂《あつら》え向きの満月だ。真行寺はコートのボタンを留めて歩き出した。お祭りの会場となる広場は、このあいだの来所時にいちど見学したから、位置の見当はついた。音もその方向から聞こえている。道に沿って並んだ家からインド人がぞろぞろと出てきて、真行寺と並んで歩き出す。いつの間にか隊列ができて、それはどんどん膨れ上がった。音もどんどん大きくなった。真行寺たちは広場に着いた。

広場の中央にはめらめらといくつもの裸火が踊っていた。円形に配された大きな松明《たいまつ》の揺れる炎が照らし出しているのは、円の中心にある巨大な神像だった。蓮の模型の上に胡座をかいた女神は揺れる炎に照らされて目をぎょろつかせ、口を歪ませていた。ダリットたちの神、パドマーヤールだった。

大勢が集まっていた。その肌はみな黒かった。炎が彼らの黒い肌を赤黒く染めて、白く光らせていた。パドマーヤールとその周りを取り囲む松明をさらに囲むようにして、人々は踊っていた。身体の動きを合わせている音はエレクトリック・ダンス・ミュージックである。

この分野に疎《うと》い真行寺は、ハウスだな、とその程度に認識した。

肩を叩かれた。振り向くと、あそこの屋台の豚のカレー煮込み、なかなかいけます。時任さんが感動してました、と黒木が言った。豚の煮込み程度で感動することはないだろう、と一瞬思ったが、なんだって⁉ ヒンドゥー教徒だって豚を食わないとマドラスで教えてくれたのは時任だったじゃないか、と思い出し、急いで案内してもらった。

くだんの屋台の前に時任の姿はなかった。黒木が、さっき食べたのと同じのをやってくれと叫ぶように英語で言うと、店のオヤジはでかい鍋からお玉でお椀にすくって、ちょいちょいとパウダーを何種類かふりかけてスプーンを添えて突き出してきた。ひと匙《さじ》すくって口の中に入れた。悪くない。なんて料理なんだと英語で聞いたら、発音が悪いのだろうか、店主はわからないという風に首を振った。手にした煮込みの椀を指さして、PAからの轟音に負けないように大声でもう一度訊くと、オヤジは屋台に貼ってあるメニューの紙を指さした。そこには丸っこくてごつい男の似顔絵があった。その横に丸い虫のようなタミル文字が並んでいる。「アリバラサン・スペシャル！」とオヤジは怒鳴るように言った。

これはアリバラサンが考案した料理なのか。ただ、マドラスのメニューにはなかった。客に出すメニューには加えなかったわけだ。ひょっとして、インド人が来るかもしれないと思って警戒していたのだろうか。

「ダリットの中には豚肉を食べる人たちがいるということは聞いていていました」

いつの間に戻ってきたのか、時任がチャイが入った素焼きのカップを手に立っていた。

「マドラスで見た豚肉は自分用の食材だったんですね」

時任の推理に真行寺はうなずいた。それに豚肉をタブー視しない日本人の調理師に習ったから、豚肉を使うダリットの料理を自由に発展させることもでき、それを仲間に伝えることもできたんじゃないか、と想像はさらに発展した。

「ありえますね、大いに」と時任はうなずいた。

火がさらに大きく燃え上がると、祭りのテンションはさらに盛り上がった。ＰＡ用のスピーカー、どこの製品だかわかりますか、エレクトロボイスですよ、と趣味を同じくする黒木が教えてくれた。伸び伸び鳴ってて気持ちがいいですねー、とふだんはクラシックしか聴かないはずなのに、リズムに合わせて身体を揺すっている。こいつを見ていると本当に人生を軽く生きているような気がして、いつかは捕まるんだというさきほどの深刻な告白とは無縁な気がしてならない。

真行寺は歩き出した。揺れる人混みをかき分けて進む。やがて、割れた人垣の向こうにＤＪブースが見えてきた。その天板にはパイオニア製のＣＤＪプレイヤーが載っている。ありがたい。レコードやパソコンでプレイされていたら万事休すだ。ＤＪは、このあいだ訪問したときこのブースを設置していた若いやつだった。真行寺は近づいて、来たぞ、と言った。相手は、来たのかと言って驚いている。来ると言ったじゃないか、一曲かけさせてくれ。一曲でいいのか。いい、一曲だけ、六分ほどの曲だ。ＢＰＭはいくつくらいだ。１３５。じゃあ、次の次の曲のあとにかけろ。

一曲終わり、ＤＪはプレイヤーの蓋《ふた》をあけて自分がかけていた盤を取り出すと、お前のを入れろと言った。真行寺はコートのポケットからプラケースを取り出し、そこに収めていたディスクをプレイヤーにセットして、ヘッドフォンを被った。ＤＪ用のＣＤプレイヤーの頭出し方法とミキサーの使い方は森園に教わっていた。いきなり強烈なリズムをぶちかましてくれと森園に注文を出しておいたので、曲のドアタマでポーズをかけた。ＣＤＪのタイムコードの数字が今かかっている曲がそろそろエンディングを迎えることを示している。いけよ、とＤＪがうなずいたので、次の小節の一拍目で解き放った。ゲートを開けられた闘牛のように、岡井のドラムと佐久間のベースが飛び出した。デカいスピーカーで再生してるのでド迫力で猛進している。たっぷり16小節ドカドカブリブリいかせまくったあとで、佐藤のギターが絡み、森園のシンセが乗った。そして、タミル語のボーカルが飛翔《ひしょう》した。広場の興奮は一気に最高潮に達した。ワールドカップのロスタイムで逆転ゴールが決まったときのような盛り上がりである。みんな歌いだした。歌え歌え、お前らの曲だ、と真行寺は思った。お前たちは奪われてきたんだ。オマケに今日は満月だ。歌え歌え。

俺はお前を愛していた
お前は俺のもの　そう思っていたよ
しかし　あの満月の夜に
あいつは突然あらわれた

隣のＤＪに肩を叩かれた。この盤はどうしたんだ？　アリババラサンの友達がリミックスしたんだ。いいな。いいだろ。いい！　素晴らしい！
すわだるま　すわだるま　と合唱している。調子に乗って真行寺も歌った。すわだるま　すわだるま。隣のＤＪも歌っている。なんだこいつ、ほっぺたが涙で光ってるぜ。そして白石のボーカルがきた。ダリットという語にまたどえらい歓声が上がる。

俺とお前はダリットさ
俺たち固い絆で結ばれてる　これは確実だ
だから　あの満月の夜に
俺はあいつを殴り殺した

俺とお前はダリットさ
お前に俺は希望を託した　俺たちの希望を
だから　あの満月の夜に
あいつの耳と口に俺は油を注いだ

こんな歌詞を若い女に歌わせるのも妙な快感があるなと思って真行寺は聴いていた。すわだるま すわだるま とまた合唱が起こる。ただの馬鹿騒ぎなのか、〝宗教的なるもの〟の発現なのかよくわからない。

DJと握手をして、欲しかったらディスクはあげると言い残して去った。途中で握手攻めにあって肩を叩かれた。ようやく黒木と時任がいるところまでたどり着いた。

いやーかっこよかったですよ、と黒木が言った。

スマホが鳴った。きたなと思った。耳に当てて、もしもしと応じた。

「所長がお会いしたいとのことです」両角の声が聞こえた。「広場の出入り口にロータスをやりますので、ご乗車ください」

いますぐ参ります、と言って切った。

チェンナイにある寺院に似ているという研究所本部の前で降りて、ロビーに入って行くと、両角が待っていて、口数少なく中へと案内してくれた。指紋認証なんだろう、両角の人さし指で扉が何枚か開けられ、奥の部屋に通された。両角は「少々お待ちください」とだけ言い残して姿を消した。部屋は広く清潔で中央に白いテーブルがどんと据えられていて、その真ん中に黒い海星《ひとで》のような物体が張りついていた。

「集音マイクですね。インターネット通信で国際会議をやるときよく使う」

不思議そうな顔をして見つめている真行寺にそう解説して、黒木は部屋の隅のコーヒーサーバーから備え付けの紙コップに注いだ。真行寺もこれに倣った。時任の分まで注いでやった。時任は礼を言って紙コップを受け取った。そうして三人で席に着いて、コーヒーを飲みながら待った。

ノックの音がして、薄く開いたドアの隙間から細い身体が入ってきた。

「ヨウコソイラッシャイマシタ」と日本語でにこやかに挨拶された真行寺は、欧米流に差し出された手を握りかえしながら、まだ幼さが残るその顔立ちにいささか戸惑いを感じていた。

真行寺です、エッティラージデス、時任です、エッティラージデス、ボビーボビーです、エッティラージデス、と握手と自己紹介が終わると、ひょろりとしたインド人青年はテーブルの向こうに座った。若い。若いだけではなく、大物らしい威圧感がまるでない。こういうやさしくて大人しげな青年が、自分が想像するような大それた計画を進めるものだろうか。そう思うと多少の違和感がともなった。しかし、同じような年格好の黒木も手作りのアンプとスピーカーで上品にクラシックなんか聴いているくせに、公安を出し抜いて、真行寺をあたふたさせた過去を持つ。いまの若い世代はこういうタイプのほうが大物が多いのかもしれない。

エッティラージ所長はマッチ箱大の黒いケースをテーブルに置いて、三人の前に滑らせた。そして、真行寺にも聞き取れる英語で、必要ならばそれを使ってくださいと言った。ファスナーを解いて布のケースを開けると、豆粒のようなイヤホンがひとつ入っていた。ワイヤレスである。真行寺はそれを耳の中に入れた。残りのふたりもそれに倣った。

エッティラージもイヤホンをはめて口を開いた。すると真行寺の耳の中から日本語が聞こえた。

「私はいま英語で話しています。皆さんの耳には翻訳された日本語が聞こえているはずです。必要な方はこの装置を使ってください。タミル語から日本語、またその逆の自動翻訳は完成までもう少し時間がかかりそうなので、今日は英語で話したいと思います」

エッティラージが言い終わらないうちに、同席した若いふたりは耳からイヤホンを外した。見栄を張って自分も外したかったが、わざわざ北海道まで来てやっと出会えた参考人に事情聴取をしたあげくに、うまく聞き取れませんでしたではシャレにならない。真行寺は付けたままにして、言った。

「こちらが話す日本語はそちらでは何語に翻訳されているんですか?」

「英語です」

「例えば私が、〝宗教っぽいもの〟と言ったらそちらではなんと聞こえてますか」

真行寺の耳に〝宗教的なるもの〟という日本語が響いた。真行寺は一瞬だけイヤホンを外して黒木を見た。黒木は、「the religiousって言ってますね」とゆっくり復唱してくれた。ザ・レリジャスでいいのだろうか、と今度は時任を見た。

「完璧です」と時任は言った。「英訳が合っているというよりも、もともと〝宗教的なるもの〟は the religious の日本語訳なんです。the religious が先に理論化されて、それを我々が〝宗教的なるもの〟と訳し、それを真行寺さんが嚙み砕いて〝宗教っぽいもの〟とアレンジしている。この現実をきちんと反映した訳だと思います」

よくわからないが、合ってるのならいい。話が嚙み合わなくなることはないだろう、と真行寺は思った。

「あなたの職業は」とエッティラージが時任に訊いた。

「大学で宗教学を研究しています」と時任が英語で話したのが日本語となって真行寺のイヤホンから聞こえた。「身分は Research Associate です」

大学の助教というのはリサーチ・アソシエイトというのか、と真行寺は思った。それが日本語に訳されずに、英語のまま残されているところを見ると、これは日本独特の肩書きらしい。少し不思議そうな表情でエッティラージは、

「博士論文は書いたのですか」と訊いた。

「現在書いてるところです」

「何について？」

「『宗教による公共圏更新の可能性について』というタイトルで、テーマはタイトルそのままです」

エッティラージは興味深そうに、ほお、と言った。

「宗教学の研究者がここにいる理由は」

「捜査の協力者としてです」これは真行寺が答えた。

「理解しました。――あなたは？」

「コンピュータサイエンスと認知科学が専門ですが、学者ではありません。ハッカーです」

と黒木が答えた。

「ということは私と同業ですか」

「広い意味では」

エッティラージは真行寺を見て、「いい人選ですね」と言った。

「私もそう思います」

「あなたがかけたあの曲はとてもよかった」

「アリバラサンに借りたCDの曲を私の弟がアレンジしたものです」

ちょっとどうかとも思ったが、説明が面倒くさいので、森園を弟にしてしまった。年格好からすれば息子だが、あんな息子は嫌だ。

「二番の英語の歌詞は」

「私が日本語で書いたものを、弟のガールフレンドが英訳しました」

「つまり、あなたが書いた」

「そうです」

「あなたは色んなことを知っている。知っていると思っている」とエッティラージは言った。

「そうあなたは思ったわけだ、あの曲を聴いて」と真行寺は投げ返した。

「そうです。あなたが知っていること、あなたが知っていると思っていること、これは聞いてみたいと思いました。そして今、連れてきたふたりの素性を知ってますますあなたは、私がやろうとしていることを知っているのではないかと思うようになりました」
真行寺はスマホを取りだし、そこに書いてある歌詞を読み上げた。

1

俺はお前を愛していた
お前は俺のもの　そう思っていたよ
しかし　あの満月の夜に
あいつは突然あらわれた

お前は俺を愛してた
俺はお前の愛のターゲット　そう思っていたよ
しかし　あの満月の夜に
お前はあいつに奪われた

一人になった俺は　俺の道《ダルマ》を行くだけさ
一人になった俺は　俺の務め《ダルマ》を果たすだけ

務めを果たせ
務めを果たせ
務めを果たせ
務めを果たすんだ

恋人よお前はすべてのダルマを捨てて
いたわってもらえばいい　あいつに

2

俺とお前はダリットさ
俺たち固い絆で結ばれてる　これは確実だ
だから　あの満月の夜に
俺はあいつを殴り殺した

俺とお前はダリットさ
お前に俺は希望を託した　俺たちの希望を
だから　あの満月の夜に

あいつの耳と口に俺は油を注いだ
お前は　お前のダルマをやっちまってくれ
一人になった俺は　俺のダルマを果たすだけ

務めを果たせ
務めを果たせ
務めを果たせ
務めを果たすんだ

恋人よ古いダルマはすべて捨てて
新しいダルマに庇護《ひご》を求めろ

「一番と二番では〝YOU〟が指すものがちがいますね」とエッティラージが言った。

「ええ、ちがいます」と真行寺は言った。「この元歌《もとうた》はアリバラサンが愛聴していた。作った人間がどんな意図で歌ってるのかわからないが、アリバラサンの心の中では、お前と歌われている人間は――」

真行寺は紙コップからコーヒーを一口飲んで、

「あなたの妹だ」と言った。「と同時に彼の恋人だった」

エッティラージは、肯定も否定もせずに、静かに真行寺を見つめていた。

「これは刑事の勘で言っているだけですが」と真行寺は言った。

「いや刑事のと言うより、真行寺さんのですね」と黒木が微調整を施した。

「どういう風にその結論にたどり着いたのか、教えてください」とエッティラージが訊いた。

「さっきの曲をアレンジした弟は貧乏なくせに、金がかかる私立大学の高等部に通っている。勉強はできないが、音楽の才能はあるようです。一方、全く才能はないんだけれど、血筋だけはいい自称ミュージシャン、言ってみればボンクラのバラモンがいて、弟はこいつを馬鹿にして、逆に殴られたりしていた。俺は、なぜバラモンが弟をそこまで目の敵にするのか不思議だった。実は弟のガールフレンドに目をつけていたということがわかった。どうしてわかったかというと、たまたまその馬鹿が弟のガールフレンドをレイプしようとしていたところに俺が出くわしたからだ」

「それでどうしたんですか」

「アリバラサンと同じようなことをやった」

「アリバラサンと同じこと？」

「同じことではなく、同じようなことだ。俺は絞め落としたが、殴り殺しはしなかった。また、熱油《にえあぶら》を耳と口に注ぐようなこともしなかった」

「そのあとどうしたんですか」

「交渉した」

「警察へは」

「込み入った事情があって届けなかった。被害者もそれを望んではいなかった」

「弟さんにはどう知らせたんですか」

「言っていない」

「なぜ」

「言わないでくれと彼女が言ったからだ。彼女はなぜそう言ったのか。アリバラサンのように、カッとなった弟がバラモンをぶち殺せば、俺は弟を逮捕しなければならない、そんな悲劇はたくさんだ、そういう口ぶりだった。けれど、彼女の本音は少しちがうと思う」

「では彼女の本音は？」

「レイプされかかったことを弟に告げたとしても、彼になにができるのかを考えたんだ。たぶん彼にはなにもできないと彼女は判断した。俺もそう思う。せいぜい嫌味な悪戯《いたずら》を仕掛けるくらいだ。それは不憫《ふびん》だし情けないし、そんな状況はふたりの関係にいい影響を与えないだろう、そう思ったわけだ」

「なるほど。では、そう思ったあなたはどういう選択をした」

「だから交渉した」

「賢明だと思います」

「賢明だけど、俺は自分のやり方があまり好きじゃない。アリバラサンのほうが好きだ」

「どうして」

「ロックっぽいから」

隣で黒木が思わず吹き出した。真行寺は続けた。

「ではアリバラサンの話をしよう。アリバラサンはあなたの妹が、つまり自分の恋人がレイプされたと知って、怒り心頭に発した。しかし、警察には届けなかった。その理由はよっぽど単純だ。ダリットの女がバラモンの男にレイプされてもインドの警察はまともに動こうとしないと判断したからだ」

思わず黒木が、時任を見て「マジっすか」と言った。時任は「ありえます」と言った。

「だからアリバラサンは最初から警察をアテにしなかった。それで周到に計画を練って三名を次々と殴り殺した」

黒木は大きめのスマホの画面を見せた。そこには終業後のレストランで、飯を食っていた三名が何者かに鈍器で撲殺されたと報じるニュースがあった。

「これがどうしてアリバラサンのしわざだと言えますか」とエッティラージは言った。

「それは、この事件をどうやって見つけたかを話したほうがわかりやすい。東京で殺されたベンカテッシュの耳と口には油が注がれていた。アリバラサンがダリットだと知った俺は、このバラモンの耳と口に注がれた油に復讐の匂いを嗅ぎ取った。ダリットからバラモンへの復讐となると、カースト制度のことをいやでも考えてしまう。それで俺は図書館に飛び込んで、『マヌ法典』を頭から読んでいった。そこで見つけたんだ。『シュードラが、傲慢にも、ブラーフマナにブラーフマナの果たすべき務めを説くようなことがあったならば、王は熱した油をシュードラの口と耳に注ぐべし』ってのをね。垂らされた油は復讐心の表れだと確信できた」

「なるほど」とエッティラージは言った。

「次に気になったのが、『マヌ法典』のこの一説に〝務め〟という文字があったことだ。〝務め〟ってのは、弟がアリババラサンから借りたCDに入っていた曲でも歌われている。歌詞を訳してもらって俺はそう知ったんだ。いったいこの〝務め〟ってのはなんだ、例えば英語ではどう表現されているんだと思って俺は『マヌ法典』の英訳を探した。ネットにフリー版があった。サンスクリット語の対訳だ。文書全体に〝Oil〟で検索をかけると該当箇所はすぐに見つかった。dutyと訳されていた。俺はこのやり方をインドの事件でも使ってみることにした。ボビーボビーに連絡して、Oilの検索で引っかかる殺人事件がチェンナイ界隈で起こってないかを調べてもらったんだ。そして発見したのがこの事件だ」

「で、このチェンナイの殺人事件とアリババラサンが東京で起こしたとあなたが思っている事件とは、油という共通項があるわけですね」

「そう。チェンナイでも、殺害された三人の耳と口には熱油《にえあぶら》が注ぎ込まれている。念の為、被害者三名のファミリーネームを時任さんに確認してもらった。典型的なバラモンの名字を持っていた。ここで二つの事件が太い線でつながったわけだ」

エッティラージは薄く笑った。

「けれど、チェンナイで熱油を注ぐなんて変なことやって、もう一度東京でもやるなんて、あまりにもわかりやすすぎませんか」と黒木は言った。

「まったくだ。逮捕されたくなければこんなことはしないほうがいい」

「だったら、この油垂らしはひっかけで、この二つの事件がともにアリバラサンが犯したものだと決めつけるのは危ないって考えたほうがよくないですか」

「いや俺はそう考えない」

「じゃあ、危険を冒してまで、こんな印《しるし》を残したのはなぜなんです」

「復讐の意志を示す欲望があまりにも強かったからだ」

「つまり、『このバラモン野郎のざまを見ろ』ってことですよね。そこにご丁寧にダリットのサインまでしてある」

「もちろん、そんなことをすれば捕まる確率は上がる。けれど人間には感情ってものがあるからな。それほどの憎しみがあったにちがいない、と俺は考えた」

「じゃあ、そのチェンナイの事件なんですが、具体的には何に対して復讐したんですかね」

「そこで、俺の推理は飛躍するんだよ。きっと大切な女があの三人にレイプされたのだ、と」

　このような黒木とのやりとりを聞いていたエッティラージは、

「実に飛躍しています」と首を振った。

「俺がそう先走ったのは、さまざまな要素と偶然が絡み合った上でのことだ。ひとつは、俺の弟が、自分はスクールカーストの最底辺に位置しているとやや自嘲気味に語ったこと。俺の弟のガールフレンドが、バフモンっぽい馬鹿に目を付けられレイプされかかったこと、そのガールフレンドが日本ではいわゆる〝在日〟と呼ばれるマイノリティであったこと。その彼女がつぶやいた〝似たもの同士〟という単語、俺の上司がくれた〝逆方向から考えろ〟という提案などが結びついた」

「そういう推理をして間違うことはないのですか」とエッティラージが訊いた。

「だから間違っていると思ったら、すぐ撤回しなきゃならない。では確かめよう」と真行寺は言った。「あなたはダリットですか？」

「そうです」

「私はあなたを上位カーストだと思っていた」

「なぜ」

「高学歴で知的職業についているから。そして、ダリットを連行して彼らを実験材料にしていると思っていた」

「それは外れていませんよ」

「そうだ、実験材料にしているのは事実だ。だから、アリバラサンはそれをネタにあなたを恐喝して東京にマドラスを出店させたと俺は考えてしまった。しかし、私の上司から〝逆は考えられないか〟というアドバイスをもらった。この助言と、弟のどこか育ちの良さそうなガールフレンドが、自分と弟を〝似たもの同士〟と表現したこととが結びついて、俺の推理を方向転換させた。あなたはダリットだ」

　俺とお前はダリットさ。黒木の歌声が聞こえた。

「そう、アウトロ以外は、二番の歌詞のIはアリバラサン、YOUはあなただ、そう思いながら俺はあの歌詞を書いた」

「あのー、いいですか」とおもむろに時任が口を挟んだ。「しかし、こうして面と向かってみると、あなたの顔立ち、風貌は典型的なバラモンのように見受けられるんですが」

　そんな風にわかるものなのか、と真行寺はいぶかしく思った。俺にはインド人の顔なんてのは、大きく一括《ひとくく》りでインド人としか見えないぞ。

「ぷらてぃろーま」とエッティラージが言った。

　この語は訳されずに外国語のまま真行寺の耳に届いた。

　黒木も首を傾げている。

「ギャクモウです。サカゲ。逆さまの毛」時任が解説を施した。

　――逆毛《ぎゃくもう》。真行寺と黒木が声を合わせた。

「追放されたバラモンを意味する符号です」

「そう、私の五代ほど前の先祖にはバラモンの女性がいます。しかし、ダリットの男と恋愛して結婚したことが原因で、一族から、カーストの最底辺へと突き落とされたわけです」エッティラージは笑いながら付け足した。

「ということは、あなたはバラモンの血を引いたダリットだということですね」と真行寺が訊いた。

そうなります、と言ったエッティラージの顔はどこか誇らしげなものに見えた。

「そのバラモンの顔立ちの特徴量はコンピュータが学習できるものでしょうか」

いきなり訳のわからないことを言い出したのは黒木だった。

この質問にエッティラージは意味ありげに薄く笑って、「できます」と言った。なんだ特徴量ってのは？　そのあたりはコンピュータ技術者同士でやってくれと思った真行寺は、

「話を戻そう」と言った。

「アリバラサンはあなたの妹をレイプした男三人を殺害し、憎しみと復讐の痕跡を彼らの口と耳に残した」

「それは私にはイエスともノーとも言えない」

「それでいい。ただし、彼らが殺される半年前、こんな事件が起きている」

黒木がまたスマホをテーブルに置いて、その画面をエッティラージに向けた。

「ダリットの少女らが村の外れで集団レイプされたことを報じる記事だ。ただのレイプじゃない。三人の男たちは少女たちに性的暴行を加えた上に、さらに殴りつけ、性器に屈辱的な傷跡を残している。鉄パイプを使ってな」

スマホの画面に浮かぶ記事をエッティラージは見なかった。見るまでもないというように。役目を終えたスマホを黒木が引っ込めた。

「この少女の中にあなたの妹がいるはずだ」

エッティラージは肩をすくめた。

「しかしこの事件は、ダリット側が訴えたにもかかわらず、警察側はこれを黙殺した。ところが、この三人のバラモンは、終業後の店で突然誰かに殴り殺されちまう。常日頃から体が大きく格闘技の経験もあり、上位カーストに対してひるまないアリバラサンが怪しいと噂が立った。また、レイプされた少女のひとりをアリバラサンが可愛がっていることも知っていたのかもしれない。殺された三人の仲間は大挙してダリットの村に向かった。ダリットの少女がレイプされても警察はなかなか動いてくれない。ところが、ダリットがバラモンを殴り殺したということにでもなれば、犯人の親族全員を殺しても警察は見て見ぬふりをしてくれる。まったく俺には信じられない話だが――」

ありえます、という言葉を時任がまた繰り返した。

「しかし、彼らがダリットの村に着いたとき、そこには誰ひとりいなかった。その日の未明、北海海運がチャーターした大型タンカーに乗って村人全員がインド洋を日本に向かっていたからだ」

エッティラージは軽くうなずいた。それが、村人をタンカーに乗船させたことだけに対するものなのか、アリバラサンのバラモン殺しと村人全員の脱出計画を踏まえてのリアクションなのかはわからなかった。

「ここでも俺は間違っていた」

そう言ったあと真行寺は唇を湿らせた。

「あなたたちは空路を避けた。なぜだ。村人は、一挙に、全員で、人知れず、消える必要があったからだ。でも、なぜ？　その理由を俺は、もし村人がごっそりいなくなることがわかれば、ダリットが担当していた仕事をやる人間がいなくなり、それを必要とする近隣の村や町が出国を阻止するからだと見当をつけた。しかし、本当の理由はもっとずっと切実だ。村に残っていれば殺されるからだ」

エッティラージは黙っていた。沈黙だけで充分だ、と真行寺は思った。

「さて、アリバラサンも船に乗って皆と一緒にこの研究所にやって来た。ここにいればおそらく彼は安全だったろう。しかし、アリバラサンはここを辞めて東京に出て店を持った。不運にも、同じチェンナイ出身者のバラモンが食べに来た。ベンカテッシュだ。ベンカテッシュは店に飾られたパドマーヤールのフィギュアを見て、店主がダリットだと気がつき、仰天した。そして彼の脳裏に、ダリットの村から村人全員が消えた事件のニュースがよぎった。彼らを乗せた船が日本に向かったことも噂に聞いていた。インド人は『俺は俺だ、文句があるか』って感覚では生きていない。日本に着いたあと彼らがちりぢりになっているとは考えにくい。必ずどこかでまとまって暮らしているはずだ。店主は北海道から東京に出てきた、とウエイトレスから聞いたので、ベンカテッシュは旅行代理店に出向き、北海道でインド人が大勢集まっている場所を尋ねた。それをスタッフがインド人に人気のあるスポットと誤解したんだよ」

誰かのスマホが鳴った。その音は真行寺のポケットで鳴っていた。ディスプレイには「門

当てた。

真行寺はスマホを摑んで部屋を出ると、廊下に立って、イヤホンをしていないほうの耳に

「休憩にしましょうか」と黒木が言った。

脇」という文字が浮かんでいる。

——北海道にいるんだって?

「ええ、所長と会ってるところです」

——行くなら言ってくれよ。つきあったのに。

そんなもっともらしい台詞を吐くのは、捜査に手を焼いているからだ。

——なにか摑めたか。そろそろケツに火がつきそうだぞ。

真行寺は黙って相手の出方を待った。

——アリババラサンってやつはインドで三人殺してるらしいな。

「どこからの情報でしょうか?」

——インドの警察がそう言ってきている。アリババラサンの身柄を拘束したらやつらも事情聴取をしたいそうだ。指紋を採取してそのデータを送ってくれなんて注文もきたよ。

この口ぶりから察するに、インド側もはっきり証拠をつかんでいるわけではなさそうだ。おそらく、殺された三人の仲間は、自分たちでアリババラサンを殺すつもりでいたから、アリババラサンのことは警察には何も話していないのだ。それゆえ、警察の捜査線上にアリババラサンは浮かばなかった。ベンカテッシュの口と耳に熱油《にえあぶら》が注がれていると日本から知らされ、

アリバラサンの容疑がとたんに濃くなったんだろう。

「CBIがそう言ってるわけですか？」

――CBI？　なんだそりゃ。

「インドのCIAですが、そっちから圧力が外務省にかかっているのでしょうか」

――いや、州警察かな。

「だったら圧力じゃなくて、単なる問い合わせじゃないですか」

――外務省を通じてだぞ。

「インドの警察が日本で殺害されたインド人の事件について問い合わせる場合は、基本的には外務省経由ですよ。アリバラサンにはまだ国際指名手配は出ていないわけですよね」

――それはまだ聞いてないな。

「じゃあ、無視していいレベルです」

　真行寺はよく知りもしないくせに適当なことを言って切った。しかし、この電話は、まずやらなければならないのはアリバラサンの身柄確保である、ということを真行寺に思い出させた。まずいなこっちは何も進展していないぞ、と思った。と同時に、これについてどこかしら軽く考えている自分に驚きもした。いかんいかん、と思いながら立っていると、通路の向こうの角からワゴンが現れてこちらに向かって来て、それを押すサリーを着た女と目が合った。女は真行寺に微笑みかけると、さっき彼が出てきたドアを開けて、中に入って行った。

　きれいな女だったなとそっちに気を取られている自分にはっとして、とにかく、アリバラサンのことはほうっておくわけにはいかないぞ、と気を引き締めた。しかし、先に確認したいことが山ほどある。そちらのほうがよっぽど重大なのだ。では、この後どうやって攻略していけばいい。部屋に戻ると、テーブルの上には彩り豊かな食品が並べられていた。

「食事はまだですかと聞かれて」と時任が言い、

「まだです。腹が減ってます、と僕が答えました」と補足したのは黒木だった。

多少まごつきながら席に着いた。昔の刑事ドラマには、取調室で刑事が被疑者にカツ丼を食わせて落とすという現実にはあり得ないシーンがよく出てきたが、事情聴取している刑事が食事をふるまわれるというのは、ドラマでもお目にかかったことがない。もちろん、事件の関係者に飯を振る舞われるなんてのは、好ましくないだろう。しかし少なくとも、今のところエッティラージにはなんの嫌疑もかかっていない。かけようと思えばかけられるが、今この時点ではただ事情を聴いているだけだから、食ってもいいかな、と思った。

横を見ると黒木はもうカレーをほおばっている。通ぶって指なんか使って黄色い飯《めし》をつまみ、ワゴンを押してきた美女に、ナンドリーとか言ってやがる。相手が笑みを返したところを見ると、通じているらしい。美しい娘はワゴンを押しながら出ていった。その足をわずかに引きずっているのを真行寺は見逃さなかった。真行寺はエッティラージを見た。その視線を受け止めて、

「妹です」とエッティラージが言った。「あの事件以来、走ることはもうできなくなりました」

自分の妹がレイプ事件の被害者だと認めた瞬間だった。

アリバラサンがチェンナイで三人を殺した動機はこれでほぼ固まった。となるとインドでの殺人に関しては、エッティラージとアリバラサンの共謀を疑うことができる。そして、自分の妹を障害者にした男たちをアリバラサンが殴り殺してくれたことを考えれば、東京に店を持ちたいとアリバラサンが言えば、所長のエッティラージが力を貸すのも当然だろうし、さらに、東京でバラモンをひとり殺してしまった、と告白されて頼られれば、エッティラージが研究所のどこかにアリバラサンをかくまうのも自然な流れに思える。

さて、ここまでくれば、この所長は完全な共犯者となってしまう。真行寺は目の前のカレーを食っていいのかどうかまた迷った。贅沢を言わせてもらえれば、妹がチェンナイのレイプ事件の被害者だということは、食ってから教えて欲しかった。まあいいや、と真行寺はカレーを指でつまんで口の中に入れた。俺の舌にはちょっと辛《から》い。水を飲んだ。ここのところカレーばかりだ。

「完全自動運転のプログラムはすでに完成しているのですか」

指を舐《な》めて、真行寺は向かいのインド人に話しかけた。

「ええ、基本は。あとはどんどん走らせて、学習させていけばいいだけです」

「このブルーロータス運輸研究所ではその学習をやらせているわけですよね」

「そうです」

「ここに住んでる人たちがかなり危険な横断をしているのは、車に学習をさせるためですね」真行寺はさらに訊いた。

カレーをつまみながらエッティラージがうなずいた。

「かなりスピードを出している状態で歩行者が予期せぬ動きをする、そういった状況を意図的に作り出して、これに対応できるようにプログラムを改良していくんです」

「つまりあなたはここで暮らす人々を生命の危険にさらしているわけだ」

「そうです」

「この実験で命を落とした人間もいる」

「いますね」

「それに対してはどう思っている」

「彼らは彼らのダルマを果たしたと思っています」

ダルマ、つまり道、つまり義務。

「より大きな高いダルマへ、彼らの命を捧げることで近づいた、と私は考えています」

「あなたは自分が書いたプログラムがより大きなダルマだと言ってるんだね」

「まあまあ」と黒木が割って入った。「その話はいずれしなくてはならないでしょうけど、今はそっちに話を持って行かないほうがいいんじゃないですか」

そう言われて真行寺は黙った。代わりに黒木が口を開いた。

「先に言っておきますが、危険な状況を意図的に作り出し、その中でプログラムを走らせて実験し、その危機を回避できるようにプログラムを修正していくことは、無人運転の実用化には極めて有効です。無人運転は緊急時にマニュアルに切り替えることはできないから、相当にシビアな状況での実験が理想とされます。けれど、危険な実験の被験者になってくれる人はそうはいない。だけど、ブルーロータスではその実験が実現している。ソフト・キングダムがエッティラージさんの企画に魅力を感じて投資した理由はおそらくここにあります。ということは、真行寺さんがしなければならない質問ってのはなにか。それはここにいる人たちが強制連行され、閉じ込められ、強制的にこのプログラムに参加させられているのかどうかの確認です。まあ答えは出ているようなものですが」

真行寺はうなずいた。彼らは納得してこの計画に参加している。確かに危険にさらされてはいるが、その見返りとして、健康的で衛生的な環境が確保され、豊かな食事が提供されている。事故が起こった場合は、労災として扱われ、充分な補償金が支払われる。若い連中には勉強する時間や機会が与えられ、ここで身につけた技術や知識を外に売り込んでもいい。起業することも可能だ。研究所での暮らしが、日常的な差別の中で極貧にあえぐインドでの生活よりずっといいことは容易に想像できた。

「どうしても事故が回避できない状況でのプログラミングについて伺いたいのですが」と黒木が言った。

「どうぞ」

「基本的には、功利主義にのっとってプログラミングされているのですか」

「そうです」

「それはかなり細かく設定されているのですね」

「はい、それを極めることこそが私のダルマです」

またダルマかよ、と思いながら、

「その功利主義っていうのはなんだ」と真行寺は訊いた。

「みんながなるべく幸せになるようにしよう、不幸にならないようにしよう、最大の幸福と最小の不幸が実現できていればよし、結果オーライの考え方だと思ってください」と黒木が説明した。

「それがどう無人運転車と関係するんだ」

「だからそのような考えに基づいて車の動きを決めるんです」黒木は後を続けた。「目の前にふたり飛び出してきた。進路を変えなければふたり撥《は》ねてしまう。しかし進路を変えてもそこにもまた人がいて、ひとり撥ねてしまう。この場合は、ふたり撥ねるよりも、ひとり撥ねるほうが全体の不幸は小さくなる。功利主義でプログラムすれば、車は進路を変えて、ふたりを避け、ひとりを撥ねることになります」

「なるほど」

と言った真行寺だったが、実はこのような会話はすでに黒木とGmailでやりとりしていた。口頭でもう一度それを再現したのは、この方面からエッティラージに切り込んでいくためのウォーミングアップである。

「ただしこれはすごく単純化したモデルです。複雑な現実に対応するためには、もっともと複雑な選択をプログラミングしていかなければなりません」

　黒木がこう言ったのを合図に、真行寺はフィンガーボウルで指を洗って、手帳を取り出した。

「当研究所で起きた死亡事故についての室蘭署の調書によれば、当研究所から届け出のあった事故はこの二年の間に十件。そのうちの七件が最初の年に集中している。その七件のうちの五件が最初の半年で起こっていて、その後徐々に死亡事故の間隔は開いていく」

「プログラムが更新されるにつれて事故を回避する能力が高まったからでしょう」と黒木が言った。

　エッティラージはうなずいた。

「しかし、おかしなことに気が付いた」と真行寺が言った。「事故で亡くなった人間の性別は男五人、女五人。きれいに半々に分かれている」

「まあそのくらいのサンプル数では何とも言えませんが、少なくともこの時点では、男女のどちらに不幸になってもらうかというプログラムの意図は見えないってことです」と黒木は言った。

「けれど、年齢差ということになると話はちがってくる。死亡した十人の中で最も若いのが六十八歳。つまり犠牲者はすべて老人だ」

「もっとも、老人は運動神経が鈍化していること、また、体がもろくなっていて、ちょっとした打撃でも致命傷になりうることを考えれば、不幸を老人に押しつけるという意図をプログラムに読み取るのは難しいかな」と黒木が言った。

　エッティラージが笑った。

「僕がしなければいけない反論をボビーボビーが言ってくれている」

「それでも、調書をじっくり読んで気になったことがあって」と真行寺は言った。「撥ねられた老人はみな急カーヴを切った車に撥ねられている。なぜ急に進路を変えたのかというとそれは別の者を避けようとしたからです。しかし、避けられた者はすべて一名。つまり、ここには被害者の数を減らすというプログラムは働いていない」

「そうですね」とエッティラージは認めた。

「しかし車が追突を避けた者は、十五歳、二十二歳、三十四歳、五十七歳、二十八歳、三十九歳、八歳、四十六歳、三十七歳、十九歳と、いずれも撥ねられて死んだ者たちよりも若い」

　エッティラージはうなずいた。

「これはプログラムが意図した結果としか思えない。若者を生かし老人を殺すという選択は、そのほうが全体の幸福が大きいという判断に基づいているのですか」

「そうです」

「犠牲者を若者ではなく老人にすることが社会全体の不幸を減らすことにつながると考えているわけですね」

　そういうとエッティラージは不思議そうな顔つきになって、

「そうじゃないんですか」と訊き返した。

「そう思ってるわけですね」真行寺は念を押した。

「はい。私は思っているし、世間もそのように思っていると私は思っています」

とエッティラージはあっさり認めたあとで、ふと視線を翻し、

「ボビーボビーさんはどう思いますか」と黒木に訊いた。

「ほとんどの近代社会は同意してくれると思います」

黒木はエッティラージの肩を持つような発言をした後で、

「ただ一部では、そのような選別を誰かがプログラムしているということに、気持ち悪いと感じる人もいるでしょうが」と付け加えた。

「そこだよ」と真行寺は言った。「俺には抵抗感がある」

「だったらいっそプログラムを一切なしにして、これは回避せずに、ブレーキはかけるけれども進路を変更することなく、間に合わなかったらそのまま撥ねる、という選択もあります」と黒木は言ったあと、「ただ、どちらが社会の損害を軽減できるかといえば、断然所長のプログラムのほうでしょうね」

「なぜ」と真行寺はあえて訊いた。

「一般論で言えば、七十過ぎのお爺ちゃんがこれから大きく社会に貢献するということはあまり考えられないでしょ。七十ともなると、死んで家族が路頭に迷うってこともあまりないじゃないですか。逆に十五の少年が撥ねられるってケースはどうでしょう。彼はこれから成

長して社会に貢献する可能性が大きい。日本を救うようなイノベーションをもたらすかもしれない。また、同じ死という不幸でも、七十年間たっぷり生きたあとと、十五での突然のエンディングとでは、後者のほうが不幸が大きいとみなせる。『お爺さん、これはもう寿命だと思って諦めてくださいね』って言っても罰《ばち》は当たらないんじゃないか。これが四十代くらいになると扶養の責任がある。となると社会にとってダメージが少ないのはやはり老人だ。日本を例にもっと露骨に言ってしまうと、我が国はこれからどんどん高齢化が進み、その負担が若い層にのしかかっていくのだから、そのことを考えれば、こういう局面で若者の命を救って老人を撥ねとばす、という選択に異議を唱える人はますますいなくなると思いますよ」黒木は一気に喋った。

「ありがとうございます」とエッティラージは言った。

「けれど、七十過ぎの老人が日本社会の貴重なリーダーである可能性もあるだろう」真行寺は反論した。

「ありますね。ただそういう貴重な人材は世間に情報が出回っていますから、そこから引っ張ってきて登録し、特別枠を作るなんてことは簡単ですよ」と黒木が言った。

「できます」とエッティラージは請け合った。

「できるとしたら、どうなるんだ」と真行寺は訊いた。

「その人だと認識できたら、その老人は撥ねない。逆に凡庸な若者を撥ねる。え、なんで？とみんなが一瞬思うんだけれど、助かったのはノーベル物理学賞を受賞した大学教授であるとわかると、皆は納得する。それどころか、さすがだと感嘆するかもしれない」と黒木は言った。

「そうなるかな」

「なりますね」

エッティラージはうなずいて、「いい人を連れてきてくれた」と言った。

「じゃあ、そういう選別をどこまでやるんだ」

「そう、どこまでやるかというのが問題なんです」と黒木は言った。

「どういう風に問題なんだ」

「というのは、最大多数の最大幸福、最大多数の最小不幸というお題目を掲げてやろうと思えば、どこまでもできるんです。例えば登録されていなくても高ＩＱ人間の特徴量っていうのを学習させてやればかなりの確率でコンピュータはそれを捕まえ、頭のいいやつは殺さないって選択をすることができます。この特徴量を学習させるというやり方を積み重ねていけば、いやひょっとしたらもうやってるのかもしれませんが、性別はもちろん、人種だって簡単に識別できます。職業、ＩＱ、ひょっとしたら政治的な立場まで把握することができる。これをどこまでやるかというのは非常に難しいところなんですよ」

「しかし、こう言っちゃ悪いが」と真行寺は言った。「たかがＩＴの技術者にそこに手を突っ込ませていいんだろうか」

「じゃあ、突っ込まれるのが誰の手であれば納得できるんですか」

「どう言っていいかわからないんだが、もっと高い次元の存在じゃないのかな」

「国土交通大臣ならどうです」

「冗談じゃない」

「でしょ。ということは真行寺さんが納得するのは〝神の手〟なんですよ。でも現代には神はいない」

「いいのか」と真行寺は若い宗教学者を見た。

「いやまあ」と時任は言葉を濁した。

「神はいないが言い過ぎならば、神はプログラムを書いてくれないと言い直しましょう。プログラムは人間が書くしかない。自動運転や無人運転を実現させるというのはそういうことなんです。それがおぞましいというのならばやめるしかない。でも、やめられますか」

真行寺はかすかに首を振った。

「そう、無理なんですよ。地方はどんどん過疎化している。村落は孤立していく。バス会社は過疎の村には定期便を走らせられなくなる。じゃあどうやって老人は病院に通うのか。そんな時ブロックチェーンを利用したロータスのサービスが実現すれば、かなり助かる。便利だ。素晴らしい。けれどその裏にはいま言ったような、誰がそれを書くのかという問題が潜んでいるんです」

黒木がそう言うと座は静まりかえった。

「何か飲みましょう」とエッティラージが静かに言った。

続けて、チャイでいいですかと訊き、グッドアイディアと黒木が言ったので、エッティラージはスマホを耳に当ててタミル語で何か伝えた。一分もしないうちに、妹がふたりの若い男を連れてやって来て、カレーの皿を下げたあと、すっきりしたテーブルの上に素焼きのカップを置いてくれた。

「アリバラサンからなにか連絡はないか」

真行寺は気軽な調子で妹にそんな言葉をかけてみた。

妹は困ったように笑って兄を見た。兄がタミル語で何か言った。妹が何か返した。連絡はないそうです、とエッティラージの英語が日本語になって、真行寺が耳にさしたイヤホンで鳴った。

そんなことはないだろう、と真行寺は思った。食事くらいは差し入れしているはずだ。恋人がここに身を隠しているのだから。それに、ここに住むほかのダリットにとってもアリバラサンは英雄だ。警察に売ったりするものか。ここを出て東京なんかに来なきゃよかったんだ馬鹿。真行寺は頬杖をつきながら、チャイに添えられたビスケットをボリボリ嚙んだ。アリバラサンはこれからどうするつもりなんだろうか。研究所から出ればインド人は目立つ。指名手配書が回れば、すぐに通報されるだろう。かといってバラモンを四人も殺したダリットが帰るインドなんてのもないだろうが。

さて、アリバラサンの身柄確保も大切だが、いやむしろそちらのほうが目下の急務なんだが、この流れに棹《さお》さして、さらに奥へと進んでいかねばと思い、真行寺は再び口を開いた。

「チェンナイでの殺人事件はいったん忘れよう。端的に訊きたい。あなたが村からダリットをごっそり連れてきたのは、彼らを社会の最底辺から救出するためだね」

　エッティラージは黙ってうなずいた。

「ということなら、彼らは自主的に無人運転の走行実験に参加していることになり、おそらくこれは法的には問題ない」

「私は日本の法律はよく知らない。そこはモロズミに任せてある」

「了解。とにかく、ダリットの仲間たちの協力を得て、あなたは非常に危なっかしい実験を行っている。そして実際に十人死んでいる。さらに、警察の記録には残ってないが、かなりの数の負傷者も出しているはずだ。しかし、その死者と負傷者の分だけ、走行実験データは豊かになっている。それがこのブルーロータス運輸研究所の強みだ」

「そうであることを願っています」

「けれど、強みはそれだけだろうか」

「と言いますと」

「あなたはさっき特徴量という言葉を使った」

「ええ」

「これはコンピュータに、たとえば男女の区別をさせる時、男とは、女とは、というような本質をなにも教えずに、女と男の画像をとにかく大量に見せていく。そうするとコンピュータが勝手に男の特徴、女の特徴を覚えていき、コンピュータが吸収した特徴量が積もり積もっていくと、男女の区別がまず間違いなくできるようになるというものですね」

「まあ簡単に言えばそうです」とエッティラージは言った。

「こういった学習法は人種の識別などにも適用できるだろうね」

「もちろん」

「ロータスに搭載しているコンピュータは、人種などにも反応するようにしているんですか」

「それはどうにでも可能です」

「可能であるということは、識別してアクションを起こさせるかどうかはともかく、識別できるようにはコンピュータにデータを与えてるわけですね」

「はい。まずインドで実験を行っています。提携先のTATAN自動車が二十四時間、目抜き通りから狭い路地まで入り込み、搭載したカメラで映像データを集め、それをコンピュータに読み込ませて学習させています。ちょっと見てみますか」

　エッティラージは目の前のテーブルの表面を指先でつついた。そこに嵌めこまれていた蓋が指ではじかれて裏返り、その下からいくつかの操作ボタンが現れた。続いてそれをちょいと叩くと、照明が少し暗くなって、部屋の四方の壁が碁盤の目のように細かく区切られ、そのいちいちに映像が映し出された。よく見ると、どれもみなインドの夕暮れの町で、移動撮影によって道ばたの人々が捉えられていた。現在のインドです、このあたりはチェンナイ、そこらへんがデリー、そしてムンバイ、あっちはコルカタかな。こうしてみると西のほうの街はまだ少し明るいですね。四六時中こうやって路上からの映像をコンピュータに見せて、覚え込ませ、特徴量を把握させていくのです、とエッティラージが言った。

「まず何を学習させたんですか」と黒木が訊いた。

「ヒンドゥー教徒とイスラム教徒と仏教徒、そしてシーク教徒、ゾロアスター教徒を識別させました」

「識別できるものなんですか」と訊いたのは時任だった。

「大量に見せて明らかなエラーを修正してやれば、人間よりも正確に識別するようになります。定期的に実験をやっていますが、今は一〇〇%に近い精度で識別できています」

「一〇〇%に近いというのは、ほんの時たま間違うことがあるということですよね。それはどういう場合ですか」

「ファッションでヒジャブを被った観光客をイスラム教徒と、またヒンドゥー教徒がふざけてターバンを巻いたのをシーク教徒と間違えたことがあります」

「そりゃあ間違うよ」と黒木が笑った。

「ただ、すべての判断は確率を出させているのですが――」

真行寺が首をかしげたので黒木が、

「ここで言う確率ってのは、コンピュータが下した判断の確からしさ、〝この人はイスラム教徒である〟と判断したときにコンピュータが持っている自信の強さだと考えればいいですよ」と解説した。

「そうです。先程の判断が誤った事例では、四〇%以下という自信の弱さをコンピュータが申告していました」

「ということは、自信のほどが五〇%に満たない判断をかき集めて、その中から明らかに正しくないものを修正してやれば、ますます正しい判断ができるようになっていくわけです」

と黒木がさらに解説を加えた。

「たとえば宗教の識別は現行のロータスのアクションに反映させているのか」と真行寺が訊いた。

「いいえ」エッティラージは首を振った。

「そりゃそうでしょう」と黒木が言った。「いくらプログラマーがヒンドゥー教徒だからって、ヒンドゥー教徒を避《よ》けてイスラム教徒を撥ねるようなプログラムを書くのは問題だ」

「功利主義的にもまったく意味がありません」

そう言ってエッティラージはまた手元のボタンを操作して、四方の壁に蠢くおびただしい映像を消すと、部屋の灯りを戻した。真行寺が口を開いた。

「モデルのひとつとしてお聞きしたい」

「なんでしょう」

「まっすぐ進めば道に飛び出してきたヒンドゥー教徒を撥ねる、これを避けて急に進路を変えればイスラム教徒を撥ねることになる。選択肢がこのふたつしかない場合、ロータスはどのような動きをするんですか」

「ヒンドゥー教徒を撥ねます」エッティラージはきっぱりと言った。

「飛び出してきたのがイスラム教徒の場合は」

「イスラム教徒を撥ねます。さっき申し上げたように、宗教や宗派はアクションに反映させていません。交通法規を無視して、急に道に飛び出してきたものが撥ねられるべきです」

真行寺は手元のチャイのカップを取り上げて、ひとくち飲んだ。いよいよここからだ。

「ではもう少し突っ込んだ質問をしたい」と真行寺は言った。「道に飛び出してきたのはヒンドゥー教徒だ。そして、これを避けてもやはりヒンドゥー教徒を撥ねるしかないケースで――」

「ええ」

「道に飛び出してきたのはダリット、これを避けるとバラモンを撥ねる。この場合は？」

エッティラージは手にしたチャイをひとくち飲むとカップをゆっくり置いて、

「バラモンを撥ねます」と言った。

その衝撃的な言葉を浴びた三人の日本人は、カップに手を伸ばし、ひと呼吸置いた。

「飛び出してきたのがバラモンで、歩道にいるのがダリットの場合は」と真行寺は続けて確認した。

「そのままバラモンを撥ねます」

香辛料と一緒に甘く煮出したミルクティーを吸い込む音と、陶器が触れ合う音がいっそう沈黙を重くした。

「本当は、なぜ？　とまず訊かなければならないんですが」と黒木が口を開いた。「訊くまでもないので、ほかの質問をさせてください」

「どうぞ」

「ダリットを避けてバラモンを撥ねると、社会問題になりませんか」

「ならないと思っています」

「それはどうして」

「新しい〝神〟が出現するからです」

この座を再び沈黙が覆った。真行寺は素焼きのカップに手を伸ばした。しかしそれはすでに空になっていた。

「あの、説明してもらってもいいですか」と宗教研究者がようやく口を挟んだ。「私たちは、科学や経済活動を〝世俗〟と呼んで宗教と区別します。コンピュータのプログラミングはまさしくこの世俗の領域であって、それがどういう風に新しい神に変換されるんでしょうか」

エッティラージは黒木を見た。その目は、解説を頼む、と言っているようだった。黒木は、そうだなあ、どこから話そうかな、とつぶやいたあとで、

「まず、ここまで精度の高い自動運転車や無人運転車が走り出すと、とにかく交通事故の件数は激減します」と意外な方面から口を切った。

「それはそうかもしれませんが」と時任は言い淀んだ。

「つまりここでプログラムが人間を超えちゃうわけです。そのことに人はまず感動する」

「それはするかもしれません」

「さらに、どうしても事故が回避できない場合であっても、ほとんどの場合で被害が最小限に収まるような行動を取る。このことにも人は感動するわけです。そうした感動が生まれた後で、コンピュータが不合理としか思えないような選択をする。その時、人はむしろそこに神秘を感じる。エッティラージさんはそういうことを言いたいんだと思う」

「本当かよ」と真行寺は低い声で迫った。

「はい、そういう例は現実にありますよ」

　黒木はまったく動じる様子を見せなかった。

「例えばどんな」

「チェスでも囲碁でも将棋でも、コンピュータと対戦すると人間はもう勝てません。圧倒的にコンピュータのほうが強い。これはすこし前の将棋での話になりますが、コンピュータと人間との対局がテレビで放送されていた。その時、コンピュータの打った手を見て、解説者が頭を抱えちゃったんです」

「どうして」

「その解説者にとって、それはまったくもって意味不明の一手のように思われたからです。さて、そこで解説者は苦し紛れになんて言ったか」

「なんて言ったんだ」

「これは〝神の手〟だと」

ちょっと待ってくれ、と真行寺は言った。

「将棋の場合は、その一手を打った後、コンピュータが人間に勝ち、その勝利によって、指した手の神秘性が保証されるわけだろ。つまり、勝利という正しさがフォローしてくれているわけだ。でもダリットを生かしてバラモンを撥ねるというわけのわからない選択は、どんな正しさに支えられて〝神の選択〟になれるんだ？」

「個別にはありません。けれど、過去のおびただしい正しさがそれを支え、一見でたらめな選択に神秘性を宿すんです。これがエッティラージさんが言う新しい〝神〟の出現です」

ここでまた宗教学者が口を開いた。

「エッティラージさん、あなたはそれを神と呼んでいますが、神というのは本来は自分の外に見いだすべきものです。しかし、実体としてはそれはあなたが書いたプログラムにすぎません。神の手ではなく人間の手で書かれたものです」

時任の口吻《こうふん》には少なからず抗議の調子が含まれていた。

エッティラージはうっすらと笑って、

「そんなことはどうでもいい」と言い放った。

よくない、と真行寺は思った。エッティラージは続けた。

「人々はそれを神と呼び、神として受け入れるだろう。私にはそれで充分です。〝神〟と人々が〝神と呼ぶもの〟はどうちがうんでしょうか。いずれにしても、そのような議論に私はあまり興味がありません」

俺はあるんだ、と真行寺は思った。けれど、捜査のためにやってきた刑事にはそれを追究する時間はなかった。だから、ひと言こう訊いた。

「しかし、そんなことをしていいんだろうか」

「いいと私は思う」とエッティラージは言った。

よくないぞ、と思いながら、真行寺はよくない理由を探した。それは深い霧の向こうにあった。漠としていて、言葉に置き換えられず、彼は沈黙を強いられた。すると突然、エッティラージが、

「このプログラムは呪いである」と言った。その調子は宣言に近かった。

「呪い？」黒木が首をかしげた。

こうなったら宗教学者が頼りである。真行寺は時任を見た。時任はすこし考えてから、

「バラモンってのは僧侶ですよね」と言った。

「それは知っている」

「つまり儀式を執り行うわけです」

「坊主だからな」

「インドでは、儀式での呪文《じゅもん》の言葉には世界を動かす力があると考えられていました。呪《じゅ》力《りょく》を持つ言葉がブラフマンです。そして僧侶がブラフマンを独占していた。つまり僧侶というのは呪文で宇宙を操れる存在だと思われていたのです。だから僧侶たちはブラーフマナと呼ばれました。バラモンってのはブラーフマナの中国読みです」

「つまり、呪いを独占し、呪いをかけてきたバラモンに対して、エッティラージさんは、呪力あるプログラムで呪いをかけ返そうとしているんですね」と黒木が言った。

エッティラージは満足そうにうなずいて、

「カースト制度とはバラモンにかけられた呪いである。この呪いによって何千年にもわたって我々が被《こうむ》った歴史的負債を、新しい呪いをかけ直すことによって少しずつ清算していく。これが私のダルマだ」と宣言した。

「あなたの計画について、投資家たちは了解しているのか」と真行寺は訊いた。

「朴泰明社長は素晴らしいと賛同してくれました」

やはり。エッティラージがアメリカに自分を身売りせず日本を選んだ理由はこいつだ。

「自動車製造ではインド最大手のTATANモーターズも投資してますよね。彼らもこのプログラムに隠された意図について理解を示してるんですか」と黒木が訊いた。

「ええ、TATANグループの創設者はもとはペルシャ出身のゾロアスター教徒の一族で、いまインドを席巻しているヒンドゥー・ナショナリズムには否定的なのです」

そうでした、と時任がうなずいた。どうやらエッティラージはいろいろと周辺を固めたうえで実行に踏み切ったようだ。

「先ほどプログラムはすでに完成していると仰った」と黒木が言った。「ブルーロータス運輸研究所っていうくらいだから、こういうプログラムは、いろんな乗り物に搭載していくことを視野に入れているんですよね、きっと」

「ええ、陸海空とさまざまな場面で、無人化が起こり、移動や運搬のコストが最適化されていきます。まもなく、交通や物流の革命が起こるはずです」

「と同時に、たとえば宇宙空間で宇宙船が事故を起こし、誰かひとりを船外《せんがい》に放り出さなければならないような局面を迎えた時も、誰を犠牲者に選ぶべきかが自動的に判断され、〝実行〟されるようになるんですよね」

「そうです、ただ、言っておきますが、その選択は僕がしているわけではなく、無数の経験を積んだコンピュータが判断しているんです」

「だけど、その種《たね》はあなたが蒔《ま》いたわけだろう」ここで真行寺が口を挟んだ。

「ええ」

「薔薇の種からは薔薇が、ドクダミの種からはドクダミが育つ。そして、どの種を蒔くかはあなたが決めている」

「はい、この種からは薔薇が育つのはわかっている。ただ、どんな薔薇になるかは薔薇に聞いてもらわないとわからない、そういう状況は出てくるんです」

「けれど、種ってのはあなたが書いたプログラムだ」と真行寺はまた言った。

「そうです。それを人間である僕が書いていいのかという質問はさっき受けましたよね。書いていいと思っているし、そもそも誰かが書かなきゃ無人で車は走らない。僕はほかの人よりもいいものを書く自信がある、実際いいものが書けたと思っている。これが答えです」

もう一度攻め込もうとしたところを重い扉で塞がれてしまった。

「真行寺さんは科学技術と倫理や道徳を、対立するものとして考えているのではないですか」とエッティラージが言った。「人間の価値を破壊するのが技術だ、という風に」

「そうかもしれない」

「技術の暴走を阻止し、歯止めをかけるのが倫理や道徳だと考えておられるんですよね」

　真行寺は黙ってうなずいた。

「真行寺さんの中では、技術と道徳が人間をめぐって壮絶な争いをしている」

　からかわれているような、軽くあしらわれているような気がしたが、こちらの心中をうまく言い当てているのだから、否定するわけにもいかなかった。すると、エッティラージはゆっくり首を振って、

「そういう考え方はもう古いんですよ」と言った。「僕がやっている情報技術は科学技術ではないのです。社会技術と呼ぶのがふさわしいと思う。それも政治権力がトップダウンしてくるものではなく、下からじわじわと横に広がりやがては上にのぼっていくような感じかな」

　何を言ってるのかよくわからなかった。しかしまたしても両隣では、若いふたりがうなずいている。日頃から抽象的に考え、本を読み、大量の文字を書いているインテリと、町をほっつき歩いて片っ端からドアを叩き、出てきた人間を質問攻めにして、そこで仕入れたものから因果関係をたぐり寄せようとする刑事との懸隔《けんかく》を感じた。

　苦し紛れに真行寺は、

「薔薇の種を蒔いて薔薇が育つと思って待っていたら、ドクダミになっちまったなんてことは起こらないのか」と訊いた。

エッティラージは少し考えた。その時間は思いのほか長かった。よく考えもせずに投げつけた質問が相手を沈思させたことは意外だった。

「ないと思います」とエッティラージは言った。

すると黒木が、

「ありませんか」と確認した。

再び黙考したあとエッティラージは、

「やはりないと思います」と言った。

また沈黙が来た。沈黙の中で、真行寺は自分の職務を思い出した。被疑者のことである。

「アリバラサンの行方はインドの州警察も気にしている」

エッティラージは肩をすくめただけだった。

「彼はどうするつもりだと思う？」

エッティラージは首を振った。そして、

「ここにはアリバラサンの居場所はない」と言った。

真行寺は考え込んだ。アリバラサンがどこで何をしているのかはいまもってはっきりさせられないでいる。このまま帰ったら、また水野課長にどやされる。エッティラージが無人運転のプログラムを使って、新しい神を出現させ、新しいダルマを遂行しようとしている、なんて話は途中で「もういい」と遮られるに決まっているのだ。

しかし、そもそもアリバラサンの居所をエッティラージは知っているのだろうか。きっと知っている、と真行寺は思った。真行寺は再び口を開いた。

「俺が今日ここで新たに知ったことはアリバラサンはすでに知っているのだろうか。つまり、あなたのダルマを、あなたが作ろうとしている神のことを」

「知っていますよ」とエッティラージはあっさり認めた。

「ならば、それはアリバラサンの神ではないということになる」

「どういう意味ですか」

「たとえ皆がそれを神と呼ぶとしても、自分の手で作り上げたあなたにとっては、それは神にはなり得ない。そして、そのことを知っているアリバラサンにとっても、神になり得ないだろう。つまり、神と呼ばれることはあるとしても、それが神ではないということをアリバラサンは知っているということだ。そんなことはどうでもいいとあなたは言うが、アリバラサンはどうなんだろうか」

「その質問は本人にしてください」

そうだな、と真行寺は苦笑した。「捕まえたら必ず訊いてみよう」

「とにかく、ここにアリバラサンの居場所はない」とまたエッティラージは言った。「彼もここにはいたくないと思っているんじゃないか。ここを探しても無駄だと思いますよ」

ロータスに乗って、ゲストルームに戻った。ベッドに寝転んで、さてこれからどうしたものかと考えた。

アリバラサンの身柄確保に一番近い手を考えれば、これはもう、道警全面協力の下《もと》、抜き打ちの強制捜査に踏み切って、研究所の隅から隅まで徹底的に調べることだろう。しかし、裁判所がこれを許すだろうか。相手は日本を代表する大企業から出資を受けた研究機関である。ヤクザの事務所に踏み込むのとは訳がちがう。裁判官を説得するには、それ相応の理由を出さなければならない。

真行寺が今日仕入れた情報を開陳して、エッティラージの企みを説明し、それとアリバラサンの殺人との関連を訴えるというアイディアが浮かんだ。エッティラージの目的を明確にできたとすれば、これを支援するアリバラサンが、計画を嗅《か》ぎつけたベンカテッシュを殺し、自分の庇護をエッティラージに求めた、という筋書きも説得力を持ってくる。けれど、当然、言われるだろう、「では、何を根拠にエッティラージがそのような計画を持っていると疑うのか」と。

根拠はあると言えばある。ロータスなどに搭載されている無人運転のプログラムがそれだ。そこにエッティラージの呪いが隠されているのだから、このプログラムを解析すれば、呪いを明るみにできるはずじゃないか。などとロータスの中で黒木に言ったら、「そんなもの見たってなにもわかりませんよ。企業のサーバー押さえて取引の流れを見るのと一緒にしないでください」と笑われてしまった。

もうひとつの方法は、チェンナイで起きた、三人のバラモンがダリットの少女たちを襲った〝集団レイプ事件〟の被害者の中にエッティラージの妹がいたことをまず報告する。次に、激怒したアリバラサンがその復讐を果たしたので、エッティラージはアリバラサンへの義理から、研究所にかくまっているにちがいない、という仮説をプッシュする、というものだ。

しかしこの案は気が乗らなかった。この流れで行くなら、インドの州警察に連絡して〝バラモン三人殺し事件〟の資料を提供してもらわなければならない。となると、こちらが摑んでいるアリバラサンの情報も渡してやらないと向こうも納得しないだろう。渡せ、と上は言うにちがいない。真行寺は渡したくなかった。時任らの話を聞いていると、インドの警察にアリバラサンを渡すことは避けたほうがいい、と思った。そんなことをあれこれ考えているうちに、また門脇から電話が入った。

――タミル・ナードゥ州警察が、チェンナイの事件現場にあった指紋のデータを送ってきたぞ。

「赤羽で検出された指紋とは照合したんですか」

していいるに決まっているが、一応そう訊いた。

――バッチリ一致したよ。

その後は、何かわかったことはないかとこちらの成果をねだられた。なにかわかったら連絡するなどと言って適当にごまかして切ると、

「真行寺さんは本当はアリバラサンを逮捕したくないのでは」

と、カーペットに尻をつけて、裂いた袋を皿代わりにそこに盛ったポテトチップスをつまみながらビールを飲んでいた黒木が言った。

「自由のために戦う男、真行寺ですからね」

「そんなことはない」と即座に否定した。「あいつは四人殺してるんだ」

「だけど、そのうちの三人はレイピストの屑《くず》ですよね。真行寺さんならその場で射殺しちゃうんじゃないですか」

「こら。時任さんが本気にするじゃないか」

「しませんよ」

カーペットの上に胡座をかいた時任は、手にしたビニールの小袋から柿の種をつまんでいる。

部屋に戻ってシャワーを浴びたら、電話が鳴って、もう寝ますか、と黒木が訊いてきて、こっちが返事をしないうちに、反省会やりましょうよ、と勝手に決めると、ゲストハウスの売店で調達した五〇〇㎖缶を一ダース提げて、押しかけてきた。てっきり一人で現れるものと思っていたが、開けたドアからは時任も入ってきたのである。

「真行寺さんの心中を察するに」と黒木がまた言った。「前の事件で追った計画は、技術の力で不幸を取り除こうとしてた、もしくは幸福を増やそうとしてたわけですよね。だけど、それは自由を損なうから嫌だってのが真行寺さんの意見でした」

おいおい、そんなことを時任に聞かせていいのかよ、と真行寺は内心焦った。あの事件じゃ違法捜査をバンバンやったんだぞ。

「でも、今度はちょっと違うんですよ。犯人は自由を求めて人を殺した。人を殺すのは問題だけれど、自由であろうとするのは当然だと真行寺さんは思っている。人はみな自由であらねばならないってのが真行寺さんの口癖ですものね」

　時任がどのように想像するのかが気になったが、真行寺は「そうだな」とうなずいた。

「かなり同情の余地のある殺しだとは思っているよ」

「でしょ。一方、犯人が未来を託している研究所の所長は、情報科学の力を使って、ダリットが永年にわたって蒙《こうむ》ってきた不利益を徐々に払い戻させようとしているわけですよね。真行寺さんの態度や口ぶりを見ていると、そっちは気に入らないんでしょ。これはなんでかって言うと、技術の力なのに神秘の力に見せかけていて、そこのところがどうにもインチキに思えてならない。つまり、真行寺さんはフェイクではない真正の神とか神秘とか霊とか、まあなんでもいいんですが、そういうものがこの世のどこかにピュアな状態であって欲しいと思っている人なんです」

「そうかもしれない」と真行寺は言った。

「けれど、これはへんな話で、自由ってのは文明の中から生まれてきたんですよ。文明ってのは進歩を目指すんです。文明が進歩することによって自由が生まれた。そして全世界は、西洋を先頭にして、地域によって速度はちがうけれど、進歩していく。専制君主国家は民主主義国家に進歩し、宗教国家は世俗国家に進歩し、その進歩の中で人間は自由になる。でも、いっぽうで文明の進歩ってのは神を殺すことなんです。人間が自由であるべきだと真行寺さんが言うのならば、本当は所長がやろうとすることには諸手《もろて》を挙げて賛成するべきなんです。真行寺さんにとって、自由と神様とどっちが大切なんですか？」

反論しようと口を開きかけた真行寺を、黒木は制して、

「でもね、いま披露した考えだって、へんてこりんなんですよ。文明が進歩して人間が自由になることはいいことだって前提があるわけでしょ」

「いいに決まってるだろう」

「そうですかね。金や物や人が自由に世界を駆け巡ってどうなりました。中小国は食い物にされて、自由な経済取引ってやつが一部の富裕層への富の集中を生んで格差を広げちゃってる。また、イスラム諸国の動きを見てみれば、進歩して西洋みたいな国になることが幸せなんだとは絶対考えてない気がする」

真行寺は床を指さして「俺にも」と言った。時任が柿の種の小袋をひとつ放《ほう》ってくれた。袋を裂きながら真行寺が言った。

「だけど、カースト制度よりマシだろう。ヒンドゥーファン倶楽部会長みたいな嶋村先生でさえ、カースト制度は問題だって言ってたぞ。とにかく〝ガチ宗教〟ってのは問題が多いよ」

「そうなんです。だから伝統的な宗教ってのに戻ることはよしたほうがいい。だから〝神のようなもの〟を持ちだしているんだと思います。神ってなんだ。それはエッティラージが言

ったように、みんなが〝神と呼ぶもの〟です。だから、みんなが神と呼べば、それがプログラムだろうが鰯《いわし》の頭だろうが信心からってことでいいじゃんって話になるんですよ」

「となると、エッティラージは〝宗教っぽいもの〟を使おうとしているってことになるのか」

「そうかもしれません。でも、プログラムってのはこっちはガチな情報なので、ガチ情報が宗教っぽさを宿すにはそれなりの手間が掛かるんです。音楽ってのはまさしく情報ですよね。でも音だけ聞いてこの人はギターの神様だと思うってのはあんがい難しい。そう呼ばれる人には、伝説みたいな逸話があったり、風貌だって影響しているんですよ、きっと。情報そのもののように見えるレコードだって音以外のもの、ジャケットデザインだったり素材だったり、プレス枚数なんかも影響してはじめてその盤が神々《こうごう》しく見えたりしてるじゃないですか。だから、さっきの祭りだって〝神〟の偶像が中央にどんと立っていたんですよ。時任さん、あれなんて言うんですか？」

「パドマーヤールです」

「知らないなあ。どんな神様なんです」

「ラクシュミーの娘だと言われてます。日本で言うところの吉祥天の娘」

「はーん、それで蓮に乗っているのか。蓮に乗ってると言えば吉祥天女ですもんね」

「ええ、ダリットの神話では、ラクシュミーが糞と一緒にひり出してしまって、そのまま気づかず置き去られ、糞尿処理をするダリットが見つけて、川で糞を洗い流したら美しい姿が現れたということになっているそうです、嶋村先生によれば」

強烈な神話だな、と黒木が笑って缶を口に持っていった。

「あれ美しいのか？　なんだかおっかないんだけど」と真行寺は言った。

「インド人の美的感覚からすると美しいんですよ。ともかく、蓮の花は、泥の中から真っすぐに伸びて綺麗な花を咲かせている。俗悪さと苦悩にまみれた輪廻転生《りんねてんしょう》の世界から抜け出した美のイメージです」

「じゃあ、どうして蓮がブルーなんだろ」と黒木が言った。

「ブルーってインドではブラックにつながるんですよ。そしてブラックはダリットのシンボルカラーになりえますよね」

「だとしたら」と真行寺は思った。「勘は当たったな」

「当たりましたね」と時任はうなずいた。「ブルーロータスという組織名。パドマーヤールを囲む祭、ロータスと命名された無人運転の車、そして〝神〟と呼びたくなるようなプログラム」

「エッティラージ所長は〝宗教っぽいもの〟によって、この世をバージョンアップしようとしている。つまり彼は、嶋村宗教学の実践者ってわけだ」

「だけど、ここがまた今回の事件のややこしいところなんですが、刑事としての真行寺さんは、エッティラージがやろうとしていることなんか気にしちゃいけないんですよ。エッティラージがやろうとしていることを守ろうとしたアリバラサンを追えばいいだけです」と黒木は注意した。

真行寺はため息をついた。そして、その通りなんだけどな、と小声でつぶやいた。

「まったく赤羽の殺しは余計だ。そもそもなんでアリバラサンは東京に出て来たんだろうか」

「あのね」と黒木が言った。「『ここにはアリバラサンの居場所はない』って所長が言ったでしょ」

言ったな、と言いながら真行寺もサイドボードに置いてあった五〇〇㎖缶を取ってひとくち飲んだ。

「あれ聞いたときに僕らは、人を殺したアリバラサンなんかかくまうつもりはないぞってことを強調してるんだと思ったんですよね」

「そうだ」

「あのエッティラージって所長なんですが、真行寺さんが訊いたことに対して、俺が判断する限り嘘は言ってなかったんですよ。黙って答えないことはあったかもしれませんが、嘘は言っていない」

真行寺はカリカリと柿の種を嚙んで、「それで」と言った。

「エッティラージ所長は、祭りで真行寺さんがかけたあの曲を聴いて、真行寺さんがなにかを感づいていることを察知した。確かこんなこと言っていました。真行寺さんが知っていること、真行寺さんが知っていると思っていることを、聞いてみたいんだって」

「確かに言ってたな」

「で、結果的には真行寺さんは知っていると思っていたことが正しいと確認できたわけです。なぜでしょう。彼が嘘を言わずに正直に認めたからですよ。真行寺さんが、ダリットかバラモンかどちらかを撥ねなければいけない場合、どちらを撥ねるんだと訊いた時、バラモンだってはっきり答えたじゃないですか。あれなんであんなに馬鹿正直に答えたんですかね」

「なんでだと思う」

「ひょっとしたら、彼は自分がやっていることをわかって欲しいんじゃないか。朴社長はわかってくれた。TATANもわかってくれた。ただ、彼らは投資者だから、儲《もう》かるんならいいよと是認しただけなのかもしれない。だからエッティラージは、第三者の誰かに自分がやっていることをわかってもらいたかったんじゃないかな」

またややこしい話になってきたな、と思った。

「真行寺さんが悪いんですよ、あんな曲かけるからです」

「エッティラージが嘘を言っていなかったんだとしたら」と真行寺は言った。「〝ここにアリバラサンの居場所はない〟ってのはどういう意味に解釈できるんだ」

「俺はもうここにはいられないってアリバラサンが思ってるんじゃないでしょうか」

真行寺は黙ってカリカリと柿の種を噛んだ。

あくる朝、真行寺が目を覚まし、スマホを見たときにはもう十一時を回っていた。門脇からまた留守電が残されていた。ベンカテッシュは殺される前夜にインドに電話し、自分の遠縁の元警官と話している、と嬉しそうに喋っていた。バラモン殺しのダリットを見つけたかも、とタミル・ナードゥ州の元警官に話したという。それで、いよいよ室蘭署も重い腰を上げて、強制捜査を検討することになったんだそうだ。ここまでチェンナイと東京の二つの殺人事件を結びつける線が太くなると、あり得ないわけではないな、と真行寺は思った。

少し頭が痛い。黒木の部屋に電話を入れると、シャワー浴びたら出ましょう、と向こうからもまだ眠そうな声が返ってきた。

真行寺が下りていくと、ふたりはロビーで待っていた。ロータスは黒木が手配してくれていた。部屋の電話からできたんだそうだ。乗り込むといつものようになめらかに発進した。ロータスの窓の外にインド人たちが通りを渡っているのが見えた。その合間を縫ってロータスは巧みに通行人をかわしながら研究所の出口に向かって走った。ガラスの向こうに知った顔が見えた。自宅でカレーを食わせてくれたロヒだった。その横にはカフェで出会った医学生がいて何か話していた。目が合ったので真行寺は軽く手を挙げた。相手から返って来たのは無表情だけだった。それはすぐに車窓の後ろへ流れて見えなくなった。

上空にはドローンが飛んでいた。まるで屍肉《しにく》を狙うハゲタカのようだった。研究所の敷地を抜けると、その影も消えた。

市街地を走り、鷲別駅もまもなくという頃、とつぜん黒木が、昨日食った海鮮丼はうまかったな、また食べたいなと言い出した。あれは苫小牧だと言うと、ああいう店は港に行けばどこだってあるでしょう、と言って聞かない。ロータスの走行は室蘭市内なら許されているので、室蘭港につけてくれと真行寺は言った。

ほどなくロータスは、室蘭港の埠頭《ふとう》に車体を停めた。突き出た岬と内陸とを大きなつり橋が湾をまたいでつなぎ、造船施設の煙突からは白い煙がたなびいている。苫小牧のひなびた風情のある漁港とはまったく趣のちがう巨大な湾港《わんこう》だ。

あれー想像と全然ちがった、と降車したあとで黒木が言った。長靴をはいたおじさんたちがタバコ吸いながらウロウロしてると思ったんですよー。だから言っただろう。あんな食堂、苫小牧に行かないとないって。こうなったら造船所の食堂かなんかに押しかけて食わしてもらうしかないぞ、そう言って真行寺は歩き出した。

北海海運の記章を胸に縫い込んだ作業着姿の男を捕まえて、両角の二枚の名刺（ブルーロータス運輸研究所副所長とソフト・キングダム新規事業開発部取締役部長）を見せた。実は彼に会いに来たついでに、この辺を見学させてもらおうと思ってやってきたものの、飯を食うところがないので困っています。できたら食堂を使わせてもらえませんか、と頼むと、共同事業を展開している北海海運の社員だからか、おおらかな北海道人の気性からか、ああいいですよ、口に合うかどうかわかりませんが食べていってください、と愛想よく笑って、連れて行ってくれた。

まだ正午前だったが、食堂には作業着姿の人たちがもうポツポツと席を取って箸を動かしていた。どこから来たのかと訊かれ、東京からと答えたら、今日はウニ丼が出るからそれを食ったらいいですよ、と案内してくれた男は言った。ぜひ、と真行寺が答えると、食券の自動販売機から三枚買って、こちらが財布を取り出しても、ソフト・キングダムさんには日頃お世話になってますからと言って受け取らなかった。

食堂の片隅にトレイを置いて、三人並んでウニ丼を食った。ウニ丼はすこぶるうまかった。地元だけで食える美味いものがあるというのはいいことだと思った。

肘で脇を突《つつ》かれて、横を見ると黒木が壁に向かって顎をしゃくっている。掲示板があった。社員向け住宅ローンの申し込みの期限、保養施設の利用規約の変更、永年勤続の功労金受給者の一覧など告知が並ぶ中、横に黒々と《祝 ナーガ》と書いてある。その文字の下に写真が貼ってあった。ヘルメットと作業着姿の従業員が大勢並んでにこやかに収まっている。その文字と写真をじっと見ながら真行寺はゆっくりとウニ丼を頬張っていた。

夜になって黒木とは空港で別れた。

「どうするんだ」

「これから札幌に移動して有名な名曲喫茶に行きます。少し前に閉店したんですが、今日は特別に開けているらしいです。一緒に行きますか。スピーカーもアンプもマッキンです」

行きたいけれど、無理だなというしかなかった。

「そうですか。でも、ここクラシック専門店なのでそのほうが無難かも。ロックをかけろと真行寺さんに暴れられたら僕も立場がないので」

黒木はそんなことを言って、うまく諦めさせてくれた。

搭乗口に向かう時、やはり聞いておいたほうがいいと思い、時任に先に行っててくれと断って踵を返し、真行寺は黒木の前に立った。

「変なことを訊くようだが」と真行寺は言った。

「嫌いじゃないです、変なことは」と黒木は笑った。

「この段階でエッティラージがいなくなったらこのプロジェクトはどうなると思う」

「いなくなるというのは、逮捕かなんかされてビジネスの現場から離されてしまうという状況のことですか」

「まあそうだ」

黒木は少し考えた後で口を開いた。

「もうロータスがあれだけの走りができているのなら、完成しているに等しいんですよ。おそらく法的な問題さえクリアできれば、新宿だって渋谷だって問題なく走らせられると思います」

そうか、と言って真行寺は黙った。

突然、黒木が、

「やるんですか」と訊いた。

「わからない」と真行寺は答えた。

「あんまり無理しないでくださいよ、また監察から呼び出し食らいますよ」

「お前が言うな」

「まあそうですけど」

真行寺は笑って、じゃあ、と手を差し出した。その手を若くて頭のいい友人は握り返してきた。

そして別れた。

ボーディング・ブリッジを渡っている時、ポケットが振動した。かまわずに機内へ進み、荷物入れにリュックを放り込んでよっこらしょと腰を下ろし、スマホを取り出すと相手の確認もせずに電源を落とした。

隣で時任の声がした。

「不思議な人ですね、ボビーさんって」

真行寺はうなずいた。

「不思議すぎて困っちまいます」苦笑まじりに真行寺は言った。

あいつは俺があれを考えていることを完全に見透かしてこう言った。やるんですか。やりたいのかやるべきなのか、どちらも本当にわからなかった。

「ボビーさんの本職はなんですか」

「俺もよく知らないんですよ」と真行寺はごまかした。

「へえ、どうやって知り合ったんです」

「趣味が同じなんです。秋葉原のパーツショップで店員と間違えて声かけてね、それから親しくなった。コンピュータに詳しいらしいのでついてきてもらったんです」

「詳しいっていうレベルじゃないですね、あれは」

ところで、と真行寺は背もたれを倒して眠ろうとしている時任に声をかけた。

「エッティラージ所長の顔を見てバラモンのようですねと言ったでしょ、あれは本当にそう思ったんですか」

「ええ、彼らは西から渡ってきたアーリア人で人種が違うし、懸命に純血を守ってきたから、僕なんかにも、ああバラモンの顔立ちだなとわかります」

「じゃあ彼がバラモンの血を引いているというのはあながち嘘ではないのかな」

「いや本当だと思います。逆毛、つまりバラモンの女性がダリットと結婚して一族を追われた例は僕も実際に耳にしていて、当事者にも会ったことがあります。彼もまたダリットの解放運動に関わっていました」

真行寺は気になっていたことを訊いてみた。

「今回の同行は時任さんにとっては収穫があったんですか」

「ええ、色々と考えさせられました」

「時任さんには誰の意見がまともだと思われましたか」

「まともというのは、真正面から向かい合うって意味ですよね」と時任はすこし慎重になった。そして、「その意味では全員がまともでした。ただあそこでは大きく意見は二組に分かれていたようです」と言った。

「そうだったっけ」

「ええ、ボビーさんとエッティラージ所長はやはり理系の人間だけあって、伝統宗教はそろそろ役割を終えるべきだし、新しい宗教があるとしてもそれはテクノロジーの先にあると考えているのだと思います」

うむ、と真行寺はうなずいた。

「それに対して真行寺さんは、テクノロジーがいくら進化しても、それはやはりテクノロジーにすぎない。技術の暴走を止める役割は宗教にしかできないのだから、テクノロジーが宗教になってはいけないと考えている」

「まあそうなるのかな」

「僕も大体その意見です。けれど、僕らはテクノロジーなら解決できる問題をテクノロジーには解決させてはいけないと言いつつ、ではどうやって解決すればいいのかって言われると、具体的な代案は持ち合わせていない。推進派の彼らの目からは、たいした考えもなく、ただ感情的に惰性で反対しているようにも見えるでしょう」

真行寺は苦笑した。時任は続けた。

「それどころか、インドの研究をしている僕なんかは、所長がやろうとしてることに対して共感する部分はあります」

「いや、俺もあるよ、大いにある」

「ただ、やっぱり、やってはいけないことをやってるんじゃないかという戸惑いは拭《ぬぐ》いきれないんですけど」

　真行寺は思わず笑った。

「つまり、時任さんは、所長やボビーのような切れ味はなくて、同じところをもどかしく堂々巡りしてるわけだ」

「そうなんですよ」

「例えば、嶋村先生はこのことについてなんておっしゃるだろうか。エッティラージのプログラムを〝宗教っぽいもの〟として容認しますかね」

「うーん、彼がやろうとしていることは〝宗教的なるもの〟のように見えますが、先生は僕よりも保守的なので、もっともっと〝ヒンドゥー教的なるもの〟でなければ認めないと思います」

「だとしたら、先生はやっぱりヒンドゥーファン倶楽部会長だよ」

　ひどいこと言いますね、と時任は苦笑した。真行寺もさすがに言い過ぎかなと思って、すみません、と謝った。

「ただ、踏ん切りがつきました。博士論文の指導教官が嶋村先生なので、嶋村先生と意見が対立するというのは相当な覚悟がいるのですが、やはり、自分の意見を書いてみたいと思います」

　そりゃそうだ、勉強して自分の考えを発表するのが学者でしょうよ、と真行寺は笑い、ふ

と真面目な顔つきになると、

「俺も踏ん切りつけなきゃな」と言った。

「踏ん切り？　何の？」

「やっぱりよくないよ、ああいうことは」

「プログラムのことですか」

　真行寺はうなずいた。

「そうさ。けれど、よくないなんて異を唱えれば、おそらく『じゃあ代案を出せ』と迫られて、出せなければ、さっき時任さんが言ったように、惰性や気分で反対しているだけだと馬鹿にされ、『とにかくプログラムしなければ無人運転や自動運転の車は走らないんだぞ』と脅される、こういう展開は目に見えている」

「ええ」

「俺はそれ自体が呪いなんだと思う」

「呪いですか」

「そうだよ、功利主義なんて人類が自分で自分にかけた呪いなんだ。呪いをかけられたままで議論しちゃ、それは負けるさ」

「じゃあ、議論じゃなくて、真行寺さんがプログラムを組むとしたら？」

「とにかく撥ねそうになっている目の前の人間は避ける。撥ね跳ばしそうになっているのが、一人だろうが五人だろうが、天才だろうがボンクラだろうが、爺さんだろうが幼児だろうが、ダリットだろうがバラモンだろうが、とにかく避ける、ひたすら避けまくって、その結果については、努力の到達点として受け入れる、そういうシンプルなプログラムでいいんだよ」

「それは、ここで聞いているとなんかカッコいいんですけど」

「ロックっぽいだろ」

「いや、ロックかどうかはわからないんですが、極端な話、道に飛び出してきた逃亡犯を避けて、下校途中の小学生の集団に突っ込み五人死にましたなんてことが起きると、そうとう叩かれそうですね」

「叩いて気がすむんなら叩けばいいよ。とにかく、エッティラージがバラモンにかけ直そうとする呪いってのは、そういう大きな呪いから生まれたんだ。そして、あいつが生み出した新しい呪いは人間全体に深刻な影響を及ぼすと俺は思っている。あいつは知る必要がある。この呪いは他ならぬ自分にもかかってくるものだと、ね」

そこまで言うと、真行寺は背もたれを倒し、「寝ます」と言って目を閉じた。


浜松町で時任と別れてから、真行寺はようやくスマホの留守電を聞いた。そして驚いた。渋谷署に飛んでいくと、留守電を残してくれた田口巡査長はまだいた。

「重症なのか」と真行寺は聞いた。

「いや大したことありませんが、一応、被害者が警察に通報したので」

「被害届は」

「向こうは弁護士を呼んで協議してます」

「まだ出てないんだな、じゃあ引き取らせてもらえるのか」

「ええ、あの部室での事件では、巡査長には部員の話を聞いてもらいましたけど、あくまでも通報者ということにしてしまえば、彼の保護者代理として引き渡すのは、可能だと思います」

　真行寺は手続きしてくれと言った。

　連れてこられた森園はいつになく神妙にしていた。

「母親が今晩夜勤なんで」

「どうする？　うちに来るか」

　そう言うとコクリとうなずいた。

「あの、サランに電話してくれませんか」

「お前が馬鹿をやらかして勾留《こうりゅう》されていることを知っているのか」

　またうなずいた。

「じゃあ、お前がかけて安心させろ。俺はいやだ」

　森園はしぶしぶスマホを取り出した。蚊の鳴くような声で、あ、俺とか、ごめん、とか言った。なに考えてんの、馬鹿だとは思ってたけど、そこまで馬鹿だと知らなかった、という白石の尖った声が小さく漏れてくる。それでも森園がごめんや悪かったを繰り返しているうちに、白石の声はやがて聞こえなくなった。わかった、ありがとう、うんまだ食べてない、食べたい、今からそっちへ行く、などと言っているのを、とりあえずよかったなフンフンと聞いていると最後に、高尾に着いたらまた電話するからと言って切ったので、なんだと⁉と驚いた。どうやら白石がいるのは真行寺の家らしい。

新宿で乗り込んだ中央特快は混んでいた。人波に流され、流されている間に真行寺と森園は離れてしまい、なにも話せないまま三鷹《みたか》あたりまで混み合った車内で身体を揺らしていた。すこしすいて、空席を見つけた真行寺が腰を下ろすと、森園はすこし離れたドアの近くに立って、窓から武蔵野《むさしの》の夜景をぼんやり見ていた。

高尾駅の駐輪場に停めてあったクロスバイクを引っ張り出して、「こいつで家まで走って来い、俺はタクシーで帰る」と言って、またがらせた。

一足先に自宅に着いた。インターホンを鳴らした後で鍵を使って中に入った。白石はソファーに座って、小さな音でソニック・ユースを聴いていた。

「おかえりなさい」と白石は言った。

確かにおかえりなさいなのだが、妙な気分である。

「森園君は？」

「自転車に乗ってもらった。あと十分ほどで着く。ちょっと話そう」

真行寺は白石の横に座った。

「キャンパスで森園が巽リョートを背後から襲って殴った。リョートは全治二週間の怪我だそうだ。さらにまずいのは、使わなかったが、鞄から取り出したカッターナイフを握って、

『俺として孫を刺す』なんて叫んでいる。聞いてるかな」

「その場にいましたから」

それは初耳だ。

「私が悪いんです」

「悪いわけないさ」

「……友達の中でひとりにだけあのことを言ったんです」

このソファーの上で起こったあのことにちがいなかった。

「それが佐藤君の元カノで、その子も巽さんに声かけられてたので、忠告するつもりもあって話したんです」

「佐藤ってのはギターの」

白石はうなずいた。まったく手当たり次第だなと真行寺はうんざりした。

「ところが、その彼女、いまも信じられないんですけど、実は巽さんとつきあおうとしてたんです」

「その子がリョートにあのことを話して、君から聞いたことが本当かどうかを確認したんだな」

白石はうなずいた。

「リョートは『白石のほうから誘ってきたんだ』と弁解した。そんなところだろ」

「そこが本当に信じられないんですけど」

「信じられる。そういうやつだ。で、それがどうして森園の耳に入ったんだ」

「その子が佐藤君に言って」

「なんで元カレにそんな情報を入れなきゃいけないんだ」

「だいぶ前なんですけど、私、佐藤君からつきあってくれって言われたことがあって」

「断った」

「はい」

「それで」

「そのことを知った上で彼女は佐藤君と交際するようになったんですけど、結局別れちゃったんです。いま思うと、その子はちょっと私に対してわだかまりがあったのかもしれない」

ややこしいな、と真行寺は思った。そういうややこしさとはとうの昔に決別したはずだった。

「君がリョートにフラれたってのは、彼女にとっては痛快なニュースだったってことか。それで、佐藤はどうしたんだ」

「佐藤君は心配して森園君に伝えたんです。ただ、それを受けて森園君が私に電話してきたから、私も本当のことを話さなきゃ収まりがつかなくなって、キャンパスで会うことにしたんです、七号館の横のベンチで」

「森園はなんて言ったんだ」

「わかったと言ってました」

「なら、なぜそれで収まらなかった」

「巽さんが通りかかったんです」

いい年こいてそんなにしょっちゅうキャンパスをウロウロするなよ、と真行寺は心底うんざりした。

「それで、巽さんが私たちのほうを見て、こう言ったんです。お似合いだなって」

「お似合いだな。その言葉でキレたのか」

「はい」

真行寺は考えた。

「その巽とつきあいたいっていう女の家は金持ちなのか」

「彼女は初等部からうちに通っているので家はすごく金持ちです」

「それを森園は」

「知っています」

まあ、お似合いなんですけどね、と白石は自嘲気味に笑った。

玄関で物音がして森園が帰ってきたとわかったので、真行寺はこの話はもう切り上げることにした。

おずおずと入ってきた森園は白石の前では面白いほどしゅんとして、小さな声で「ごめん」と言った。白石はこれをぷいと無視するように、

「真行寺さんはもう夕飯すませたんですか」と訊いてきた。

　実は新千歳空港のターミナルビルで味噌ラーメンを腹に入れてきていた。だからこのままシャワーを浴びて寝てもよかった。けれど、森園が食ってないことはほぼ確実である。事件を起こし、連行され、取り調べを受ければ、六時の夕飯にありつくのは難しい。しかし、ここで森園に「お前は食ったのか」と訊けば、白石の気持ちを察していないことになることもわかっていた。

「食べてはきたんだが、少し腹が減ったな」

「キムチ鍋でいいですか」と白石は言った。

　大歓迎だ、よろしく、と言って真行寺は浴室に入った。シャワーを浴びている間にふたりのぎくしゃくした関係も和んでいるだろうと思ったが、髪をタオルで拭きながら出てくると、白石は台所で黙ったまま白菜を切っている。森園はやることがないのか、レコード棚の整理なんかしていて、お互いに背中を向けたままだ。

　やれやれと思いながら真行寺はソニック・ユースの『GOO』をケースに戻し、レコード棚から、真っ白い印画紙に黒い四つの影法師が焼き付けられたジャケットを抜くと、黒盤を取り出してターンテーブルに載せて針を下ろした。

　疲れてはいたが、飯を食って腹が膨れる前に気持ちを尖らせたい気分だった。思い切ってボリュームを回した。

「何ですかこれは」

　一曲目の途中で森園が寄ってきて、ジャケットを覗き込んだ。

「知らないのか。七〇年代パンクの最高傑作だ」

森園はバンド名もアルバムタイトルも書いていないジャケットを手に首を傾げた。

「ストラングラーズの『ブラック&ホワイト』。聴いたことないか」

「これ、ベースがすごいですね」

「ジャン＝ジャック・バーネルも知らないの。よくそれで音楽やってるね」

と言いながら、鍋をセットし終えた白石もソファーにきて座った。森園は叱られたみたいにまた口をつぐんだ。確かにベースはすごい。ゴンゴンと打ち付けるような低音が全体のビートを導き、凄みを与えていた。引き込まれて聴いていると片面はあっという間に終わった。

三人は立ち上がった。

「それにしても」とダイニングテーブルに着くと真行寺は言った。「その年齢《とし》でジャン＝ジャック・バーネルを知っているほうが不思議だよな」

「父親が大ファンだったので」と白石は言った。「ストラングラーズの最初の来日公演を後楽園《こうらくえん》ホールに見に行って、客席の椅子が飛ぶのを目撃して人生が変わったそうです。私がまだ中学生の頃にそんな話ばっかりしてました」

確かに日本のバンドも含めて、あの頃のパンクのコンサートは野蛮で凶暴だった。中学生の真行寺はライブに行くのがすこし怖かった。

「お父さんはいまでも聴いてるのかな」

白石は笑ってカセットコンロの上の土鍋に火を付けた。

「死にましたよ、癌（がん）で」

しまったと思ったが、もう遅い。前に座った森園を見ると、僕はフォローできませんよという風にじいっと鍋の中を見ている。

「お前の例のディスコバージョン、出張先のインド人にすごく受けてたぞ」

真行寺は強引に話題を森園に振った。そおすか、と言いながら森園は鍋の中を箸でつついて、「サランのボーカルがよかったからじゃないかな」と言ったが、「まだ煮えてない」とはねつけられた。

「確かに二番になったらさらに盛り上がってたな」

少しかわいそうになった真行寺はそう調子を合わせてやった。

「真行寺さんの詞がよかったからですよ、インド人は英語わかるし」と白石は言った。

「間違いない」

その森園の受け答えが、白石のご機嫌直しを図ろうとするものなのがミエミエだったので、真行寺は笑ってしまった。

「馬鹿」と言う白石の表情はまだ暗かった。けれど、淋《さび》しい、それでいて許すしかないという諦念《ていねん》に彩られた笑みが、うっすらと口元に浮かんでいた。

「はいどうぞ」

白石は真行寺の分だけを取り皿にとって渡すと菜箸を置き、「あとはご自由に」と言った。

そして三人は黙って鍋をつついた。グツグツと鍋が煮える音と、肉や白菜やキムチや豆腐を咀嚼《そしゃく》する音だけが聞こえた。

　しばらくして、

「警察のほうはそれほど問題ないけどな」と真行寺は言った。「学校であんなことやらかしたんだろ。しかも、相当な数が見てる中で。おまけに警察も呼ばれてるんだ。学校の処分はそんなに軽くないぞ」

「ほんと頭悪いんだから」白石が言った。

「たぶん退学処分を食らうと思う」

「そこは俺は何もしてやれないよ」

「働くしかないよね」と白石が言った。

「警察だって高校中退じゃ無理だからな」

「え、高卒認定試験で警官になった人もいるってネットで見ましたよ」

「なんでそんなもの調べてんだ」

「真行寺さんでもやれてるのなら俺もいけるんじゃないですか」

「馬鹿。これでも苦労してるんだ。国家権力機構が許容する変態は俺みたいなのがギリだ。それでもいつクビになるかわからないんだぞ」

「真行寺さんと俺とはそんなに差があるんですか」

「あるに決まってるだろう」

　そうなんだ、と森園は言った。その口調は妙にしんみりしていた。森園に警察官が務まら

ないのは確かだが、無闇にいじめてるような気もして、

「その代わりお前は俺よりはるかに音楽の才能があるよ」と慰めるように言って、なあ、と白石に視線を送って同意を求めた。白石は真行寺の意向を汲み取ったのか、薄く笑った。同意はしなかったが。

そうかあ、と森園は鍋に箸を入れて、じゃあ頑張るしかないか、と言った。

「頑張るのはいいけど、頑張りかたを考えろよ」と白石はまた釘を刺した。

森園は首をすくめて肉を頬張った。


ベッドを使ってください。私がソファーで森園君は床で寝ますから、と白石は言ったが、結局、この夜も真行寺は寝室を譲ってソファーで寝た。

電気を消して長椅子に寝そべると、高い窓から落ちてくる月の淡い光は、闇と混じり合い、夜の海中のようなぼんやりした暗がりを作っていた。そんな夜の帳の中に、積み残した問題が海月《くらげ》のように漂っていた。森園がやらかした事件の始末、アリバラサンの身柄拘束、エッティラージの新しい神。どれも解決の糸口は摑んでいた。あとは、ぐいとたぐり寄せて、やるかどうかである。

「やるんですか」という黒木の声が聞こえた。「わからない」と真行寺はつぶやいた。しかし、わかっていた。たぶん、俺はやるのだ。やってしまうのだ。

あくる朝、シリアルとコーヒーの朝食をすますと、真行寺は先に出た。登庁して出張の報告をしたら、水野は呆れた。

「何しに行って来たの」ときつい眼で睨みつけてきた。

「すみません」

ここはもう謝るに限る、と真行寺は思った。

「どうする？　もう赤羽署に投げちゃう？」

ええ、と曖昧に真行寺は言った。

「外務省のほうからのせっつきは止んだんですか」

「止んでない。だから成果も出ないのに本庁が中途半端に首突っ込んでるとまずいかも、と思うわけ」

「そうですね、力不足で申し訳ありませんが、ここらへんで撤退したほうがいいでしょう」

わかったと言った水野の前に、真行寺は一枚の紙を置いた。

「すみませんが、これに印鑑お願いできますか」

用紙を見て、水野はちょっと信じられないという表情になった。真行寺は黙って立っていた。水野は袖机《そでづくえ》の最上段の抽斗《ひきだし》から印鑑を取り出した。そして押印しようとした手をふと止めると、

「なんか私に報告してないことってある？」と訊いた。

「いえ、思いつきませんが」と真行寺は言った。

そう、と言って、水野は印をつくと、用紙を差し出した。

この日、真行寺はめずらしくデスクに座って報告書を書いた。書いているとキリがないので、適当なところで切り上げて、水野のところへ持って行き、読ませた。

水野は臙脂《えんじ》色のボールペンの尻を顎のあたりに当てて、

「刑事じゃなくて作家になったほうがよかったんじゃない」と言った。

はあ。真行寺は間の抜けた声を出した。

「松本清張《まつもとせいちょう》の小説じゃないんだから。被疑者への同情が出過ぎてるよ」

「書き直します。失礼しました」

あとは適当に時間をつぶして早めに上がり、旅行代理店に立ち寄ったあとは、秋葉原をうろついてケーブルとプラグを買った。安いステーキハウスでサーロインを食べてから東京駅に出て、早々《はやばや》と帰宅した。

家に着くと、森園の機材は接続を解かれ、リビングの隅のほうに寄せられていた。ドラムセットもバラされて、大中小のいくつもの太鼓が黒いケースに収まり、積み上げられていた。床も丁寧に磨かれていた。どれも白石の仕事のように思われた。

真行寺は工具箱を取り出して、久しぶりにハンダごてを握った。買って来たケーブルとプラグをハンダづけしてRCAケーブルをこしらえた。CDプレイヤーからプリアンプにつながっているところを交換して、とりあえずレディオヘッドの『KID A』を聴いてみた。音の雑味が消えてすっきりした気がする。ただ、明日もそう感じるのかどうかは自信がなかった。

ハンダごてをしまい、今度はジョン・スペンサー・ブルース・エクスプロージョンの『エクストラ・ウィドゥズ』を鳴らした。ざらついた激しいブルースをしんみり聴いていると、スマホが鳴った。

——おう、決まったぞ。

門脇は言った。何が決まったのかはだいたい察しがついた。

「強制捜査ですか」

——ああ、まだ内緒だがな。

「いつです」

——三日後だ。今度は規模がちがう。北海道警の全面協力だ。知ってるか、インドと日本って事実上の軍事同盟を結んでるんだ。

「知りません」

——だから、売上ゼロじゃ済まされないのさ。

「勉強になりました」

——おい、俺がなんで電話したかわかるか。

「いいえ」

——なんだかんだ言って結構ヒントをもらったからな、あんたにも多少は花を持たせてやんなきゃいけないと思ったんだよ。

真行寺は黙っていた。すると門脇は、この強制捜査に加わらないか、と切り出した。

――もちろん今回は赤羽署と室蘭署の合同チームで行くから、あんたにあまりでかい顔をされると困るんだが。だから名目上は別として、実質的には捜索隊のグループのひとつを指揮してもらったほうがいいんじゃないか、と言っておいた。

「どこに言ったんです」

――道警と室蘭署だ。マドラスの現場を発見したのはあんただし、研究所へも二度足を運んでいる。ただ問題は、あんたの階級だ。巡査長だと言ったら、びっくりしてたぞ。昇任試験を受けないらしいと説明したら、なぜだと訊かれて俺も困っちまった。なぜなんだ。

真行寺が黙っていると、門脇は、まあいいや、そのへんは今度じっくりな、と言い、

――とにかくうちの署長から、お前んところの上司に話をつけてもらうよ。

そんな風に決めつけた。

「いえ、結構です」と真行寺は言った。

――なんだって。

「その捜査には参加できません」

――なぜだ。

「明明後日《しあさって》から休暇をとるので」

門脇は沈黙した。

「疲れもたまっているので、休みます」

居心地の悪い沈黙が続き、そうか、と門脇が言った後に、通話は切れた。

あくる日はまた報告書を書いた。

書くフリしながら時間をつぶし、適当な頃合《ころあい》を見計らって腰を上げると、外出先を記載するホワイトボードの前に立ってマーカーを握り、キュッキュッと板書した。ペンを置いて振り返ると、部屋にいる何人かがこちらを見ていた。

「報告書が行き詰まったので、アドバイスをもらってきます」

そう言い残して真行寺は部屋を出た。

ホワイトボードの〈行き先〉欄には出身校の大学名が黒々と記されていた。

出口に向かう時、水野が「報告書はあげなさいよ」と釘を刺すように言った。

「なかなか難しいんですよ」と言い訳し、「明日、お見せしますので」となだめるように言って部屋を出た。

大学近くのカフェで白石に会った。テーブル席が一杯なので、木製のカウンターに並んで腰掛けた。目の前ではバリスタが、ケトルの先から糸を引くような細い湯をネルの中へ注いでいた。

これ、いったんお返しします、と三つセットになった鍵を白石はテーブルに置いた。そして、ありがとうございましたと頭を下げ、機材もなるべく早く引き上げますので、と付け足した。

「引き上げたあとはどうするんだ」

「あの倉庫にまた預かってもらえないか相談しています。セッティングして録音するのは無理だけど、ばらしたのを積み上げて置いとくくらいなら頼めるんじゃないかと」

「あそこが使えたのは？」

「私の親戚《しんせき》のものなので」

「君が森園のために頼んだのか」

「そうです」

濃褐色の液体で満たされた小さなカップがふたつ、目の前に置かれた。

「きれいに片づいて床にも雑巾が当てられていたのは、君が掃除したからだろう」

「いえ、森園君が」

「本当か。これはわりと大事な質問なんだ、正直に答えてくれないと困る」

「大事なんですか」

「ああ、俺の決断に影響するんだ」

「決断？　なんの」

「今は言えない」

白石はカップに手を伸ばし「私がやりました」と言って唇に当てた。

限りなく黒に近い目の前の液体を見ながら、真行寺は「そうか」と言った。でも森園君も手伝いはしましたよ、と白石は弁護しながらカップを戻した。

「君はこれからどうする」

「来年就活です」

「もう音楽はやらないのか」

「趣味で。趣味でいいんです私は、そのくらいの才能しかないから」

ただ、森園だって、契約締結の一歩手前で反故《ほご》にされた。真行寺がリョートを脅して約束させた契約復活も、森園がリョートを襲ったことでもう無効だ。いくらなんでも、この段階で契約を戻してやれとは言えない。だとしたら森園こそこの先は、趣味でやるしかないのではないか。

「確かにあいつには才能があるんだろうな」と真行寺は言った。「けれど、君がそこまでやってあげるほどのものなのか」

「どういう意味ですか」

真行寺はどう説明したらいいのかわからないので、とりあえずコーヒーをひとくち飲んだ。

「俺がビターデイズにいたってことは」

「聞きました」

「俺は同じバンドでベースを弾いてた女子学生と結婚した」

「いいですね、ソニック・ユースのキムみたい」

「トーキング・ヘッズのティナみたいだった」

白石は笑ってコーヒーを飲んだ。

「そして離婚した」

「浮気したんですか」

「むこうがな」

白石はカップに口を付けたまま、なぜ、と訊いた。

「物足りなくなったんだ、俺に。彼女の失敗は俺に才能があると思ったことだ」

「あったんじゃなかったんですか」

「それなりにはあったのかもしれない。それなりにあるなんてのが厄介なんだ。大いにあると勘違いさせるからな」

「ちょっと混乱しています。真行寺さんが何を言いたいのかわからなくなったから」

「彼女はセンスのいいベースを弾いたし、ギターだって俺よりうまかった。ピアノだって『月光』が弾けるところまではやったらしい。そして、俺が言うのもなんだが、かなり美人だった。彼女が賭《か》けるべき才能は、俺のじゃなくて自分のだったんじゃないか、そんな風に思えてならないんだよ」

「美貌と才能って関係あるんですか」

「あるだろう。君はどこかプロダクションやレコード会社から声がかからなかったのか」

「かかりました」

「だろうな。いい声を持っている。それに――」

「だからなんだって言うんです」

「君は森園の才能に期待している。けれど、いまの音楽シーンや市場を見た場合、むしろ可能性は君のほうにあると俺は思う。男に期待するより自分の可能性を広げたほうがいいんじゃないか。正直言って、こういうことになると森園は厳しいよ。かといってあの性格だとまともな会社じゃ勤まらないな。俺には森園のような才能はなかったが、これでもなんとか周囲と折り合いをつけられる忍耐力だけは森園よりはあった」

突然、白石は笑った。真行寺はその声音《こわね》に挑戦的な匂いを嗅いだ。

「真行寺さんの印象は、最初は、ちょっとウザめの刑事、次は普通のおじさん、それから、すごくいい人、にどんどん変わっていったんですけど、今の話を聞いてやっぱりそこらへんのおっさんと一緒だなと思いました」

「そこらへんのおっさんだよ、俺は」

「ほんとにそう思います」

この展開で、君のことを思ってなどと言っても碌《ろく》なことにはならないので、真行寺は黙っていた。

「奥さんの目は節穴だったかもしれませんが、私もそうだと決めつけないでください」

そうは言ってないぞという言葉を呑み込んでそのまま喋らせた。

「レコード会社や事務所のお人形さんになって、用意された衣装を着て、どこかの先生が書いた曲を歌って、ステージで愛想を振りまいて、肩からぶら下げたギターはアクセサリーになって、気が付いたら飽きられて、もうババアだなとか言われて、ネットで実は在日だとバラされて、他にも色々あるけど、そういうのはもううんざりなんですよ」

その生々しい列挙に、さては似たような体験をすでにしたな、と真行寺は疑った。

「森園君には才能があります。私にはない才能が。真行寺さんとは比べ物にならないくらいの才能が。私は知っているんです。それはうまくお金につながらないかもしれないけれど」

「そこだよ。才能っていうのは、うまく市場につながらないと、あったはずなのにいつの間にか消えてしまうんだな」

「消えないかもしれないじゃないですか。消えてしまうような才能なんてのは、それなりの才能なんです。そういう人は警官にでもなって、オーディオに凝って、ソファーで他人の才能に感動してればいいんです。余計なお世話ですよ」

ずいぶんな言われようである。真行寺は思わず笑った。その笑いに、白石がはっとした。かすかに身をこわばらせ、ごめんなさいと言った。

真行寺はカウンターの上に置かれたままになっていた鍵を取った。そして、それを白石の目の前に置き直した。

「とりあえず持っててくれ」

あの、と白石は言ったが先が続かず、うなだれてしまった。

「お似合いだよ」と真行寺は言った。

白石は潤んだ瞳をゆっくりと真行寺のほうに向けた。

「明後日からまた留守にする」

5 ナーガ

アナウンスが聞こえた。真行寺は背もたれを起こし、目薬を乾いた眼に落とした。機長は英語のあとに、舌の上で転がすような現地の言葉を喋りだした。機内に笑い声が起こった。なにか冗談でも言ったのだろう。それにしても、十四時間のフライトは体にこたえた。

チェンナイ空港からは、時任のアドバイスに従って、プリペイドタクシーを使った。ボラれないように、カウンターで先に料金を払ってしまう方法である。

車窓からは埃《ほこり》っぽいインドの街並みが見えた。日は容赦なく照りつけている。夏の酷暑は日本も相当なものだが、この季節に半袖で歩いてる人を見ると、やはりこれがインドなんだなと思う。

インターネットで予約したホテルは一応まともなフロントがあり、部屋も清潔で朝食がついていて Wi-Fi も無料だった。これでほぼ一泊二〇〇〇円。シャワーを浴びて着替え、スマートフォンにインドのＳＩＭカードを入れた。「前に僕がインドに行った時に使っていた残りです。まだ多少はある筈です」と時任がくれると言ったのを一〇〇〇円で譲ってもらった。ウーバーを検索して、近くにいる車の中からクーラーがあるのを選んでリクエストした。ピックアップしてもらう場所をホテルにしてそこにピンを落とした。リクエストした車が動き出すのがアプリの地図上に確認できた。途中で電話がかかってきて、あと五分ほどで着くと言ったので、下りて行った。本当にきっかり五分で着いた。インド人は時間にいい加減だと聞いていたが、こういう新技術に身体のほうを合わせていけば、国民性なんてものは徐々に摩耗して、世界はやがてのっぺらぼうになるのだろうか。

運転手は訛《なま》りの強い英語を話す丸っこい顔立ちの若者だった。名前はジャク。さあ乗ってくれと手を差し伸べたその先にある車は、ずんぐりとした赤い軽自動車で、鼻面に見慣れないエンブレムが付けてあった。どこの車だと訊くと、TATANだと言った。TATAN。近い将来、エッティラージが作った〝神〟が宿る車だ。握手をして後部座席に乗り込むと、すでに神様はいた。ダッシュボードに、頭部が象、下は人体というフィギュアが胡座をかいている。これは日本の雑貨店でもときどき見かける。確かガネーシャと言ったっけ。

最初はチェンナイ港《ポート》だね、とジャクは言ってエンジンをかけた。ジャワハー波止場のほうに停められるかと真行寺は訊いた。釣りならもう少し北だぞとジャクは言い、タンカーが見たいんだと真行寺が答えた。オーケーとジャクが応じて車を出した。

港へはものの五分で着いた。ちょっと歩かせてくれ、と車から降りた。大きな湾港である。色とりどりのコンテナが積み込まれたタンカーがベンガル湾上をゆっくりと動いているのが見えた。

いつの間にか隣に来ていたジャクが英語で何か言った。チェンナイはコルカタやムンバイよりも早くから発展したんだと自慢のようすだ。それからジャクはドックに横付けされたひときわでかいタンカーを指さして、あれはバルクキャリアだ、と言った。よく知ってるなと思ったら、兄貴がこの港で働いているんだそうだ。その船艇《せんてい》の舷側《げんそく》にはTATANの文字があった。こいつもTATANだ。TATANの船はいつもこの岸壁で錨《いかり》を下ろすのか、その兄貴に訊いてみてくれないか、と言ったら、ジャクはオーケーと言って、スマホを取りだした。一言も聞き取れない言葉を連ねていたが、電話を切ると、絶対とは言えないが、ここはTATANのプライベート埠頭《バース》だから、TATANの船のほとんどはこの岸壁に停泊するはずだ、と言った。真行寺はスマホを取り出し、地図の上にピンをドロップした。

車に戻り、海岸線を流してもらって目的地のマイラポールに着いた。レシートを切ってもらい、港で時間をロスさせたお詫びだと言って、現金で二〇〇ルピーを握らせた。ジャクは喜んで、帰りはどうするんだと訊いてきた。またウーバーを使うつもりだと言ったら、じゃあ、この辺りにいるから呼んでくれないかと言われた。オーケーと言って降りた。

目的地にたどり着くまでには商店街を抜けなければならなかった。犬が道ばたのごみを漁《あさ》っていた。物売りに日本語で声をかけられたが無視してそのまま歩いた。やがて見覚えのある台形の塔が見えてきた。ブルーロータス運輸研究所本部の外観はこのカーパーレーシュワラ寺院を模していると聞いていたが、現地に来てわかったのは、写していたのは本殿ではなく、ゴープラムと呼ばれる門塔だった。その屋根や壁面が、神々や聖者のフィギュアで色とりどりにびっしりと埋め尽くされている南インド特有のドラヴィダ様式の派手な構えは、しかし北海道の精巧なレプリカを見た真行寺の眼には、それほどの威容として迫ってこなかった。靴を脱いで預け、裸足《はだし》で中に入る。夕方の部が開門したばかりだったが、もう多くの人で賑わっていた。境内をぶらぶらと散歩した。観光客よりもインド人の姿が多かった。

ヒンドゥー教徒ではない真行寺は本殿の中には入れない。しかし、ヒンドゥー教徒だと申告したらどうなるのだろうか、とも考えた。証拠を示せと言われるのだろうか。

そんな話を車内でジャクにしたら、「絶対にやめたほうがいい」と忠告された。

「わかるのか」と真行寺は確認した。

「わからないよ」とジャクは首を振った。「わからないけどやめろ。バレたら大変だ」

「本当か」

「ヒーガンとアウトカーストはお断りだと寺院が言っているときは入らないほうがいい」

ヒーガンという言葉が異教徒を指すことは時任に教わってきていた。

「殴り殺されるかもしれないし、そういう時にはみな喜んで大騒ぎするからね」

「なにが嬉しいんだ」

「人を殴れる時には殴るんだよ」

「そのアウトカーストってのは」と真行寺は確認した。「ダリットのことか」

すると、ジャクはちょっと驚いたような顔をして、こちらを見て、「そうだ」と言った。

「この寺院にはダリットは入れないのか」

「いや、もう入れるんじゃないかな、ハッキリしたことはわからない」

そんな会話を思い出しながら、境内を三十分ほどぶらぶらした。

靴を返してもらい、門塔を出たところでウーバーでジャクの車を呼んだ。また商店街を戻り、途中でミネラルウォーターを一リットル買って大きな通りに出ると、クラクションが聞こえて、車の窓から突き出した手をジャクが振っていた。乗り込むとホテルには二十分ほどで着いた。レシートを切ってもらい、また一〇〇ルピーを握らせて帰らせた。

部屋に戻り、ベッドに寝転がって少し寝た。そして、夜中に目を覚ました。

腹が減っていた。機内でもらったスナックを口に入れ、湯沸かし器をミネラルウォーターで満たし、沸かした湯で持参したカップ麺をこしらえて食べた。キャリーバッグからノートパソコンを引き出して、ベッドの上で胡座をかいた膝の上に載せて開いた。ホテルの Wi-Fi からネットに接続し、北海海運の社内用のネットワークにつなげて、パスワードを打ち込んだ。

真ん中に日本列島を置いた世界地図が現れた。ベンガル湾の真ん中では赤い光が点滅している。ページの上のほうに〈ナーガ ナビゲーション・マップ β版〉という文字があった。


「あの、ナーガは完成したんですか」

北海造船の食堂で、壁に貼られた《祝 ナーガ》の文字の下の写真をじっくりと見たあと、真行寺は視線を移し、斜め前の席でウニ丼を頰張っている作業着の男に声をかけた。

写真に収まった従業員たちが整列しているのは埠頭ではなく崖の上である。つまり、ドックの縁《ふち》だった。カメラは、従業員たちの背後に切り立った断崖の下、つまりドックに収められた新幹線のように細長い船艇もそのフレーム内に捉えていた。この不思議な船がナーガであることは間違いなかった。その船艇の下半分は水に浸かっていた。ドックへの注水が行われていたのである。

「ええ、おかげさまで」とウニ丼を頬張りながら男は言った。「明日いよいよテスト航行です。またソフト・キングダムさんの衛星にはお世話になりますよ」

「ナーガで無人輸送した場合、コストは下がるんですか」

はやる気持ちを抑え、真行寺はまずはこのあたりから探りを入れることにした。

「それはもう。三〇〇万トンくらいのタンカーだと、航海部と機関部とケータリング部あわせて二十名くらい乗せてますからね。これが液化天然ガスを運ぶ船だと三十名くらいになります。そいつがナーガだと無人になるんだからこれは相当なもんですよ」

「しかし、無人で大丈夫なんでしょうか」

「海中を進むから、他の船舶との衝突の危険性はないんでね」

なんだって、海中を？

「だから見張りは必要なくなります。それに荒波による転覆の心配もない。タンカーってのは重いものを目一杯積んでいるから、強風による転覆を危惧《きぐ》して進路をしょっちゅう変更するんです。そのために操舵手《そうだしゅ》が必要なんですがこれもいらなくなります」

そう言ってから、潜《もぐ》ってるんだから、海賊に襲われる心配もないしね、と冗談も付け加えた。

「だから、そこはアオハスさんの技術次第ってとこですが」

アオハスというのは青蓮《ブルーロータス》だとわかるまでに一瞬、間《ま》があった。

「海中の海図ってのはどこの国も軍が握ってて、簡単には出してくれないんで、だからアオハスさんとソフキンさんだけがたよりです。どうぞよろしく」

真行寺は、ソフト・キングダムの社員に見えることを狙って、神妙に頭を下げた。

「しかし、潜水艇を商船に使うとなると、積載量は小さくなりますよね」と時任が言った。

「そこをスピードでカバーするわけですよ」

「大型のタンカーってだいたい時速二〇キロくらいだって聞いたことがあるんですが」と黒木が言った。

「それはバルクキャリアですね。うちの船だと一一ノット。向こうまで十八日くらいかかってしまう。もう少しスピードを上げたいのならコンテナ船。こいつでも二一ノットくらいだから、時速にすると四〇キロ弱で十日はかかる。ナーガは、風の影響を考慮しないで最短ルートを取ることができるから、四二ノット、約時速八〇キロで五日で到着することを目標にしています」

そう言った後で、さらに男はこう付け足した。

「今回のテスト航行が成功したら、次は北回りでヨーロッパのルートも開拓します。北極海の下を潜って行けば、そうとう早く行けるはずなんですよ。中国は陸路で物資をヨーロッパに送る。東北地方から新疆《しんきょう》ウイグルの国境を越えて、さらにロシアを抜けてヨーロッパへ。これは我々の試算でだいたい六日かかる。ナーガなら四、五日でいけるはずです」

「推進力はなんですか」

「電池ですよ。電磁推進。羽のない扇風機ってのがあるでしょう。あれと同じ原理です。つまりナーガにはスクリューがありません。船尾は尻尾のようになっていて、これで水の抵抗を消すこともできるんです」

「それでナーガか」と時任は言った。「サンスクリット語で〝蛇〟」

男はうなずいた。

「らしいですね。本来はウミヘビなので〝海〟を意味するサンスクリット語も付いてもうちょい長かったんですが、覚えにくいのでナーガになりました。長いからナーガ。こっちのほうがいいでしょう」

つまり、ナーガは潜水商船だ。円筒のコンテナ格納部分が電車のように縦につながって、先頭に引かれ、その全体は蛇のようにくねくねと海中を進む。確かにこの新技術は、一朝一夕で真似できるものじゃない。しばらくこの分野では、日本が、北海造船が優位に立てる。親会社の北海海運がブルーロータス運輸研究所に出資している理由はこれだ。

「で、その、今回のテスト航行ってのはどこまで行くんですか」

「インドのチェンナイまでです」

真行寺たちは、衝撃をなるべく顔に表さないよう気をつけながら、ウニ丼を頬張った。

「チェンナイ湾に北海海運さんの桟橋があるんですか」と真行寺は訊いた。

「チェンナイだとTATAN商船さんのプライベート埠頭《バース》を使わせてもらってます。TAT

ＡＮ商船さんは、インド最大手のＴＡＴＡＮグループで、ＴＡＴＡＮ自動車とは兄弟会社ですよね」

もちろん知ってますよ、とでも言うように三人はうなずいた。

「あの人の口ぶりから察するに、たぶんナーガは、ときどき海上に浮上して、ＧＰＳで自分の位置情報を確認するのだと思います。また、ナーガのほうも位置情報を衛星に送って知らせてくるわけです」

ウニ丼を平らげた後、室蘭本線に乗り込み、時任がトイレに立つと、黒木はそう言った。

「つまりナーガの航行状況はネットで確認できるってことか」

「もちろん。北海海運は衛星からナーガの位置情報をもらう。いくつかのポイントで位置情報をもらえれば、あとは速度と進路を元に計算し、今どこにナーガがいるかを割り出すのは簡単です。海の中なら渋滞も風の影響もないですからね。ともかく、無人の輸送は移動する容れ物がどこにいるかを確認できることが絶対に必要です」

「ということは――」

「たぶんハッキングできると思います」

真行寺が社員食堂でもらった北海造船社員の名刺を渡すと、黒木はノートパソコンを取り出して、いとも簡単に北海海運の社内ネットワークに侵入し、「こいつで今どこを潜っているかを確認するわけです」と言って〈ナーガ　ナビゲーション・マップβ版〉のページを見せてくれた。そこに広げられた世界地図には北海道の室蘭で赤く点滅する光があった。

「つまり、ナーガはいまのところはこの北海道で出航を待っているってわけです」


この赤い光は目下、ベンガル湾上で点滅している。

真行寺は〈ナーガ ナビゲーション・マップ β版〉を閉じ、ノートパソコンを腹の上からどかして、ホテルのベッドでまた少しまどろんだ。再び起きると、窓の外はうっすらと明けはじめていた。シャワーを浴びて、朝飯を食べに食堂に下りて行った。高級ホテルではないので、宿泊客だけでなく、通りすがりのインド人も利用する食堂である。ドーサーという、生地を葉巻のように巻き込んだパンをもらい、チャイと一緒に胃袋に収めて席を立った。部屋に戻り、ノートパソコンを開いてナーガの位置を再確認した。順調に西進し、ほどなくチェンナイ到着である。今ごろ北海道では、北海海運や北海造船の社員たちがこのサイトを固《かた》唾《ず》をのんで見守り、点滅する赤い光のチェンナイ着港を心待ちにしているにちがいない。

BOSEの携帯用スピーカーをデスクに置き、Bluetooth でスマホにつないで、ベッドに寝そべってグレイトフル・デッドを聴いた。このBOSEは森園が貸してくれた。日本を出る前に、自宅に呼んでみっちり説教したあとキャリーバッグに荷物を詰め込んでいたら、おずおずと「これ持って行きますか」と差し出してきたのだ。遠慮なく借りた。ジェリー・ガルシアのギターソロを聴きながら、スマホで調べるとチェンナイ港までは約四キロ。一時間ほど歩けば到着できるはずだ。

早朝にホテルを出て歩いてみた。まだ暑さもそれほどではなかったので一時間くらいなら、と思った。歩き出すと、頻繁に寺院に出くわす。ヒンドゥー教寺院が多いが、またちがう装いのものもある。シーク教だかジャイナ教だかは真行寺にはわからない。とにかくいたるところに神様がいる。ブロマイドやポスターも売られている。寺院の前の露店で、雑貨屋で、途中に市場《いちば》があったが、ここでも売られていた。神様だらけだ。

時々スマホを取り出して、例のサイトでナーガの位置を確認し、またチェンナイ港までの道程も確かめた。

スマホのナビに導かれて歩いて行くと、車が行き交う四車線の大通りに出た。その舗道を歩く。埃っぽくて潤いのない景色が神経に障った。やがて左手に川が見えた。お世辞にも綺麗な川とは言えなかった。水は濁り、悪臭がして、河川敷にはゴミが散乱し、痩せこけた犬がうろついていた。次々と車に追い抜かれ、排気ガスを浴びながらひたすら歩いて橋を渡ると、ようやく海が近づいてきた。幹線道路から海へとコースを取り直し、少し迷ったものの、湾港内の道に出ることができた。手前にはガントリークレーンが、沖には行き交う船舶が、見える。いったん立ち止まり、スマホを取り出して、昨日ピンドロップしたＴＡＴＡＮのプライベート埠頭《バース》の位置をもういちど確かめ、そちらに向かってまた歩き出した。

埠頭に出た。

見知った顔があった。

「おはようございます」と真行寺は声をかけた。それは日本語だった。

振り向いた顔は、真行寺を認めると、凍り付いた。

「ナーガの実験航行の成功おめでとうございます」そう言ったあとで、いや、おめでとうかどうかはまだわからないか、と独り言のように付け加えた。

「ここで何をしてるんです」

「休暇です。両角さんがここにいるのはナーガ着港の立ち会いのためですよね」

両角はこれには答えず、黙って真行寺を見返した。なにかしらよからぬ雰囲気を嗅ぎ取った、これもまた見覚えのある連れが真行寺に怪訝な視線を送ってきた。

ハローと真行寺は挨拶した。しかし、一回目に研究所を訪れた時にカフェで出会った青年からは、気まずい沈黙だけが返ってきた。

「あのときはコーヒーをごちそうさま。さて、今日は君の最初の診療になるのかな」と真行寺は英語で言った。「もっとも違法だけれどね」

両角の表情はさらに硬いものになった。

「強制捜査は無事にやりすごせましたか」真行寺は今度は両角に向かって言った。

両角はやはり黙っていた。

「ひょっとしたらまだ捜査は続いているのかもしれませんがね。けれど、アリバラサンが見つかったはずはない」

沖を見つめた真行寺がそう言った時、海面が盛り上がり、数珠《じゅず》つながりになった半円筒が、海水で濡《ぬ》れた肌を熱帯の朝の光にさらしながら、こちらに向かって来るのが見えた。北海海運とTATAN商船が共同出資して開発したナーガの丸みを帯びた甲板だった。五日前に室蘭を出港し、太平洋の海面下を南へと進路を取ると、関門《かんもん》海峡に入って日本海に抜け、玄界《げんかい》灘《なだ》の高波も知らずに潜行し、東シナ海をひたすら南へと進んで、台湾島を右に探知しつつ南シナ海に入れば、ルソン島を左にかすめるようにしたその後《あと》は、ぐっと面舵《おもかじ》を切り、シンガポール海峡もマラッカ海峡も通過したら、あとはもうベンガル湾下をひたすら西へと突き進むだけ、そしていま、チェンナイ港に接岸するべく、潜水商船ナーガは浮上したのである。

真行寺は言った。

「さあ、アリババラサンに会いに行こう」

ナーガの背中が真ん中で割れると、作業員がそこから梯子《はしご》を使って船内へと下りていった。ガントリークレーンの吊り具がこれに続いた。艦内ではおそらく、作業員が後から下りてきた吊り具にコンテナを装着しているのだろう。しかしそれは、真行寺の立っているところからは見えなかった。ただ、中に下りていった作業員の数だけは真行寺は数えていた。三つのコンテナが無事に引き上げられ、船底から作業員がまた上がってきた時には、案の定ひとり増えていた。中のひとりは濃いサングラスをかけている。背が高くがっしりした大男である。しかし、足元がすこしふらついていた。両角と医学生の青年が駆け寄って肩を貸し、近くに停めてあった車へと誘導した。アリババラサンだなと聞き質す必要もないと思った。大男を真ん中に挟むようにして、医学生と両角が左右から乗り込んだ。真行寺は前のドアを開け、う

むを言わせず助手席に座を占めた。そして、驚いている運転手に顔を振り向けて、

「やあ、君も来てたのか」と明るい声で言った。

ステアリングに手を置いていたのは、ロヒだった。自宅に招いて仮睡《かすい》のために寝台を貸してくれ、夕飯まで振る舞ってくれたエンジニア志望の男である。ロヒは後部座席を振り返った。出してくれ。彼にはインドでの捜査権はない、と両角が英語で言った。そうだ気にしないでくれ、と真行寺も後を足した。

ロヒが車を付けたのは病院ではなく、ホテルの車寄せだった。真行寺が部屋を取ったホテルのすぐ近く、しかし構えは段ちがいに豪奢《ごうしゃ》な高級ホテルのエントランスを抜けて、アリバラサンはすこしおぼつかない足取りでエレベーターまで歩いて、真行寺たちや西洋人観光客と一緒に乗り込んだ。ほかの乗客の目を気にしてか、両角とロヒはアリバラサンに肩を貸さなかった。エレベーターを降り、背後で扉が閉じると、両角とロヒがすぐに手を差し伸べた。ふたりの助けを借りて、アリバラサンは長い廊下を部屋まで歩いた。部屋に着くとすぐにベッドに寝かされ、医学生が脈を取り、聴診器を当てた。医学生はタミル語で問診していた。

一方、両角は、遮光カーテンを閉め、部屋の明かりを落とし、アリバラサンのサングラスをはずしてやった。それからカメラの三脚などを取りだして、その脚を伸ばして立たせているなと思ったら、そこにクローゼットから取り出したビニールパックを吊した。点滴のスタンドだった。医学生が薬剤の袋にチューブを取り付け、その先端にある針をアリバラサンの
静脈に刺した。そして、腕にチューブを紙絆創膏《ばんそうこう》で固定した。

水の流れる音がして、トイレからゴム手袋をした両角が小さなバッグを手に出てきた。そして、こんどは浴室に入った。ざあざあと水を使う音が聞こえてきた。そのあいだ医学生はベッドに仰臥《ぎょうが》する大男になにか小声で話しかけ、ぼそぼそした声で返ってくる言葉に対していちいちうなずいていた。今日の日付や、いま自分がいる場所などを確認させているのかも、と真行寺は推し量った。浴室から両角が出てきて、その濡れたバッグをビニール袋に入れ、はめていたゴム手袋もそこに放り込んだ。おそらく、ナーガのコンテナにアリバラサンが身を潜めている間に、バッグに出した便をトイレに流し、そのバッグも洗浄したようだった。コンテナの中で口に入れた栄養食の空き袋などもここに捨てたのだろう。両角はそれを持って部屋を出て行った。ホテルのロビーにあるゴミ箱に捨てるか、ボーイに捨ててくれと頼むかするのだと思った。

真行寺は医学生に「大丈夫か」と訊いた。医学生は黙ってうなずいた。ほどなく、両角が帰ってきた。やはり手ぶらである。そして、ベッドの傍らに立ってアリバラサンを見下ろすと、深いため息をついた。

とりあえず一段落、という安堵感《あんどかん》が部屋を支配した。両角はふと顔を上げて、よどんだまなざしを真行寺に送ってきた。そして、

「出ましょうか」と言った。

真行寺はうなずいた。ふたりは部屋を出た。

「どうするおつもりですか」

　注文したアイスコーヒーが運ばれてきてから、両角はようやく口を開いた。高級ホテルのティーラウンジは、ホットにしてもよかったくらいに、冷房が効いていた。

「アリバラサンと話したい」と真行寺は言った。「できればふたりで」

「なんのために」

「謎《なぞ》を解くため、かな」

「私が知っていることなら、私が」

「たぶん知りませんよ。それに、本人に直接聞きたいんだ」

「断れば」

「断れない。考えてみてください。そしてこれ以上言わせないでくれ」

　なにせ人殺しを密出国させ、さらによその国で密入国までさせているんだ、州警察にタレ込まれれば、これまでのキャリアなど木っ葉《こ　ば》微塵《み じん》に砕け散るどころか、日本に帰国できるかどうかさえ怪しい。両角はまたため息をつき、じっと考え込んだ。真行寺は、目の前の男が考えていそうなことを先に口にした。

「言っとくが、金の話ではないからな。金の話をするなら、そこで終わりだ」

　両角は困惑した笑いを口元に浮かべた。

「アリバラサンと会ったあとはどうするんですか」

「さあな。俺にも見当がつかない。なんせ四人殺してるんだ」

二日後、真行寺はアリバラリンが運び込まれたホテルの部屋の応接セットで向かい合い、互いに英語で会話を交わした。

「日本の警官だな」とアリバラサンは大きな体をひとり掛けのソファーに深々と沈めて言った。

「そうだ」と真行寺は言った。

アリバラサンが深く息を吐いた。

「訊きたいことがあって来た」

「マドラスの客のことだろう」

「そのことはもう大体わかっている」

「わかっている？　なにを」

真行寺は慣れない英語をゆっくりと喋った。

「客がひとりマドラスにやってきた。客はバラモンだった。ダリットが料理するな、と言って客はクレームをつけた」

「そうだ」

「客はもう一度やってきて、お前はチェンナイで三人殺しただろうと言った」

「言った」

「そして、仲間はいま北海道のどこにいるのかと追及した」

「そうだ」

「そして、おまえは殺した」

「ああ、殺したんだ」

「言っただろ。起こったことは大体わかっているんだ」

「じゃあ、それで充分じゃないか」とアリバラサンは言ったあと「警官なんだろ」と付け足した。

それから、ペットボトルのコーラを飲んだ。それはさっき真行寺が雑貨店で買って持参したものだ。

「俺は変わり者でね。起こったことだけじゃ満足できない」と真行寺は言った。

アリバラサンはペットボトル片手に肩をすくめた。

「どうしてチェンナイに戻ってきたんだ」

曖昧な笑いだけが返ってきた。こちらの英語が通じなかったのか、それとも質問の意味がわからないのだろうか。真行寺はもう一度、

「どうしてインドに戻ってきたんだ」と尋ねた。「ここのほうが安全なのか」

アリバラサンは首を振った。「安全なわけはないだろう」

「俺は初めてインドに来た」と真行寺は言った。「よそは知らないが、ここはあまりきれいなところじゃないな。川からは悪臭がする。売っている魚もあまりうまそうに見えないぞ。北海道のほうが空気はきれいだ。カニがうまい。鮭《さけ》もうまい。ジャガイモもうまいぞ。村の

中はクリーンでタイディーだろ」

アリバラサンは丸っこい顔を縦に振って「同意する」と言った。

同意されると話が続かないじゃないか、と真行寺は思った。この国のどこがいいんだ。お前たちを差別して苦しめたこの土地のどこがよくて帰ってきたんだ。そう訊きたくて英語を組み立ててみたが、うまく整わなかった。ふと、

「神様だらけだな、ここは」という言葉が口を衝いて出た。それは直訳すれば「この土地は神様が充満している」という英語で伝えられた。

アリバラサンは笑ってうなずき「そうだな。この土地は神様が充満している」と繰り返した。「インドは神様が充満している国だ」

そして、ふたりで笑った。

「あの土地では神様は生きられない」とアリバラサンはふと言った。

あの土地とは、日本のことかもしれず、北海道のことかもしれず、あの研究所のことかもしれなかった。真行寺は考えた。日本に神様はいるのだろうか。東京にはいなさそうだ。でも北海道にはいるような気がする。北オホーツクの原野なんかに。もっとも神様はいそうだが、人間はいない。いるとしたら野生動物の調査隊か、文化人類学者くらいだ。あの研究所はどうだ。あそこにはパドマーヤールがいたじゃないか。

待てよ、そもそもだな、と思い、真行寺は訊いた。

「エッティラージのプロジェクトは知ってるな」

アリバラサンは警戒したような表情になって答えなかった。真行寺はこう言い直した。

「エッティラージのスヴァダルマは知っているよな」

スヴァダルマ、それぞれのダルマ、それぞれの道、それぞれの務め。スヴァダルマ スヴァダルマ……。真行寺はバッグからＢＯＳＥの携帯用スピーカーを取り出して、Bluetoothでスマホにつないだ。そして、森園がリミックスしたあの曲を鳴らした。曲がかかると、アリバラサンの顔が心持ちやわらぎ、サビではほころんだ。

「新しいバージョンだな」

「ああ、お前に格闘家になればいいと勧めた高校生がいただろう。あいつがアレンジしたんだ」と真行寺は言った。

「ああ、覚えてる。そうか、彼がこれを」

曲は二番にさしかかった。

「誰が歌っている？」アリバラサンが訊いた。

「サランだ。マドラスのウエイトレスだよ」

コーラスになった。

スヴァダルマ スヴァダルマ とアリバラサンは声を合わせた。

そして、コーダ。古いダルマはすべて捨てて 新しいダルマに庇護を求めろとサランが歌って曲は終わった。

さて、と真行寺は言った。

「エッティラージは自分の務《スヴァダルマ》めを果たそうとしている。自分《スヴァダルマ》のダルマの向こうに、新しいダルマを作ろうとしている。その新しいダルマはお前たちダリットに庇護を与えてくれるだろう。これがエッティラージのプロジェクトだ。だよな」

アリバラサンはうなずいた。

「だけど、たとえエッティラージのダルマの向こうに新しいダルマとみんなが呼ぶものがあるとしても、それはダルマなのか。そのダルマに庇護を求めるべきなのか？　どう思う、アリバラサン」

真行寺もインドのコーラに手を伸ばした。インドではポピュラーなものだが、調合された香辛料が彼の舌には合わなかった。真行寺は顔をしかめてボトルを見た。親指を立てた拳のイラストにThumbs《サム》 Up!《アップ》という文字が重ねてプリントされてある。いまの俺の気分とはまったく逆だ。真行寺の顔がさらに歪んだ。これを見てアリバラサンは親指を立てた。

「それはお前の答えかな」と真行寺が訊いた。「もしそうなら、俺はちがうと言いたいね」

「なにがちがう。どうちがう」

「エッティラージの新しいダルマは、神様の居場所をなくしていくんじゃないのか」

アリバラサンはうなずいて、さっき立てた親指を今度は下に向けた。

「賛成だ。そいつを新しいパドマーヤールだと呼ぶやつが現れるかもしれない。俺たちを撥ねずにバラモンを撥ねた車に手を合わせるようなやつだ。いや、きっとそういうやつは現れるだろう。けれど俺は知っている。それが神じゃないことを」

アリバラサンはそこで息を継ぐと、「けれどさ」と不思議そうな顔つきになった。「それがあんたに何の関係があるんだ。日本人は金とテレビとインターネットさえあればいいんだろ」

意表を突かれて真行寺は黙り込み、ややあって、「かもしれない」というひと言が、彼の口から漏れた。

「おかしなやつだな、あんたは」

「とにかく」と真行寺は言った。「エッティラージが作ろうとする新しい神、新しい神が生み出そうとするダルマでは、君の心は保護されないんだな」

「どう考えたってちがうだろう」とアリバラサンは言った。「だってエッティラージが作ったもんなんだ、あれは。俺と一緒に石蹴りをしてたエッティラージがさ。あいつは仲間だけれど、神ではないよ」

「じゃあ、なぜベンカテッシュを殺したんだ」と真行寺は訊いた。

「ベンカテッシュ？」

「マドラスでお前が喧嘩したやつだ」

ああ、とアリバラサンは思い出したように言った。

「チェンナイで三人を殺したのは理解できる。あいつらはレイピストの豚だからな」と真行寺は言った。「ダリットの分際で料理をするなと罵《ののし》ったベンカテッシュだってクズだ。けれど、それはお前らダリットにとっては、殺すほどのことでもないんだろ」

「きりがないからな」

「ベンカテッシュはお前がバラモンを三人殺したと疑っていた。そしてお前を東京で見つけたとインドの知人に電話で話したらしい」

「俺にもそう言ったよ。元ポリスマンにだな」

「だったら、お前はベンカテッシュを殺すべきじゃなかった」

「なぜ」

「日本で人を殺したら俺のような刑事がお前を追うからだ。インドの警察はそう簡単には日本で捜査できない。だからお前は、とりあえず逃げ出すべきだったんだ」

「どこへ」

「それはわからない。俺が思いつくアイディアは、名古屋《なごや》や大阪などの大都市に潜伏するくらいしかないが、それだって殺すよりはリスクは少ないだろう」

「かもしれない」

「でもお前はそうしなかった。なぜだと俺は考えた。そして、北海道のことをベンカテッシュが嗅ぎ回っていたことと関係があるんじゃないか、と疑い出した。ベンカテッシュは北海道に行こうとしていた。村から消えたダリットが北海道でなにをやっているんだろう、と疑問に思っていた」

「みたいだな」

「お前がベンカテッシュを殺したのは、エッティラージのプロジェクトをあいつに勘づかれたらまずいと思ったからだろ」

アリババサンは否定も肯定もせず「それで」と先を促した。

「ただ、そう考えると確かに辻褄《つじつま》は合う気もするんだが、よく考えてみると、これもなんだか変な気がする。別に勘づかれてもいいいんじゃないかとも思うんだ」

「どういう意味だろう」

「チェンナイでのバラモン殺しは、お前とエッティラージの共謀だろうと、俺は疑っている。インド警察も、調べがすすめば、そう疑い出すだろう。けれど、エッティラージの手は、お前とはちがって、血で汚れているわけじゃない。インドの警察はたいへん悪辣《あくらつ》だと噂に聞いているが、いくらなんでも、たいした証拠もないのに、一流企業からの出資を得て事業展開しているエッティラージを日本で逮捕することはできないし、それは俺たちが許さない」

「殺人事件についてはあんたの言うとおりだよ。けれど、プロジェクトはどうなる？」

「そこだ。じゃあ一緒に、ベンカテッシュの意識の流れを追ってみようじゃないか。まず、彼は東京で南インド料理を出しているレストランの店主、つまりお前、がダリットだと知った。ダリットと言えば、ダリットの村人が一晩で村から消えた事件がチェンナイであったな、と思い出した。忽然と行方をくらましたダリットたちの中に、チェンナイでバラモンを三人殺したと噂されている元格闘家がいる、という情報をベンカテッシュが知っていた可能性は高い。お前はでかくて、いかにも格闘家って体つきだから、ひょっとして目の前にいるこいつが、とマドラスで見たときに思った可能性もある。ところで、この殴り殺された三人のバラモンってのは、すこし前に、ダリットの村はずれで少女をレイプしたかどで告発されてニュースになっていた。だから、この三人が品行方正でも清廉潔白でもないって事情はベンカテッシュだって心得ていた。また、被害者の少女たちがそのダリット村の娘だってことも、インドに問い合わせれば、さほど苦労もせずにわかっただろう。さらにこの三人のレイピストのバラモンを、あろうことか州警察が放免してしまい、世間を大いに騒がせたことも、ベンカテッシュの記憶に甦《よみがえ》ってきた。おまけに、その少女の恋人ってのが噂になっている元格闘家だってことになると、復讐の動機は充分にある。そして、ベンカテッシュが慄然としたのは、ダリットたちを集団で日本へ移住させた首謀者はレイプされた少女の兄であり、またバラモン殺しの元格闘家の幼なじみであると知った時だ。自分もまたバラモンであるベンカテッシュは怒りと恐怖で打ち震えたにちがいない。――長いがここまでがイントロだ。どうだお前も似たように想像したんじゃないのか」

アリバラサンはペットボトルのコーラをぐいと呷《あお》ったあとで、曖昧な笑みを浮かべた。

「さて、消えたダリットたちは日本でいったいどのように暮らしているのだろうか、とベンカテッシュは考えた。インド人は個人では生きていないので、あいつらはきっと日本のどこかで身を寄せ合って暮らしているにちがいないとベンカテッシュが推察するのは自然な流れだ。そして、『店長は東京に来る前は北海道にいた』というウエイトレスの言葉から、消えたダリットたちがいまは北海道で暮らしているということをベンカテッシュは確信する。そして、ダリットたちはそこで、バラモンの地位の優越性を根底から脅かす、元格闘家が振り下ろした拳よりもずっとハードな、レイピストの口と耳に注がれた油よりもさらにホットな、恐ろしい計画を進めているのではないか、という疑惑がベンカテッシュの中でじわじわと育ってきたってわけだ」

ここまで一気に喋り終えると、真行寺はふーとため息をついてから、
「もちろん、最後の一言は俺の妄想みたいなものだ」と付け加えた。

このような込み入った因果関係を、英語がさほど達者ではない真行寺が、立て板に水で披露できたわけではない。しょっちゅうつっかえながら、持ってきたノートに Dalit だの Hokkaido だの Chennai だの fuckin' three Brahmin Rapists みたいな怪しげな言い回しまで書き付けたものを見せながらでのことではあったし、会話があまり重要視されていない時代に教育を受けた世代特有のr《アール》とl《エル》の区別もないブロークンな発音だった。けれど、構文だけはしっかりしていた。

「ただし、ベンカテッシュがそこまで見通してたかってことになると、そんな可能性はほぼないんじゃないか、と俺は思っている。ダリットのやつら、北海道でのうのうと暮らしてやがる、畜生め、とは思っただろうが、三千年以上にもわたって守ってきたバラモンの特権的地位を脅かす計画を練っている、というところまで想像できたとは思えない。できたんだとしたら、その推理力たるや刑事の俺よりはるかに上《うえ》ってことになる。――まあ俺より上と言ったって大したことはないが」

「そんなところまでベンカテッシュの推理は働かなかった、とあんたが確信しているんだと

したら、なぜわざわざそれを付け足して、俺に説明する必要があるんだ」

「いや」と真行寺は言った。「俺にとって重要なのは、ベンカテッシュがそのように推理をしたか、ではなく、ベンカテッシュがそのように推理しているのではないか、とお前が妄想したかどうかだ。そして、お前はそう妄想し、このままではエッティラージのプロジェクトが阻止されてしまうと恐れた。そう俺は疑っているわけだ」

聞いていたアリバラサンは不思議そうな顔つきになった。

「ちょっと待ってくれよ。そこまでわかってるのなら、あんたは一体なにがわからないって言うんだ」

「だっておかしいだろ。エッティラージが開発している神は、本物の神なんかじゃない、とお前はさっき言ったじゃないか。偽物だとしたら、開発を阻止されたってかまわないだろ。それよりも自分が捕まらないことのほうが大事なんじゃないか。なぜベンカテッシュを殺したんだ」

するとアリバラサンは呆れたように笑った。

「それは仲間を守るために決まっているじゃないか」

仲間を守る。——真行寺は、簡素な美しさに触れたような気がして、感動してしまった。

「エッティラージのプロジェクトの先にダルマがあるかどうかなんて、俺にはどうでもいい。大切なのは、エッティラージは俺の仲間だってことだ。そして、あいつも自分の仲間を守るために命を賭けている。作っているのが機械じかけのニセモノであっても、俺は大目に見るつもりだ」

「だったら」と真行寺は言った。「なぜ仲間のところにとどまらなかったんだ。あそこには神様がいないという理由はもう聞いたから、繰り返すなよ。俺が気になるのは、今回のナーガによる日本脱出よりもむしろその前のほうだ」

「その前というと？」

「そもそもどうして、お前は東京に出て来たんだ。俺にはわからない。北海道に神様がいなければ東京にもいないはずだろ」

まったく鈍いやつだなあんたは、という風にアリバラサンは首を振った。

「お前は仲間のために人を殺した」真行寺は言った。「けれど、仲間を捨てて、北海道を離れた。なぜだ」

アリバラサンはため息のあとで口を開いた。

「あそこに俺の居場所はないんだ」

「それはエッティラージも言っていた。そいつが俺にとっては最大の謎だ。お前をこのホテルまで運んだロヒは、お前のことを、勇敢なやつだと言っていた。祭りの屋台のメニューにはアリバラサン・スペシャルなんてものまであった。お前はヒーローだ。あそこに居場所がないはずがないじゃないか」

「俺もまさかこんなことになるとは思わなかった」とアリバラサンはしみじみ言った。「俺は仲間のために人を殺した。けれど、それが俺があそこに居場所をなくした理由だよ」

なぜ、と訊こうとして、真行寺は、はっとした。

そうか、と思った。うかつだった、ちょっと考えればわかりそうなものじゃないか。

真行寺はため息をついた。静かになった部屋で、その音はかなり大きく聞こえた。

「問題なのは」しばらくしてから真行寺は口を開いた。「俺は仲間のために人を殺すやつが好きだってことだ」

英語では、自分の本意だけを大胆に表現せざるを得なかった。

「もっとも、お前が守ろうとしたお前の仲間、エッティラージのダルマってのは気に入らないんだけどな」

真行寺はスマホを取り出した。そして、両角に電話をして、

「終わったよ」と告げた。

6　青い影

この日、真行寺は夜のチェンナイを発って、バンコク経由で次の日の昼すぎに成田《なりた》に着いた。リムジンバスで東京駅へ。中央線に乗り換え、高尾に着き、タクシーに乗って、家の前でキャリーバッグをトランクから下ろしたときには、もう日が陰っていた。

鍵穴にキーを差し込んで、キャリーバッグを引き上げ、靴を脱いで上がり、壁のスイッチをぴちんと押して灯りをつけると、留守をしていたここ数日で、家の中は一変していた。

いったんは黒いケースに収められ部屋の隅に片づけられていた太鼓とシンバルは、再び取り出され、ドラムセットとなって、マイクもセッティングされていた。二組のスピーカーの前には、ソファーが置かれ、作業用テーブルがこの後ろに移されて、16chのミキサーが載っていた。

奥の広々としていた寝室は二間に区切られ、狭いほうの間《ま》にはボーカル用の録音ブース、その横には細いベッドと小さな机が押し込まれていた。もう片方の間《ま》は、真行寺が使っていた寝室がすこし狭くなってほぼそのまま残っていた。どの部屋もきれいに片づいていた。

玄関で物音がした。両手にスーパーのビニール袋をいくつも提げて、森園がリビングに姿を現した。

「わ、いる」と森園は言った。

「いちゃいけないのか」と真行寺はわざと憮然《ぶぜん》とした。

「いや、早いなと思って。まだご飯できてないんですけど」

「機内食を食ったからまだ腹は減ってないよ。ゆっくり作ってくれ」と真行寺は言った。

「何を食わしてくれるんだ」

「おでんです」

「作れるのか」

「おでんの出汁は買ってきましたから。あとはネタをどんどん放り込んでいけばできるんじゃないですか」

「できるんじゃないですかじゃ困るぞ」

「あ、できます」

「部屋は今の状態で何割終わってるんだ」

「七割程度です。あと、コード類とスタンドの整理と、防音の処置が少し残ってます」

「学校のほうは」

「退学届を出しました」

「引き留められたか？」

「いや全然」

「母親にはここで暮らすことは話してあるんだろうな」

「はい。いずれ挨拶に伺いたいと言ってました」

「信用してるのか」

「はい」

「まあ警察官という身分はこういう時には便利だな。たまには実家に顔出せよ」

「わかりました」

「じゃあ、俺はシャワーを浴びてすこし寝る。起きたらおでんを食おう。腹が減っているのなら、先に食っててもいい」

もういちど全力で音楽に取り組んでみろ、と言って森園を自分の家に置くことにし、リスニングルームにしてきた広いリビングを、レコーディングできる仕様にリフォームすることに決めた理由は、一連の事件の中で、度重なる判断ミスをやらかした責任感からだけではなかった。自分にはない音楽の才能が森園にはある、それは大衆から広い支持を得るものではないかもしれないが、非凡にして特殊で時流に流されない確かなものだ、と真剣に音楽を聴いてきたリスナーとして真行寺がそう確信したからである。

久しぶりに自分のベッドでまどろんで、二時間ほど寝てから起き、ソファーに座ってボブ・ハートの『俺は俺だ、文句があるか』をレコードで聴いた。おそらくもうチェンナイを出て、インドのどこかでもう一度生き直そうとしているアリバラサンを思いながら。

A面が終わると、針が上がるのを待っていたにちがいないタイミングで、「できたよー」と台所から声がかかった。真行寺はソファーから腰を上げ、アンプを絞り、ダイニングテーブルに着いて鍋の中を見た。大根がうまそうに煮えていた。

「こうして聴くと、ボブ・ハートもなかなかいいですね」と森園は生意気なことを言った。

「彼女の怒りはもう鎮まったのか」と真行寺は訊いた。

「ほぼ」と森園は言った。

「ラッキーだったな」

「そうですか？　ほぼですよ」

「ああ、なかには許してもらえないやつだっているんだ」

「ほんとですか、かわいそうだな」

「ああ、かわいそうだったよ」

　自分の恋人をレイプした連中を殴り殺した男は、その殺しを恋人から決して許されることはなかったのだから。

「人を殺してしまった俺は、もう俺じゃないんだとさ」とアリバラサンは妙な味のするコーラを一息に飲み干して言った。「どうしても、人殺しだけは受け入れられないんだとさ。あいつのために殺したのに、そんなことをあいつに言われて、どこに居場所があるっていうんだ」

「どこかにあると信じるしかないな」と真行寺は言った。

　そして、二人の間にある低いテーブルにディスクを二枚置いた。

「アルバイトのサランがボーイフレンドのためにあんたから借りたCD、もう一枚はさっきここでかけたそのボーイフレンドがアレンジしたバージョンだ。よかったら持って行ってくれ」

　アリバラサンは二枚の白盤をとると、不思議そうな顔で真行寺を見た。

「逮捕しないのか」

「インドでは俺は逮捕できない。インドの警察に通報することはできるんだが」

「なぜしない」

「休暇中だからな。それにさっきＳＩＭカードが切れてしまったんだ」

　アリバラサンは信じられないという表情で真行寺を見つめていた。

「この世の中には二者択一でしか悩めない悩みってものがある。そして、俺は人殺しを見逃すことを選択する。仲間のために、恋人のために、人を殺したお前が好きだからだ。しかし、このことは俺の中でずっとしこりとなって俺をさいなむだろう。オーケー、さいなまれようじゃないか」

　アリバラサンがやはり黙っていたから、真行寺は立ち上がって、部屋を出た。

「あ、辛子いりますか」という森園の声でわれに返った。

「いる」と真行寺は言った。

　辛子をつけて大根を食べた。

「うん、なかなかうまいな」

「最近のインスタントの味ってすごいですね」

「それは言わなくていいんだよ」と真行寺は笑った。

「サランがまた来たいって言ってるんですけど、いいですか」

「いいさ、また三人で食おう」

　あくる朝、森園がまだ寝てるうちに真行寺はベッドを抜け出し、また北海道へ飛び、ブルーロータス運輸研究所の会議室で再びエッティラージと向かい合った。この面会は、まだインドにいる両角が手配してくれた。

「アリバラサンに会った」と真行寺は言った。

「聞きました」

「最初にここに来たとき、あんたに会わせてくれと両角に頼んだが、出張でインドにいると言われた。その時あんたはＴＡＴＡＮ商船に頼み込み、ナーガで運ばれたアリバラサンを陸に上げ、逃がすのを黙認してもらおうと交渉していたんだな」

　エッティラージはただうっすらと微笑んだ。

　ドアが開き、あの妹が入ってきて、チャイのカップを真行寺の前に置いた。

「アリバラサンに会った」と妹にも言った。

　妹は兄を見た。兄はただうなずいた。

「元気でしたか」と妹は英語で言った。

　真行寺はどう答えていいか迷ったが、結局、

「元気だった」と言った。

その答えは妹を満足させたようだった。

「ちょっと歩きませんか」

チャイのカップを置いて真行寺はエッティラージに言った。

「いいでしょう」とエッティラージもカップを皿に戻して腰を上げた。


秋の北海道の空気はインドから戻ったばかりの身には寒いくらいだった。真行寺は車道の真ん中をエッティラージと歩いた。ふいに、横を歩いていたエッティラージが、

「ボビーボビーは元気ですか」と訊いた。

「あの翌日に空港で別れてから会っていませんね」と真行寺は答えた。

「私はあの人が好きだな」とエッティラージはまた言った。

そうだろう。真行寺はうなずいた。

「私とボビーボビーは考え方が似てますよ」

「そうだと俺も思う」

新千歳空港に向かう室蘭本線の座席で、黒木が時任にちょっとした議論をふっかけた一幕があった。

「人間は〝大きなもの〟が展開する様子を神話という形で紡ぎ出してきたわけですよね。つまり言葉によって物語ってきた。言葉によって世界に開かれてきた、と言ってもいいや。つまり、人間にはもともと言語を獲得する形式が備わっているということもできるし、言葉っ

ての は、物語るために神が与えてくれたギフトだとも考えられる」

　時任は真剣な面持ちで聞いていた。

「もう一方で、数学者や科学者は、数字や論理によって〝大きなもの〟に迫ろうとしている。数学的な論理思考というのは、数学者や理論物理学者なんかのインタビューを読んでみると、〝大きなもの〟からの訪《おとず》れとして捉えている人が多い。つまり彼らは数式や論理によって、世界と、今回のケースに則して言えば、ダルマと出会っている。つまり、いま人類は、〝大きなもの〟へのアクセスの手段が、神話的レトリックから数学的論理思考へ移行する過渡期にあるだけで、それを時任さんなんかは、世俗だの宗教だのって問題にしてるんですが、そんなのどっちでもいいじゃんって気がするんですよ」

　時任は口をもごもごさせていたが、にわかには反論できず、「宿題にさせてください」と言った。

　今日も車道を行き来するロータスは、かなりのスピードを出していた。いや、以前にも増して、より速く、より巧みに、歩行者をかわし、歩行者や横断者の間をすり抜けていく。その走行は、前に訪れた時よりも、さらに精度が上がり、いまも継続中のこの実験走行はひときわスリリングなものになっているようだった。

「しかし、究極のダルマってのは」と真行寺がふいに言った。

　エッティラージが真行寺を見た。

「永遠でなければならないな」そう真行寺は続けた。「数字なんてものは記憶するメディアが壊れたら、消えてしまうじゃないか」

ああ、といま気づいたようにエッティラージはうなずいた。そして、

「そうでしょうかね」と笑った。

真行寺は決心した。あれをやることを。

そして突然、横に動いた。

彼の目の前にロータスが猛然と突っ込んできた。

タイヤを激しくきしませ、ロータスはからくも真行寺を避けた。カースト制度の中で、ダリットと位置づけられている日本人を、エッティラージの〝神〟は「避けろ」と命じた。

進路を変えた先に、エッティラージがいた。バラモンの血を引く、バラモンの特徴量をその顔にたっぷりとたたえた男が。

〝神〟はこの男を、「撥ねてよい」と認定した。

ロータスの底知れなく寂しい青い影が、エッティラージの顔を覆っていった。

青い影は濃くなり、黒く染まった。限りなく黒に近い青い影の中で、薔薇だと思って蒔いた種から育ったのはドクダミだったと認めたエッティラージが、かすかに笑った気がした。

【参考文献】

「現代インドにおける宗教と公共圏」（田辺明生著／『宗教と公共空間 見直される宗教の役割』島薗進・磯前順一編 東京大学出版会に収録）
『カーストと平等性 インド社会の歴史人類学』（田辺明生著 東京大学出版会）
『ヒンドゥー教』（森本達雄著 中公新書）
『はじめてのインド哲学』（立川武蔵著 講談社現代新書）
『マハートマとガンディー主義』（ナンブーディリッパードゥ著 大形孝平訳 研文出版）
『ガンディーの生涯』（K・クリパラーニ著 森本達雄訳 レグルス文庫）
『マヌ法典』（渡瀬信之訳 中公文庫）
『マヌ法典』（渡瀬信之著 中公新書）
『不可触民』（山際素男著 光文社知恵の森文庫）
『不可触民と現代インド』（山際素男著 光文社新書）
『インド神話入門』（長谷川明著 新潮社）
『日本逆植民地計画』（橋爪大三郎著 小学館）
『史上最強カラー図解 プロが教える船のすべてがわかる本』（池田良穂監修 ナツメ社）

【注】

ラクシュミーの娘 パドマーヤールは筆者の創作による。

『マヌ法典』の当該箇所はネット上にある英訳（http://www.sacred-texts.com/hin/manu/manu08.htm）から『マヌ法典』（渡瀬信之訳 中公文庫）を参考に筆者が訳し直したものである。

【執筆協力】

近藤光博（宗教学）日本女子大学

藤井美佳

イーシュワル・シュリクマール

この作品はフィクションで、実在する個人、団体等とは一切関係ありません。

本書は書き下ろしです。

中公文庫

ブルーロータス
——巡《じゅん》査《さ》長《ちょう》 真行《しんぎょう》寺《じ》弘道《ひろみち》

2018年9月25日　初版発行

著　者　榎《えの》本《もと》 憲《のり》男《お》

発行者　松田 陽三

発行所　中央公論新社
〒100-8152　東京都千代田区大手町1-7-1
電話　販売 03-5299-1730　編集 03-5299-1890
URL http://www.chuko.co.jp/

DTP　嵐下英治
印　刷　三晃印刷
製　本　小泉製本

Published by CHUOKORON-SHINSHA, INC.
Printed in Japan　ISBN978-4-12-206634-2 C1193